양심이 잠든 순간들 1

양심이 잠든 순간들 1

문장수 장편소설

모아북스
MOABOOKS

작가의 말

오래된 일이다.

내 인생을 글로 쓰고 싶다는 생각을 처음 하게 때가 30년도 넘었으니, 오래된 일이다.

나는 태생부터가 평범하지가 못했다. 성장 과정도 평범하지 못했고, 다 커서 지금껏 살아온 인생도 평범했던 세월이 거의 없었다. 보람찬 삶이 되지 못하고 바람찬 삶으로 점철되었다. 풍찬노숙. 그 옛날 독립운동가들의 삶만 그런 게 아니라 건달들의 삶도 잠깐은 화려해 보일지 모르지만 속을 들여다보면 풍찬노숙을 면치 못하는 삶이다.

내 인생을 글로 쓴다면 소설로 쓰고 싶었다. 수필로 무슨 명심보감을 쓰기에는 반면교사로나 삼으면 몰라도 딱히 내놓을 것도 배울 것도 없는 인생이다. 재미도 없는 가짜 명심보감을 누가 보겠는가. 또 본들 무슨 소용이겠는가.

그래서 재미라도 있을까 싶어 소설로 쓰기로 한 것이다. 마지막 징역살이를 한 춘천교도소에서 처음 쓰기 시작하여 다람쥐가

도토리를 모으듯 틈틈이 써 모아온 글이 쓸데없이 길어져 장편을 이루었다.

내가 손으로 눌러 쓴 원고는 투박하다. 삶이 거칠고 욕되다 보니 글도 거칠고 욕설투성이다. 유일한 미덕이라곤 감추지도 부풀리지도 꾸미지도 않고 솔직하다는 것이다. 그 솔직함으로부터 조금이나마 이 글을 읽는 이유와 가치가 우러나왔으면 싶다.

나는 마흔 살이 넘어서야 평범한 삶으로 돌아가고자 결심했지만, 그게 말처럼 뜻처럼 쉽지가 않았다. 수십 년 살아온 삶의 관성이 어찌 하루아침에 바뀌겠는가. 별이 세 개나 달린 전과자 건달 두목이라는 굴레가 어찌 하루아침에 벗겨지겠는가.

내가 바라고 꿈꾸는 삶으로 한 걸음씩 가까이 가는 데는 가족의 사랑도 있었지만, 신앙의 힘이 컸다. 교도소에서 처음 예수님을 알게 된 나는 사회에 복귀한 이후로는 꾸준히 신앙생활을 해왔다. 나아가 안수집사 직분까지 받게 된 나는 간증을 통해 예수님의 은총을 증명하는 한편 평범한 삶으로 한 걸음씩 더 걸어 들어갔다.

내 소설의 주인공들이 되어준 아우들도 이제는 다행히 대부분 평범한 삶으로 돌아가 나름 터전을 잡아 행복하게 살고들 있다. 그래서 정기 모임으로 인정을 나누면서 지난날을 추억으로 얘기

할 수 있게 되었다. 가족의 힘이고, 하나님의 은총이다.

나를 예수님께 인도한 목장교회 송영수 목사님에게 감사한다.
내 삶을 지켜온 가족, 생사고락을 나누었던 벗들에게 감사한다.
모아북스 이용길 대표, 김이수 작가, 김선아 작가에게 감사한다.
누구보다 이 글을 읽고 있는 독자에게 감사한다.

새봄을 기다리며, 청정 문장수

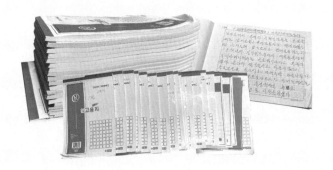

01

내 살던 고향은⋯

요즘 들어 부쩍 고향이 그립다. 고향은 떠나면 그립게 마련이지만, 머리에 서리 내리

도록 나이 들면서는 그 그리움이 더욱 아릿하다. 나훈아는 〈고향 무정〉을 노래하지

만, 내게 고향은 정답기 그지없다. 나라면 〈고향 유정〉을 노래하고 싶다. 다만 어머니

오래전에 떠나서 쓸쓸하지만, 그래도 친구들은 남아서 언제든 나를 반기는 고향이다.

쌀 열 가마니짜리 이름

하나님께서 이 땅에 인간을 냈을 때는 낮에 일하고 밤이면 잠을 자라 명령하셨는데, 우리는 어쩌다 밤낮없이 일하게 되었을까?

전라남도 순천시 매곡동 북정리. 내 고향이다. 1950년대, 아버지는 부농으로 글도 많이 알았다. 하지만 슬하에 딸만 둘이어서 대를 이을 아들이 아쉬웠다.

아버지는 할아버지 산소를 순천에서 제일 높고 명당이라는 봉화산으로 이장하고는 작은 부인을 보아 나를 얻었다. 1957년, 아들이 태어난 것은 집안의 큰 경사였다. 내 이름은 장호. 글 장(章)에 넓을 호(浩) 자다. 작명가에게 쌀 열 가마니를 주고 지은 이름으로, 공부 잘하고 널리 이름을 떨치라는 뜻이다.

남부러울 것 없이 넉넉했던 우리 집은 내가 초등학교에 들어갈 무렵, 어찌 된 영문인지 몹시 가난해졌다. 할머니처럼 늙어 보이는 어머니와 초가에서 단둘이 살게 된 내게 그때부터 의문이 꼬리를 이었다. '과연 이 분이 나의 엄마인가? 아버지는 왜 없는가?

자식은 왜 나 혼자인가?…'

　모든 것이 답답하고 궁금한 한편, 무척 외로웠다. 그래서인지 나는 동네 젊은 아줌마들을 좋아해서 낮이고 밤이고 귀찮아할 만큼 따라다녔다. 저녁때면 동네 아줌마들이 영화관에 가곤 했는데, 나는 그중 한 아줌마의 아들인 척 손을 잡고 따라 들어갔다. 그렇게 자주 공짜 영화를 보러 다니면서 장차 영화배우가 되어야겠다고 속으로 다짐하기도 했다.

　초등학교 입학을 며칠 앞둔 어느 날, 동네 친구들과 노는데 한 친구가 솔깃한 말을 했다.

　"야, 장호야. 학교 가면 선생님이 무섭고 막 때린다는데, 보성 우리 이모 집에 가면 잘 살아서 맛있는 것도 많이 먹을 수 있으니 그리로 도망가자."

　"진짜지? 좋다. 그러자."

　이렇게 의기투합한 철부지 셋이서 순천역에서 기차를 타고 보성역에 내렸는데, 친구가 이모 집을 못 찾아서 밤늦게까지 역전을 떠돌았다. 역무원에게 붙들린 우리는 파출소로 넘겨져 다시 순천행 열차를 타야 했다. 다들 집에 가서 혼쭐이 났지만, 무사히 초등학교에 입학했다. 그중 한 친구는 지금 광주에서 중학교 교장 선생님으로 있다.

　초등학교에 들어가서 지내다 보니 무엇보다 돈이 필요했다. 새로운 친구도 만나야 하고, 친구들한테 잘 보이려면 과자도 사서 나누어 먹어야 하는데, 어머니가 돈을 주지 않으니 학교에 가려고 나서는 아침마다 나는 돈 타령을 했다.

"엄마, 돈 좀 줘."

"뭐, 돈? 못 준다, 이놈아. 학교나 잘 댕겨!"

내 돈 타령에 부지깽이를 들고 쫓아 나오는 어머니를 피해 왔다 갔다 하다 보면 지각하기가 일쑤였다. 이러는 내가 착실히 공부에 재미를 붙일 리 만무했다. 날마다 만화책이나 보고, 방과 후에는 동네 개구쟁이들과 어울려 오리나무로 칼을 만들고 대나무로 활을 만들어 이웃 동네 아이들을 상대로 전쟁놀이를 하다 보면 해가 저물었다. 전쟁놀이 끝에는 이마빡이 터지거나 팔다리가 다치는 등 부상자가 적잖이 나오다 보니 다른 부모들이 장호 저놈하고 놀지 말라고 번번이 애들을 다그치며 성화였다.

그런 가운데 동네 형들이 나를 용감하다고 인정했는지 계급을 높여 '검둥이 지휘관'으로 불렀다. 애초에도 좀 까무잡잡했지만, 만날 땡볕에서 노느라 얼굴이 까매져서 검둥이라고 한 것이다. 그 형들 가운데 태권도 유단자가 있어서 뒷산 평지에 우리를 모아놓고 태권도를 가르쳐주었다. 나는 싸움을 잘하고 싶어서 누구보다 열심히 배웠다.

초등학교 다닐 때 생각나는 추억이라곤 다 지금 생각해도 웃음이 나온다. 수업 시간에 졸고 있는데, 선생님이 "물이 끓으면 뭐가 되느냐?"고 물었다. 나는 자신 있게 대답했다.

"숭늉이 됩니다."

그 순간 교실은 웃음바다가 되었다. 또 한번은 선생님이 육성회비랑 저금을 안 가져온다고 몹시 야단을 쳐서 다음날 친구랑 학교는 안 가고 아이스께끼 장사를 하러 갔다.

순천 웃장 약국 앞에 친구랑 나란히 아이스께끼 통을 깔고 앉아 친구가 내게 "께끼 하나 주세요" 하면 내가 친구한테 하나 팔고, 내가 친구한테 "께끼 하나 주세요" 하면 친구가 내게 하나 팔았다. 같은 아이스께끼 장사하는 사람들끼리 서로 사 먹으며 낄낄댄 것이다. 용돈이 궁하던 시절이라 학교 앞 황 집사님 점방에 외상을 쌓아가며 군것질을 하곤 했는데, 그 외상을 20년 만에 갚은 일도 감회가 새롭다.

그런가 하면 어머니 속도 무던히 끓였다. 학교 앞 이발소에서 나는 머리를 예쁘게 스포츠머리로 깎아달라 하고, 어머니는 그러면 머리가 빨리 자라서 돈 들어간다고 빡빡 밀어달라고 해서 울고불고 난리를 치기도 했다. 나는 검정 고무신 신으면 친구들한테 창피하다고 운동화 사달라고 떼를 썼지만, 어머니는 운동화는 빨리 떨어진다고 검정 고무신을 사주었는데, 고무신이 빨리 닳도록 매일 시멘트 바닥에 갈았다. 당시 학교 야구부가 있었는데, 거기 애들한테는 강냉이빵이 나왔다. 나는 순전히 그 빵이 먹고 싶어서 야구부에 들어가 운동을 하기도 했다.

초등학교를 겨우 졸업한 나는 공부하기가 싫어서 일반 중학교에 가는 대신 야간학교인 재건 중학교에 들어갔다. 그러다 보니 주간에 다니는 다른 학교 학생들 교복이 그렇게 멋있어 보일 수가 없었다. 그래서 어머니를 졸라 기술 중학교로 전학을 갔다. 이때부터 도장에 다니면서 정식으로 태권도를 배웠는데, 비교적 빨리 빨간 띠를 딴 나는 자랑삼아서 도복을 어깨에 메고 다녔다.

복싱 세계 챔피언의 꿈

태권도 도장은 2층에 있었는데, 그 아래층에 복싱 도장이 있었다. 하루는 복싱 도장 사범이 나를 보더니 복싱 도장으로 불러들였다.

"야, 빨간 띠 너 말이야. 복싱하는 네 또래와 한번 붙어볼래? 이리 들어와 봐."

나는 잠시 머뭇거렸지만, 그래 복싱이 센지 태권도가 센지 한번 붙어보자는 심산에 호기롭게 복싱 도장으로 들어갔다. 복싱 글러브를 끼고 내 또래와 스파링을 했는데, 상대방은 어디 한 군데 건드려 보지도 못하고 나만 일방적으로 오지게 맞았다. 발을 못 쓰고 주먹으로만 겨룬 탓도 있지만, 우선 몸을 움직이고 주먹을 치는 속도에서 상대가 되지 않았다.

나는 그 뒷날로 태권도복을 버리고 친구 형이 운영하는 복싱 도장에 들어가 장차 세계 챔피언이 되어야지 하는 거창한 꿈을 안고 복싱을 배우기 시작했다. 이때도 역시 하라는 공부는 뒷전이었다. 친구들과 어울려 여름이면 동천에서 물놀이를 하다가 배고프면 딸기, 수박 서리나 하고 다녔다. 그런 중에도 용돈이 궁하면 아이스께끼 장사를 다녔다. 가을에도 사방팔방 쏘다니기는 마찬가지여서 밤이나 배, 포도 같은 과일 서리가 빠지지 않았다.

우리는 종종 여학생들을 만나 단체 미팅을 했는데, 나는 숫기가 없어서 다른 친구들이 먼저 골라서 다 짝을 맡고 나면 마지막 남은 여학생을 마지못해 여자친구로 삼아야 했다. 마음이 약해 거절하지도 못했다. 여학생만 보면 유난히 수줍어하는 데다가 마음에 드는 예쁜 여학생이면 말을 붙이지도 못할 만큼 수줍음을 탔다. 누나 둘이 어려서 일찍 세상을 떠나고 집안에 여자 형제가 없어서 더욱 그랬는지도 모르겠다.

중학생 시절을 그렇게 보내고 고등학교에 가야 하는데, 공부에는 전혀 관심도 없을뿐더러 어머니가 이제 학교는 그만 다니라고 해서 학업은 작파하고 일하러 다니기로 작정했다. 철공소에도 다니고, 밤이면 이른바 '야방'이라는, 건설현장 자재 지키는 일도 했다. 그런 중에도 시간 나는 대로 열심히 복싱 연습을 하다 보니 고등학교 졸업할 나이가 되었다.

그 시절만 해도 시골에서는 낮에 일하고 밤에는 동네 주막에서 남자들은 술 마시면서 삼봉, 고스톱, 섯다 같은 화투판을 벌이고, 여자들도 모여앉으면 소소한 내기로 민화투를 치며 놀았다. 명절이나 농한기 때는 마당에 덕석을 깔아 놓고 윷놀이를 벌이기도 했다.

애들은 애들대로 집안일을 거들면서도 눈치껏 재미나게 놀았다. 남자애들은 자치기(일명 똥 닭기), 제기차기, 구슬치기 같은 것을 하며 놀고, 여자애들은 빠끔살이, 고무줄 넘기, 콩주머니 던지기, 술래잡기 같은 놀이를 하고 놀았다.

그 무렵, 나는 밤이면 집에서 걸어서 10분 거리에 있는 순천극장에 툭하면 내려가서 기도 보는 형한테 부탁했다.

"형님, 좀 들여보내 주시요."

"야, 인마. 돈 내고 들어가. 이 자식은 쬐깐할 때부터 동네 아줌마들 손 잡고 들어와 공짜로 영화 보러 댕개쌌더니 다 커서도 공짜로 볼라고 나한테 엥기네."

"아~ 형님, 좀 들여보내 주면 어디가 덧나요?"

"이 새끼가 어디서 묵어대? 야, 새끼야! 들어가."

"아이고 형님, 고맙습니다."

그리고 한참을 실랑이하다 2층 상영관으로 올라가면 찌르릉~ 종이 울리면서 자막에 '끝'이라고 큰 글자가 올라가면서 영화가 끝나기 일쑤였다. 기도보는 형이 나 약 올리려고 일부러 시간을 질질 끌다가 다 끝날 때쯤 해서야 들여보내 주곤 한 것이다.

어쩌다 극장에 쇼라도 들어오면 극장 앞이 난리가 났다. 순천은 물론이고 전남 동부 6군에서 몰려든 사람들이 바글바글하니 극장 앞을 가득 메웠다.

그 무렵에 전남 동부에는 변변한 극장이라곤 순천과 여수에만 좀 있었다. 순천에는 순천극장, 중앙극장, 시민극장, 맘모스극장 등 4개 극장이 있었는데, 기도 보는 형 중에는 순천극장 형하고 제일 친하게 지내서 서로 허물이 없었다.

당시에도 영화계 스타가 많았지만, 나는 순천이 낳은 명배우이자 '큰형님' 인 박노식을 유독 좋아하고 존경했다. 그가 출연하는 영화는 어떻게든 다 보고야 말았다. 〈돌아온 용팔이〉, 〈팔도 사나이〉, 〈자크를 채워라〉, 〈집행유예〉 등등.

순천사범학교를 나온 박노식은 중학교 교사로 근무하다가 그만두고 배우가 되기 위해 악극단에 입단하여 생활하던 1956년에 이강천 감독의 〈격퇴〉로 데뷔했다. 남성미 넘치는 용모와 뛰어난 액션 연기로 대중에게 널리 사랑을 받으면서 1960~70년대를 대표하는 배우로 거듭난 그는 평생 900여 편의 영화에 출연했다.

특히 1970년 〈남대문 출신 용팔이〉로 시작되어 1983년 〈돌아온 용팔이〉로 마무리된 '용팔이 시리즈' 로 그는 절정의 인기를 누렸다. '용팔이' 박노식의 전라도 사투리가 전국적으로 유행할 정도였다.

이런 박노식의 액션 영화를 보면서 나도 영화배우 한번 해볼까 하는 마음도 먹었다. 박노식을 흉내 내어 쉭쉭 주먹을 뻗어 보고 발차기도 해보면서 혼자 씩 웃곤 했다. 하지만 무엇이고 이때 먹은 마음은 하나도 진지한 데가 없어서 며칠 그렇게 흉내나 내다 말았다.

이때까지도 못된 강아지 부뚜막에 먼저 올라가는 버릇을 버리지 못하고 있었다. 동네 형들하고 밤에 모여 노름을 하느라, 어머니가 땅 팔아 놔둔 돈을 훔쳐내기도 했다. 내가 돈을 잃고 있을 때는 형들 앞에서 담배를 피워도 아무 말 안 하다가 어쩌다 좀 따기라도 하면 어린놈이 싸가지 없이 형들 앞에서 담배를 피운다며 기를 팍 죽였다. 아무래도 내 끗발을 죽이려고 일부러 그러지 싶었다.

나는 극장에서 친구 누나들도 자주 마주쳤는데, 그때마다 어려서 일찍 죽은 누나들이 생각났다. 누나들을 사진으로만 봤는데 정말 이뻤다. 살아있었으면 얼마나 좋을까, 생각하니 눈물이 질금질금 나서면서 누나들이 그리웠다. 아버지 역시 내 어릴 적에 일찍 돌아가셔서 사진으로 본 기억만 남았다. 치아 질환이 심했는데도 술을 너무 많이 드셔서 젊은 나이에 돌아가셨다고 했다.

아버지가 일찍 돌아가셔서 그랬는지 내가 초등학교에 들어갈 무렵에 우리 식구는 초가집에서 가난하게 살았다. 나는 어린 나이에도 초가집에 사는 것이 친구들에게 창피해서 어머니한테 생떼를 썼다. 기와집에서 안 살면 학교도 안 가겠다며 난리를 친 것이다.

얼마 후 어머니는 논을 팔아서 살던 초가집 앞에다 조그만 기와집을 한 채 지었다. 내 생떼를 보다 못해 그랬는지, 진작에 그런 계획이 있었는지는 잘 모르겠다.

나중에 알고 보니 전에는 우리 집이 동네에서 제일 크고 좋은 집으로 두 채였는데, 한 채는 아버지가 생전에 팔았고, 한 채는 어머니가 매곡동 동장댁에 팔았다고 했다.

나는 어렸을 때부터 좀 외롭게 자라서 그랬는지 밖에서 친구들과 어울리는 걸 좋아하고 두루 친하게 지내다 보니 오지랖이 넓다는 말도 많이 들었다. 동네 친구들, 형들, 아우들은 물론이고 객지에서 유학 온 친구들이나 선후배들하고도 자주 어울려 지내다 보니 종종 사고를 치거나 싸움에 휘말리기도 했다.

우리 동네 부근에는 중학교가 두 개, 전문학교가 하나 있었다. 그래서인지 시골에서 올라와 자취하면서 공부하는 친구들이나 선후배가 꽤 되었다. 이 친구들하고도 가까이 지내다 보니 일 끝나면 저녁때 만나서 잘 못 마시는 술도 한 잔씩 마시곤 했다.

하루는 친하게 지내는 아우들한테 호기를 부렸다.

"아우들아, 웃장 가서 이쁜 아가씨들하고 한잔하자. 동네서 맨날 막걸리에만 코 박지 말고 날 따라와라. 오늘은 이 형이 시원하게 쏘아 불란다."

순천 웃장 니나놋집 유흥가까지는 우리 동네에서 걸어서 10분쯤 걸렸다. 쉰 개쯤 되는 니나놋집이 좁은 길 양쪽으로 늘어서 있는데, 한 집에 서너 명씩 아가씨들이 죽치고 있다. 가끔 친구들과 어울려 거기 가면 술은 '소콜'로 마셨다. 소주에다 콜라를 주전자에 타서 마시는 소콜이 당시에 유행했다.

아가씨들이 간드러지게 부르는 노랫가락에 젓가락 장단을 맞추며 부어라 마셔라 하다 보면 소콜 몇 주전자가 금세 동이 났다. 어떤 때는 술값이 없어 파출소에 끌려가 무전취식으로 구류를 사흘이나 살고 나오기도 했다.

그날도 아우들이랑 어울려 아가씨들하고 춤추고 노래하면서 술을 엄청 마시다 보니 아가씨들 팁은커녕 마신 술값도 모자랐다. 내가 고민하고 있자 아우들이 나섰다.

"형님, 조금만 기다리시오. 우리가 동네 가서 술값을 가져 올란께요."

"야, 인마. 느그들이 뭔 돈이 있다고? 이 성이 외상으로 달아놓든지, 그도 안 되면 구류를 살란다. 그러니 아무 신경 쓰지 말고 더 묵자."

"아닙니다, 형님. 저희가 얼른 갔다 올 테니 술 더 드시고 계십시오."

이러고는 아우 셋이서 말릴 새도 없이 횡하니 술집을 나갔다. 그러자 나는 에라 모르겠다, 술이나 먹자는 심사가 들어 술을 더 시켰다.

"아가씨들! 아우들이 술값을 가지러 갔으니, 걱정하지 말고 여기 술이랑 안주 좀 더 가져오소. 우리 이제부터 더 재미있게 마시며 놀아봅시다. 어이, 거기 아가씨가 〈동백 아가씨〉 한번 불러봐. 하하하."

이렇게 한참을 마시고 떠들며 놀고 있는데, 가게 앞이 소란스러운가 싶더니 돼지 먹따는 소리가 났다.

"아니, 이것이 뭔 소리여? 느닷없이 돼지 소리라니? 술맛 안 나게. 어이, 자네가 좀 나가 봐."

한 아가씨가 나가더니 기겁을 하며 들어왔다.

"오빠가 좀 나가 봐. 동생들이 손수레에다 돼지를 싣고 왔어."

나가보니 아우들이 진짜 '돼지'를 싣고 왔다. 돈을 융통할 데가 없자 집에서 키우는 돼지를 부모 몰래 실어낸 것이다. 손수레에서 연신 꽥꽥거리는 돼지를 보자니 어이가 없었지만, 슬며시 웃음도 났다. 거나해지던 취기가 싹 가시면서 앞으로 돈 없으면 절대 술 마시지 말아야지 하는 생각과 함께 눈물이 주르르 흘렀다. 그렇게 감동의 눈물을 흘리고 있는데 술집 주인 누나가 상황을 정리했다.

"장호야, 저 동생들 부모한테 혼나기 전에 이따가 돼지 도로 싣고 올라가라 해라. 오늘은 이 누나가 외상 줄 테니 일단 시원하게 마시고 나중에 돈 생기면 갚아."

"누나, 고맙지만 나도 오늘은 돼지 손수레 밀고 아우들이랑 올라갈라요."

"그래, 그만 마시고 조심히들 올라가라."

배포도 크고 정도 많은 누나였다. 우리 넷은 손수레에 돼지를 싣고 동네로 올라가면서 〈목포의 눈물〉을 불렀다.

"삼학도 파도 깊이 스며드는데…."

그날따라 보름이 가까워지는지 달이 유난히 밝았다. 한밤중의 청승에 눈물이 났다.

겨울철이면 우리는 공기총을 가지고 다니며 고라니, 노루, 토끼, 꿩 같은 짐승을 사냥했다. 몇 마리씩 잡은 날에는 동네잔치도 했지만, 한 마리도 못 잡은 날에는 대밭에서 노는 남의 닭을 몇 마리나 총으로 쏘아 자루에 쓸어 담아 가져와서 삶아 먹었다.

봄을 지나 여름이 오고 더위가 사뭇 기승을 부리면 우리는 솥단지를 메고 동천으로 나가 천렵해서 매운탕을 끓여 먹었다. 나는 집안일에는 손끝 하나 움직이지 않으면서 날마다 엉뚱한 짓은 도맡아 하고 다녔다.

늙은 어머니가 혼자서 밭일이며 논일이며 다 감당하고 하물며 땔감까지 다 해대고 있는데 아들이라고 하나 있는 게 그 모양이니 동네 어르신들이 나무랐다.

"야, 장호야. 느그 엄마 일 좀 도와드려라. 철딱서니 없는 놈아."

"예 어르신, 알았습니다."

시원스럽게 대답을 하고는 옆집에서 지게를 빌려 뒷산에 가서 오리나무 몇 개를 베어 잘라서 짊어지고 터덜터덜 산에서 내려왔다. 별로 무거운 나뭇짐이 아니었는데도 우리 집까지 백미터

쯤밖에 안 되는 동네 큰길에서 지게를 받쳐놓고 몇 번이나 쉬었는데, 자랑삼아 동네 사람들 보라는 것이다. 그걸 보고 동네 사람들이 저놈 장호 나무도 하고 철들었네, 하면서도 자꾸 웃었다.

그 후로는 아궁이를 개조해 연탄을 때니 연탄가스만 조심하면 되고 나무를 해 나를 일이 없으니 무척 편하고 좋았다.

나는야 황금 마차 끄는 사나이

　　　그럭저럭 고향에서 무위도식하고 있는데 서울에서
전보 한 통이 날아왔다.

"장호, 친구 둘 데리고 급상경 바람."

전보를 보낸 사람은 윗장터에서 대장 노릇을 하다가 그께 서
울로 올라간 조창수 형이었다. 전보에 무슨 일인지 내용은 없고
그냥 친구 둘하고 급히 상경하기 바란다고만 해서 평소 친하게
지내던 두 친구와 상경 문제를 상의했다. 이참에 서울로 올라가
서 취직도 하고 운동도 열심히 해야겠다는 심산으로 두 친구를
열심히 설득했다. 경호와 상훈이었다.

경호네는 아버지가 고위 공무원이어서 그런지 부자로 잘살
았다. 그런데도 경호는 고등학교를 졸업하고는 하는 일 없이
매일 빈둥빈둥 술이나 먹고 싸움이나 하고 다니며 반건달로 살
았다. 상훈이는 나와 한 동네 살았는데, 깡다구도 있고 기백이
있는 친구였다.

"창수 형이 서울로 올라오라고 전보를 쳤는데, 느그 서울 안

갈래? 여기 있으면 뭐 하냐? 올라가자."

"그래 올라가서 수돗물도 좀 마시고 때깔도 좀 받고 성공해서 내려와야지 않겠냐."

우리는 그 뒷날로 가방을 챙겨 순천역에서 서울 영등포역 가는 표를 끊어 열차에 몸을 실었다. 영등포역에 도착하니 조창수 형이 마중 나와 반갑게 맞았다.

"아이고, 우리 사랑하는 아우들아. 고생했다."

"별말씀을. 형님, 서울 와 계시더니 얼굴이 활짝 피었습니다."

"응, 요즘 사업이 너무 잘 돼서 느그들을 올라오라고 안 했냐."

"무슨 사업인데 그리 잘됩니까?"

"뭐 황금 마차 사업이라고나 할까."

"예, 황금 마차요?"

우리는 영등포역에서 택시를 타고 사업 얘기를 들으며 대림동 창수 형 거처로 갔는데, 말로만 듣던 달동네였다. 판잣집이 수두룩하고 아직 수도가 설치되지 않아 집집이 마당에 물을 퍼 올리는 펌프가 놓여 있었다. 창수 형은 방이 대여섯 개 되는 집에서 작은 방 하나를 얻어 살고 있었다. 순천에 있는 우리 집은 그에 비하면 대궐이었다.

"아니 형님, 영등포역 앞은 으리으리하더니만, 여기는 꼭 피난 민촌 같습니다."

"응, 서울에 달동네가 여러 군데 있는데, 여기도 달동네라고 보면 돼. 방으로 들어가자."

　우리는 방에 짐을 풀고 나와 택시를 타고 다시 영등포 시내로 나왔다. 우리는 중국집에 들어가 고량주에 짜장면과 탕수육을 시켜서 오랜만에 회포를 풀고 밤늦게 대림동 숙소로 돌아와 노곤한 몸을 눕혔다. 이튿날 아침, 옷을 말끔하게 차려입고 나갈 채비를 마친 창수 형이 일렀다.

　"장호만 나를 따라오고, 느그 둘이는 작업복으로 갈아입고 집에서 쉬고 있어라."

　"형님, 어디 가신디요?"

　"장호하고 둘이 가서 오늘 저녁에 야간작업할 물량을 좀 받아 올게."

　"흐흐, 네 알겠습니다. 형님."

　나는 창수 형과 함께 옆 동네로 갔는데, 형은 어느 집 앞에 멈춰 서더니 초인종을 눌렀다. 주인아주머니가 나오자 형은 대뜸 물었다.

　"사모님, 혹시 똥 푸실 겁니까?"

　나는 처음에는 그게 무슨 말인지 이해가 안 갔는데, 형은 집집이 차례대로 초인종을 눌러 아주머니에게 같은 질문을 하는 것이다. 그렇게 물어보고 똥 푼다고 하면, 들어가서 그 집 변소를 들여다보고 견적을 내고 장부에다 주소를 적곤 했다.

　"아니 형님, 황금 마차 사업이란 게 똥 푸는 일입니까?"

"하하, 장호야. 서울은 시골이랑 달라서 똥 푸는 일이 돈이 된다. 똥 푼다고 하면 모양이 빠진께 황금 마차 사업이라고 하는 거 아니냐. 그러니 니가 두 친구 설득해서 같이 해보자. 이 형이 돈 벌어서 술집이라도 하나 차릴 때까지는 좀 도와다오."

"형님, 나야 도와드리겠지만 친구들이 괄괄한 성격에 이 일을 한다고 할지 걱정입니다. 어차피 올라왔으니까 내가 친구들 설득해서 얼마가 되었든 도와드리고 내려갈게요, 형님."

그렇게 일감 얻는 일을 끝내고, 창수 형은 다른 볼 일이 남았다면서 나만 먼저 집으로 보냈다. 친구들이 반색하며 물었다.

"장호, 어디 갔다가 이제 오냐? 근디 황금 마차 사업이 뭐다냐?"

"하하, 사실대로 말하자니 뭐 하고, 안 할 수도 없고…. 갑갑하다."

"뭔데 그라고 뜸을 들여?"

"아 글쎄 그것이, 다른 것이 아니라 거시기여."

"아이고, 속 터져 죽어불것다. 거시기가 뭐여?"

"똥 푸는 일이여. 똥을 퍼서 손수레에다 싣고 개천에 내다 버리는 일이더라."

"뭐시라? 그럼 서울 올라와서 기껏 똥이나 푸라고 우리를 부른 거여? 환장하겠네. 나는 못 한다."

"나도 못 해."

두 친구가 이구동성으로 못 한다며 뒤로 자빠졌다.

"장호야, 당장 내려가자. 창수 형님, 너무하는 거 아니야? 똥 푸라고 서울까지 우릴 불렀다니, 에이 열 받아 죽겠네."

"어이 친구들, 나도 기분 더럽기는 마찬가지야. 경호야, 상훈아. 그래도 이왕 올라왔으니 창수 형님을 며칠이라도 도와주고 내려가자. 고향에서 설마 우리가 서울 가서 똥 푸다 내려온 줄 알겠냐. 나는 어릴 때부터 창수 형님 밑에서 아이스께끼 장사도 하고 김밥 장사도 하는 동생들 관리도 하고 해서 저 형님을 잘 아는데, 정도 많고 불쌍한 형님이다. 부모 형제 하나 없는 고아 출신이야. 그런 형님이 돈 벌어서 술집이라도 하나 내고 싶다는데 우리가 외면하면 되겠냐. 우선 며칠만 도와주고 다른 일 찾아보자."

"장호 니는 마음이 약해서 탈이야. 니 마음이 그렇다니 알았다, 그렇게 하자."

갑론을박 끝에 그렇게 결론을 내고는 쉬고 있는데 창수 형이 돌아왔다.

"형님, 저희가 형님 좀 도와드리기로 합의를 봤습니다."

"고맙다, 아우들아. 이 형이 돈 벌어서 꼭 아우들 신세 갚으마."

그러면서 창수 형은 눈시울을 붉혔다.

해 질 무렵, 작업복으로 갈아입고 손수레를 끌고 나선 우리는 낮에 주문받은 가정집을 방문하여 똥을 퍼서 실어냈다. 창수 형이 앞에서 똥 수레를 끌면서 "나는 황금 마차 끄는 사나이!" 하면 우리는 뒤에서 "영차! 영차!" 하면서 밀었다. 그렇게 그 똥물을 안

양천에다 몰래 몇 번씩 갖다 버리고 새벽녘에야 집으로 들어와 펌프 물을 퍼서 빨랫비누로 똥 냄새를 지웠다. 밤을 새우는 데다가 생각보다 고된 일이어서 목욕을 마치자마자 누가 업어가도 모를 정도로 곯아떨어졌다.

그때는 서울에 똥차가 몇 대 없어서 똥차 기다리다가는 변소가 넘치기 일쑤여서 우리처럼 무허가로 똥을 푸는 손수레 업체에 맡길 수밖에 없었다. 그런데 황금 마차 사업이 돈벌이가 좀 된다 하니 너도나도 손수레를 사서 이 사업을 한다고 달려들었다. 경쟁자들이 우후죽순으로 늘어나 낮에 신림천 쪽에 나가보면 똥 싣고 다니는 손수레 수십 대가 길게 늘어서 있었다. 이처럼 경쟁이 심해지다 보니 일거리도 줄어들고 단가도 낮아져 수입이 갈수록 줄어들었다. 이 사업도 좋을 때는 지나간 것이다. 우리까지 불러올린 창수 형은 걱정이 태산이었다.

"형님, 너무 걱정하지 마시오. 나한테 좋은 생각이 있소. 나가 저놈들 똥차 바퀴를 다 찢어불라요. 그러니 돈이나 몇천 원 주시오."

"장호야, 방범에 안 걸리게 조심해라."

"네 형님."

나는 일이 없는 날 저녁에 약품 파는 가게에서 염산 두 통과 면도칼 세 개를 사다 놓고는 우선 잠을 잤다. 새벽에 일어나 친구들과 함께 신림천으로 갔다. 죽 늘어서 있는 손수레 바퀴에다 염산을 뿌리고 면도칼로 바퀴를 다 찢어 놓고 돌아왔다.

그 뒷날부터는 다른 손수레들이 바퀴를 새로 가느라 일을 못 나가니 우리 황금 마차만 불이 나게 바빴다. "나는 황금 마차 끄는 사나이!"를 열심히 외치며 일하는 중에 하루는 상훈이 친구가 똥이 든 나무판자를 옆에서 빼야 하는데 뒤쪽에서 빼다가 그만 똥 벼락을 맞고 말았다. 나랑 경호하고 둘이서 온몸이 똥 범벅이 된 상훈이를 데리고 안양천에서 대충 목욕을 시켰다. 그날 저녁에는 황금 마차 사업을 일찍 접고 숙소로 돌아왔다.

이 똥 벼락 사건을 계기로 두 친구의 억눌러온 불만이 마침내 폭발했다.

"에이 엿 같네, 선배라고 후배들 불러올려 똥이나 푸라 하고…. 야! 경호야, 장호야. 내일 당장 내려가자. 더러워서 못해 먹겠다."

"그러자. 창수 형님한테는 내가 이따 말할 테니 내일 고향으로 내려가자. 설마 고향 사람들이 우리가 서울 가서 똥 푸고 내려온 줄 알겠냐. 하하, 돌아불겠다."

우리는 이렇게 내려가기로 합의를 보고, 내가 창수 형을 만나 대표로 얘기를 꺼냈다.

"형님, 죄송합니다. 아무래도 이대로는 안 될 것 같습니다. 우리, 내일 내려가겠습니다. 형님을 더 도와드려야 되는데, 친구들도 힘들어하고 나도 솔직히 쪽팔립니다."

"그래, 이 형이 느그들한테 미안하고 면목이 없다. 형도 사람 하나 구해서 당분간만 이 사업을 좀 더 할란다. 그동안 고생 많았 다. 오늘은 형이랑 영등포 가서 한잔하고 내일 내려가거라."

"예, 형님, 잘 알겠습니다."

이렇게 창수 형하고 얘기가 잘 되어 친구들한테 전하자 좋아들 하면서도 미안한 기색이 역력했다.

"야, 형님하고 얘기 다 끝났다. 내일 내려가게 우선 깨끗이 씻 고, 이따 영등포 가서 한잔 오지게 먹자."

우리는 콧노래를 부르며 펌프 물에 빨랫비누로 빠득빠득 소리 가 나도록 목욕을 했다. 특히 똥물을 뒤집어쓴 상훈이는 몇 번이 고 더 씻었다.

우리는 택시를 타고 영등포로 나갔다. 창수 형은 우리를 중앙 동의 룸살롱으로 데려갔다. 난생처음 가보는 룸살롱이다. 들어 가 앉으니, 얼음통과 유리잔들이 주르륵 놓이고 듣도 보도 못한 양주와 함께 안주가 나왔다. 마담이 들어와 첫 잔을 따라주고는 잠시만 기다리라며 나갔다. 이윽고 이쁜 아가씨들 넷이 들어왔 다. 하나같이 눈이 휘둥그레지는 미인이었다. 창수 형은 몇 번 와 본 듯 자연스러웠다.

"어이 아가씨들, 거기 서 있지 말고 마음에 드는 남자들 옆으로 안 기드라고."

아가씨들이 저마다 짝을 찾아 옆에 앉았는데, 가까이서 보니 더 예뻤다. 우리 고향 웃장터 아가씨들하고는 비교가 안 되는 미인들이었다.

"자, 자, 아가씨들, 한 잔씩 하고 재미있게 놀아불드라고. 야, 느그들은 양주 첨 묵어보지? 한 잔씩 쭉 들이켜봐라. 뱃속이 짜르르 할것이다이."

창수 형이 그동안 고생했다며 건배를 제의했다. 그런데 시간이 조금 지나서 아가씨들이 한 명씩 슬금슬금 나가더니 다시 들어오지 않았다.

"장호야, 니가 좀 나가봐라. 아가씨들이 왜 안 들어오냐? 김새게. 빨리 들어오라고 해라."

내가 나가서 카운터에 얘기했더니 지배인이 와서 고개를 숙였다.

"손님, 죄송합니다. 아가씨들이 손님들한테서 똥 냄새가 너무 심하게 나서 도저히 못 있겠다고 합니다. 저도 강제로 들어가라고 할 수 없는 일이라서…. 그 대신 제가 양주 한 병 서비스로 드릴 테니 오늘은 그것만 마시고 가시는 것이 어떻겠습니까?"

"이상하네, 깨끗이 씻었는데 왜 똥 냄새가 나지. 분위기 확 잡쳤지만 할 수 없지 뭐. 하하, 하여튼 들어가서 우리 형님한테 말씀드려볼게요."

그러고는 다시 룸으로 들어가자 창수 형이 채근하듯 물었다.

"장호야, 뭔 일 있냐? 왜 아가씨들이 나가서 안 들어온다냐?"

"형님, 우리한테 똥 냄새가 너무 심하게 난다고 안 들어온답니다."

"야, 느그들 아까 깨끗이 안 씻었냐?"

"깨끗이 씻기는 씻었지라."

한 달 가까이 매일 똥을 푸다 보니 우리 몸에 똥 냄새가 깊게 배어서 아무리 깨끗이 씻어도 똥 냄새가 날 수밖에 없던 것이다.

"하하, 에이 엿 같네. 술 한잔 오지게 먹나 했더니 김 팍 새부렀네. 야, 나가자."

밖으로 나가보니 네온사인은 휘황찬란한데 우리 신세가 처량하기 그지없었다. 우리는 다시 택시를 타고 숙소로 돌아오는 길에 동네 구멍가게에서 술을 잔뜩 사 와서는 마시고 그대로 잠들어버렸다.

이튿날, 우리 셋은 창수 형과 작별하고 순천행 완행열차에 몸을 실었다. 이다음에 다시 꼭 서울로 올라와 성공하고 말겠다는 다짐을 남기며 우리는 멀어져가는 서울을 눈에 담았다.

우리의 귀향 소식을 들은 친구들, 선후배들이 찾아와 이런저런 궁금증을 쏟아 놓았다.

"아이 장호야, 상훈아. 서울 올라가서 뭐 하다 이리 빨리 내려와부렀냐? 성공해서 내려온담서?"

"아, 그냥. 머시냐면 이곳저곳 돌아다니면서 구경도 하고 놀다가 내려왔지. 조만간 다시 올라가서 운동도 하고 돈도 벌고 해야지."

쪽팔려서 차마 똥 푸다 내려왔다는 말은 입 밖에도 내지 못했다.

청운의 꿈을 안고 서울로…

나는 정수 형이랑 저녁마다 영등포 종합체육관에서 복싱을 함께하면서 우의가 깊어

졌다. 낮에는 열심히 일하고 저녁마다 복싱 하는 것도 게을리하지 않았다. 진지하게

세계 챔피언의 꿈을 키워가기 시작한 것이다. 그럭저럭 시간이 흘러 첫 월급을 타는

날이 되었다. 십만 원도 채 안 되는 월급이었지만, 태어나서 처음 타보는 월급이었다.

문래동 철강상회와 영등포 종합체육관

　　고향에서 허무한 마음을 감추고 무위도식하며 빈둥
빈둥 놀고 있는데, 같은 동네 사는 정수 형이 서울서 고향 다니러
온 김에 나를 보러 왔다.

"장호야. 요즘 뭐 하냐?"

"하는 일 없이 세끼 밥만 축내고 있지라."

"야, 잘 됐다. 이 형이 서울 영등포 문래동에 있는 철공소에서
일하는데, 그 옆에 철강상회하고 철공소 또 대장간 망치공장에
서 사람 좀 구해주라드라. 같이 갈 친구 두어 명 데리고 나랑 올
라가자. 월급도 솔찬히 나오고, 저녁에는 이 형하고 운동도 할 수
있으니 얼마나 좋냐? 이 형은 일 끝나고 저녁이면 영등포 종합체
육관에 가서 복싱을 배운다. 너는 힘이 좀 덜 드는 철강상회 점원
으로 취직시켜 줄 테니, 저녁에는 형이랑 같이 복싱을 하자. 너도
복싱 좋아하잖아?"

"하여튼 형님, 친구들하고 의논해 보겠습니다."

나는 그날 저녁때 친구 도식이와 후배 훈이를 막걸릿집에서 만

나 정수 형 얘기를 전했다.

"느그들, 서울 안 갈래? 정수 형이 그러는데 낮에 일하고 저녁때는 운동도 할 수 있단다. 일거리도 없는 여기서 어영부영하지 말고 같이 올라가자. 나는 지난번의 서울 경험도 있으니, 이번에는 올라가면 꼭 성공해서 내려 올라네. 어이 도식이 친구, 어때?"

"알았네, 친구. 훈이 너는?"

"알았소, 성."

그렇게 의기투합한 우리 셋은 꿈에 부풀어 서울 올라갈 채비를 했다. 나는 다른 건 하나도 걸릴 게 없는데, 무엇보다 나이 많은 어머니가 걱정되었다. 그날 저녁, 어머니 눈치를 보며 조심스럽게 얘기를 꺼냈다.

"엄니, 나 내일 정수 형 따라서 서울 올라 갈라요."

"야, 이놈아! 전번에도 서울 가서 땡전 한 푼 못 벌고 금방 내려왔으면서 뭐 하러 또 올라가냐? 이 엄니도 이제 나이 들어 언제 죽을지 모르는데, 니라도 옆에 있어야 할 것 아니냐?"

"아, 엄니, 저번 때 하고는 다르당께요. 이번에 올라가서는 월급 타면 엄니한테도 보내주고, 운동도 열심히 해서 세계 챔피언 될라요. 추석이고 설이고 명절에는 꼬박꼬박 내려올 테니 나 좀 놔주시오, 엄니."

"아이고, 내 팔자야. 이놈아, 니 없이 엄니 혼자 어떻게 살라고 또 서울로 내뺐단 말이여…."

어머니는 더 말을 잇지 못하고 펑펑 울었다. 나도 눈물이 나서 밖으로 나와 하늘을 쳐다보았다. 달빛이 천지사방에 환했다. 나는 흐르는 눈물을 훔치며 달에 맹세했다. 이번에는 꼭 성공하고 말겠다고. 피가 나도록 입술을 깨무는 나를 보고 달이 웃었다. 나는 밤 내 뒤척이며 잠을 설쳤다.

며칠 후, 우리 셋은 도망치다시피 정수 형을 따라 서울행 완행열차에 몸을 실었다. 영등포역에 내려서 정수 형이 기거하는 도림동 하숙집으로 갔다. 하숙집에서 저녁을 얻어먹고는 나가서 생맥주를 한 잔씩 하며 정수 형에게 이런저런 서울살이 얘기를 들었다. 넷이 좁은 하숙방에서 새우잠을 잤다.

이튿날 아침, 미리 얘기되어 있었는지 정수 형이 나를 데리고 문래동에 있는 철강상회로 가서 사장님한테 인사를 시켰다. 사장님은 나를 보더니 인상이 좋다 하고 나이와 가족관계를 물어보았다. 내일부터 여기 나와 일하는데, 아예 자기 집으로 들어와 먹고 자고 해도 좋다고 했다. 그게 정 불편할 것 같으면 친구들이랑 하숙하는 것도 무방하다고 했다.

"고맙습니다, 사장님. 우선 사장님 댁에서 지내보다가 불편하면 하숙을 하겠습니다."

사장님 가족은 사모님이랑 딸 둘에 아들 셋이었다. 큰딸은 시집가고, 큰아들과 작은아들은 직장에 다녔다. 작은딸은 내 또래인데 재수를 하는지 영등포에 있는 학원에 다니고, 막내아들은 이제 중학생이었다. 내 방은 그 집에서 제일 작은 끝방이었지만, 나 혼자 지내기에는 아무 불편 없이 넉넉했다. 아니, 설령 좀 좁아서 불편한들 그게 어딘가. 어쨌든 나로서는 감지덕지한 일이었다.

주로 철근과 파이프를 파는 우리 가게는 직원이라곤 경리 아가씨 하나였는데, 내가 들어가서 둘이 되었다. 사장님이랑 셋이서 일하게 된 것인데, 나는 가게로 찾아오는 손님한테 물건을 팔고, 사장님은 큰 건축현장에 납품하는 일을 주로 맡았다. 장사가 잘되는 편인 데다가 사장님이 워낙 성실해서 가게에 성가신 문제는 없었다.

같이 올라온 친구 도식이와 후배 훈이는 망치를 만드는 대장간에 취직해서 잘 다녔다. 가게들이 가까운 데 있어서, 정수 형이랑 우리는 시간 나는 대로 종종 어울려 하루의 고단함을 달랬다.

나는 정수 형이랑 저녁마다 영등포 종합체육관에서 복싱을 함께하면서 우의가 깊어졌다. 낮에는 열심히 일하고 저녁마다 복싱 하는 것도 게을리하지 않았다. 진지하게 세계 챔피언의 꿈을 키워가기 시작한 것이다.

그럭저럭 시간이 흘러 첫 월급을 타는 날이 되었다. 십만 원도 채 안 되는 월급이었지만, 태어나서 처음 타보는 월급이었다. 우선 시골 어머니한테 좀 부쳐드리고, 모양 나는 옷도 하나 사 입으면서 멋지게 써야겠다고 생각했다. 나는 그날 경리로 일하는 미스 김을 데리고 난생처음 레스토랑에 갔다. 미스 김은 초짜 점원인 내가 적응하도록 많이 도와주었다. 고마운 마음에 한턱내겠다고 한 것이다.

"미스 김, 혹시 돈까스 묵어봤는가요?"

"아니요, 안 먹어 봤는데요."

"내가 오늘 돈까스 사줄 테니까 먹고 들어가요."

사실은 나도 돈까스를 먹어본 적이 없다. 서울에서 지내다 온 동네 선배들한테 얘기만 들었을 뿐이다. 영등포에서 제법 유명한 레스토랑에 들어가 자리를 잡고 앉으니 팝송이 흘러나오고 있었다. 돈까스 두 개를 주문했는데, 한참 있으니 멀건 죽만 두 개 나왔다. 나는 그게 돈까스인 줄만 알고 속으로 욕을 해댔다.

'에이 씨, 고향 선배들한테 속았다. 아니 무슨 놈의 돈까스가 멀건 죽 같아? 맛대가리도 하나 없으면서 양은 간에 기별도 안 가게 나오는 거여.'

나는 미스 김 보기에 면목이 안 서서 웨이터를 불렀다.

"여기요, 아저씨."

"손님, 왜요?"

"여기 돈까스 열 개 더 주시오. 뭔 돈까스가 양이 이렇게 적다요?"

"아니 손님, 이것은 돈까스가 아니고 스프여요. 돈까스는 지금 나옵니다."

"아, 그럼 그렇지. 돈까스가 이럴 리가 없지. 흐흐흠, 내가 아직 돈까스를 구경하지 못해 봐서요. 이 스프가 돈까스인 줄 알고 그만. 미안하그만요."

앞에 있는 미스 김이 얼굴이 빨개져서 고개를 숙인 채 끽끽거리고 웃었다. 기다리던 돈까스가 나왔는데, 이걸 어떻게 먹어야 할지 막막했다. 내가 머뭇거리고 있자 미스 김이 일러주었다.

"장호 씨. 텔레비전에서 보니까 양식은 포크하고 나이프로 썰어서 먹던데요. 이렇게 잡고 썰어봐요."

"아, 예. 고마워요."

창피하기도 하고 처음 겪는 일이라 식은땀이 다 났다. 어쨌든 다 먹기는 했지만, 돈까스가 코로 들어가는지 입으로 들어가는지 모를 지경이었다. 나는 애초에 돈까스를 먹고 나와서 같이 영화 보러 가자고 할 작정이었다. 하지만 레스토랑에서 영금을 본 나는 영화관에 가서 또 실수하면 무슨 망신이냐는 생각에 영화 볼 생각을 접었다.

미스 김을 먼저 들여보낸 나는 술이랑 안주를 사 들고 근처 도림동의 친구들 하숙집으로 갔다. 레스토랑에서 벌어진 돈까스 사건을 얘기했더니, 배꼽을 잡고 웃었다.

"하하하! 아따, 자네는 어찌 그리 무식한가?"

지금은 우리나라에서 복싱이 인기가 없고 걸출한 스타 챔피언도 없지만, 그 시절만 해도 '국민 스포츠'라고 할 만큼 굉장한 인기를 누렸다. 당시 우리나라에 동양 챔피언은 부지기수였고 세계 챔피언도 끊이지 않고 몇 명씩은 있어서 복싱 강국의 면모가 있었다. 아무리 그래도 전체 복싱 선수에 비하면 복싱으로 먹고살 만큼 이름을 알리는 선수는 극소수였다. 백의 아흔아홉은 국내 타이틀 근처에도 가보지 못한 무명 선수로, 복싱은 지금이나 그때나 배고픈 운동이기는 마찬가지였다.

그래서 아주 특출한 재능이 아니면 대개는 조금 해보다가 그만두고, 계속한다고 해도 취미 또는 호신 삼아 하는 차원이었다. 프로선수를 포기하고 나면 갈 데라곤 뻔했다. 건달 세계에 들어가 나이트클럽 기도 아니면 술집 영업부장이나 관리부장으로 일하면서 큰형님들 모시는 것이 일이었다. 그도 못되면 동네 뒷골목 불량배가 되어 약한 사람들 괴롭히고 영세상인들한테 돈이나 갈취해 쓰고 다니는 그런 시절이었다.

내가 다니는 체육관은 종합체육관이라서 복싱 말고도 육체미 운동, 즉 헬스를 하는 사람들이 꽤 있었다. 당시 영등포 건달 세계의 양대 산맥이 중앙파와 시장파였다. 그 두 파의 보스도 산하 조직원들과 함께 우리 체육관에 나와 헬스로 몸을 단련했다.

운동 능력이 탁월한 우리 체육관 사범도 반은 건달이었다. 월급이 적다 보니 주변의 유흥주점 두어 군데를 도와주고 용돈을 받는 것 같았다. 요즘이야 그런 일이 드물지만, 그 시절만 해도 돈 안 내고 술 마시고 다니는 것을 자랑으로 아는 진상이 많았다. 대개는 성질 더럽고 완력 좀 쓰는 인간들이어서 술집 사장으로서도 골치 아파했다. 술값만 떼먹는 게 아니라 술집 기물을 파손하고 종업원들한테 폭력을 행사하는 것은 예사고, 심지어는 돈까지 뜯어갔다. 법보다 주먹이 가까운 시대여서 경찰에 신고해 봤자 나중에 보복만 당하지 해결되는 건 하나도 없었다.

그래서 웬만한 유흥주점에서는 지배인이나 영업부장으로 힘깨나 쓰는 건달이나 주먹깨나 쓰는 전직 운동선수를 채용하여 가게의 사고를 방지하고 술값도 받아내게 하면서 동네 불량배들이 얼씬거리지 못하도록 하고 있었다.

그때는 우리 경제가 엄청난 수출의 활력을 업고 급속하게 발전하고 있어서 유흥업소도 우후죽순으로 늘어나던 시절이었다. 그러는 가운데 1980년대 초반에는 이른바 '쓰리고' 라고 하여 고(高)유가·고(高)금리·고(高)달러의 시대가 되어 잘 나가던 우리 경제의 발목을 잡는가 싶었다.(고스톱판에서는) '쓰리고(go)' 하면 정말 좋은 건데 경제에서는 왜 그렇게 나쁜 건가 하는 의문도 들었다.

그러나 다행히 1980년대 중반부터 원유가격이 크게 내리고, 국제금리가 떨어지고, 달러 가치가 하락하는 '쓰리저' 로 돌아서면서 세계 경제의 호황에 덩달아 우리 경제도 유사 이래 최고의 호황을 누리게 되었다. 그런 시절이라 다들 들떠서 흥청망청하는 분위기가 바람을 타면서 덩달아 유흥가도 번성했다. 사업 하는 사람들은 물론이고 직장인들까지도 고급 유흥주점에서 한 잔씩 하며 전부 다 대장이고 재벌인 양 돈도 팍팍 쓰고 우황을 떠는 시대가 열리고 있었다.

어느 날, 사범이 가볍게 한잔하자면서 나를 부르더니 처음 듣는 얘기를 털어놓았다.

"장호야. 이 사범이 가족을 부양하는데 월급이 너무 적다 보니 가욋돈이 좀 필요해서 이 옆에 유흥업소 두 군데를 봐주고 있다. 가끔 힘쓸 일도 있고 진상 칠 일도 있는데, 니가 나 좀 도와주라. 내가 보기엔 니가 체구는 작아도 운동도 잘하고 야무지고 의리도 있어 보여서 너한테 부탁한다. 많진 않으나마 종종 용돈도 좀 챙겨줄게."

"아이고, 사범님. 용돈이 뭐답니까? 사범님한테 도움이 된다면야 무조건 발 벗고 도와드려야지요. 그러잖아도 사범님이 잘 지도해 주셔서 항상 고맙게 생각하고 있던 참입니다."

"고맙다, 장호야."

그 사범이 도와준다는 업소 중 하나는 주로 젊은 친구들이 와서 노는 디스코텍이고, 또 하나는 룸살롱이었다. 우리는 운동을 하다가도 룸살롱에서 술값 등으로 시비가 붙어 시끄럽다는 연락이 오면 곧바로 쫓아가서 술값도 받아내고 현장을 재빨리 정리하여 영업에 지장이 없도록 했다. 종종 손님이 끝까지 난동을 부리면 끌고 나와 개 패듯 두들겨 패서 다시는 그곳에 얼씬거리지 못하게 했다.

이렇듯 유흥업소에서 싸움이 나거나 사고가 터지면 우리가 경찰보다 먼저 가서 상황을 정리하는데, 처음에는 좋은 말로 말리다가 그래도 정 안 들으면 두들겨 패서 쫓아냈다. 그러면 경찰이 폭력 행사라며 우리를 잡으러 오기도 하는데, 그럴 땐 옥상으로 올라가 옥상 외곽의 비상계단을 타고 내려가 도망가곤 했다.

취객이 많은 주말이면 어김없이 이런 활극이 벌어지곤 했으니, 주말에는 체육관 운동보다는 유흥업소 현장에 가서 뒤치다꺼리하거나 사고 처리하느라 바빴다. 그러니 복싱 실력은 잘 모르겠고, 실전 싸움 실력은 나날이 늘었다.

첫 번째 죽을 고비를 넘기고

그렇게 생활하던 중 마침내 시합이 잡혀 열심히 연습하는데, 사범이 나를 불러 단점을 지적하고 보완하자고 했다.

"장호야, 너는 복부가 약한 게 제일 문제야. 그런 상태로는 복부에 웬만한 펀치 두서너 대만 맞아도 다리가 풀려서 서 있을 수조차 없어. 그러니 볼링공으로 복부 단련 좀 하자."

내가 윗몸 일으키기를 하면 위에서 사범이 볼링공으로 복부를 때려주는 단련 운동을 한 뒤에 링으로 올라가 스파링을 했다. 스파링 상대는 나보다 실력이 크게 달리는 체육관 동료였는데, 나는 어쩌다 복부에 두 방을 맞고 다운되어서는 하체에 힘이 쭉 빠져 도저히 일어날 수가 없었다.

'어어, 왜 이러지? 내가 왜 이래?'

속으로 이런 생각만 맴돌지 운신을 할 수 없는데, 옆에서 글러브로 머리를 툭툭 치면서 엄살떨지 말라고 그러는 사범이 원망스러웠다.

"야, 인마! 장호. 엄살 그만 피우고 일어나!"

"아이고 사범님, 뭐가 잘못된 것 같은데요. 진짜로 배가 아프고 다리에 힘이 빠져서 못 일어나겠습니다."

"진짜야? 그럼 오늘 스파링은 그만 마치도록 해."

"예 알겠습니다."

그렇게 운동을 마치고 숙소로 돌아와 대충 씻고 누웠는데 사모님이 밥상을 차려놓고 불렀다.

"장호 총각, 밥 먹어."

"예, 사모님."

큰방으로 건너가 밥을 먹으려고 겨우 숟가락을 집었는데 꼭 토할 것 같은 느낌이 와서 숟가락을 놓고 일어났다.

"왜 밥을 안 먹어? 반찬이 맘에 안 드신가?"

"아닙니다, 사모님. 속이 좀 거북해서요. 괜찮아지면 제가 챙겨 먹을 테니 걱정하지 마십시오."

나는 마당으로 나와 줄넘기를 몇 개 하고 다시 내 방으로 돌아왔는데, 배가 꼬인 것 같기도 하면서 살살 아팠다. 병원에 가보면 좋을 건데 돈이 없었다. 사장님한테 얘기하면 되겠지만, 그 좋은 분에게 염려를 끼쳐 드리고 싶지 않아서 참는 데까지 참아 보자며 이를 깨물었다. 그렇게 사흘쯤 누워 지내자 사장님이 알고는 돈을 줄 테니 병원에 가보라고 했다.

"장호야, 어디 아프면 병원엘 가야지."

"괜찮습니다, 사장님. 고향에나 한 이틀 다녀오겠습니다."

"그래라. 가게는 내가 며칠 보고 있을 테니 잘 다녀오너라. 이 거 차비 하고."

"예, 사장님. 고맙습니다."

나는 아픈 배를 움켜잡고 영등포역으로 나와 순천행 기차를 탔다. 어머니는 집으로 들어선 나를 보자마자 깜짝 놀라며 물었다.

"장호야, 내려온다는 기별도 없이 뭔 일이다냐? 근데 내 새끼 얼굴이 왜 그 모양이냐?"

"엄니, 그리 안 해도 몸이 좀 아파서 연락도 못 드리고 좀 쉬려고 내려왔구만요."

"아니, 내 새끼 어디가 아픈디?"

"배가 아프고 힘이 없어요."

"뭐시여? 그럼 용한 무당을 불러서 싸게 푸닥거리를 해야 쓰겠구마."

"뭔 굿이다요? 냅두시오. 좀….''

나는 더 말릴 힘조차 없어 들어가 아픈 배를 부여잡고 누워 버렸다. 얼마나 지났을까. 밖이 시끄러워서 일어나보니 집 마당에서 무당이 떡시루를 앞에다 놓고 연신 "덩더덩더쿵~ 잡귀야 물러가라!" 하면서 굿 춤을 추고 야단법석이었다. 어안이 벙벙하여 그 모양을 지켜보던 나는 배가 더 아프고 꼭 죽을 것 같아서 굿을 하는 도중에 집을 빠져나와 택시를 타고 순천 도립병원 응급실로 들어갔다. 의사가 진찰을 해보더니 기겁을 했다.

"이 친구, 큰일 날 뻔했네. 빨리 수술 준비해요. 조금만 늦었으면 창자가 터져 죽을 뻔했어."

나는 어리석게도 그날 볼링공으로 복부를 다진 운동을 한 직후에 무모하게 스파링을 하다 상대한테 맞아서 창자가 꼬인 것도 모르고 그리 아픈 걸 혼자 참아온 것이다. 그새 복막염을 일으켜 창자를 10cm나 잘라내는 대수술을 받고 나서야 겨우 살아났다. 사람을 달리 무식하다고 하는 게 아니다. 무식하면 용감하다더니, 내가 꼭 그 짝이었다. 나는 그렇게 첫 번째 죽을 고비를 넘겼다.

입원 연락을 받은 어머니는 굿을 중단시키고 사촌 형수와 함께 병원으로 달려왔다. 나는 보름 동안 병실에 누워 수술한 몸을 회복하고 퇴원했다.

짝사랑과 함께 이별한 더부살이

집에서 며칠 더 몸을 돌보다 상경하여 가게 일을 다시 보았다. 체육관에도 몇 번 나가 복싱 연습을 해봤는데, 운동하는 것이 수술하기 전보다 훨씬 힘들뿐더러 점차 운동이 싫어졌다.

운동하는 것도 시들해지자 딴생각이 들었다. 재수하느라 학원에 다닌다는 사장님 댁 둘째딸 인자가 내 또래인 데다 마음씨도 곱고 얼굴도 예뻐서 자꾸 관심이 갔다. 어떻게 하면 관심을 끌어서 꼬실 수 있을까 궁리를 하다가 문득 좋은 생각이 떠올랐다. 사장님 둘째아들이 기타를 좀 치는 것 같아서 기타를 배워보기로 한 것이다. 그때는 기타 치며 노래하는 남자가 여자들에게 인기가 좋았다.

"형, 혹시 기타 잘 치세요?"

"왜? 조금 치는데."

"기타를 좀 배워볼까 하는데, 가르쳐줄 수 있어요?"

"응. 아주 잘 치는 실력은 아니지만 가르쳐줄게."

"아, 예. 고맙습니다."

나는 그날로 기타를 하나 사서 배우기 시작했다. A 마이너, D 마이너, 어쩌고 하면서 기본부터 배우다 보니 조금씩 기타에 눈을 떠갔다. 내 딴으로는 인기곡 가운데 제일 배우기 쉬운 곡 중 하나가 임성훈의 〈내가 놀던 정든 시골길〉이어서 그 곡을 집중적으로 연습했다.

어느 정도 자신감이 붙자 인자가 학원 갔다 올 때쯤이면 일부러 기타를 들고 나가 A 마이너를 잡고 기타 줄을 멋지게 튕겨가며 목이 터지도록 노래를 불러댔다.

"내가 놀던 정든 시골길~ 소달구지 덜컹대던 길~."

하지만 아무리 열심히 노래를 불러대도 인자가 통 관심을 보이지 않으니 맥이 빠졌다. 그러던 중 하루는 인자가 노래를 부르고 있는 내게 다가와 한마디 쏘아붙이더니 횡하니 돌아서 가버렸다.

"장호 씨, 돼지 멱따는 소리 좀 그만할 수 없어요? 좀 조용한 노래를 부르든지…."

그 순간 노래할 마음이 뚝 떨어져서 기타를 내동댕이치고 밖으로 뛰쳐나왔다. 어디 딱히 갈 데도 없고 해서 설렁거리다가 동네 다방으로 들어갔다. 커피 한잔을 시켜놓고, 어떻게 하면 인자 씨가 나를 좋아하게 만들까, 이 궁리 저 궁리 하느라 머리를 쥐어짰다.

'영화를 보자고 할까? 아니면 연애편지를 한번 써볼까? 그래

밑져야 본전이니까 용기를 내서 데이트 신청을 한번 해보자!'

이튿날 인자를 만나 거두절미하고 다짜고짜 물었다.

"인자 씨, 혹시 이번 주 일요일 날 시간 있으면 영등포역 시계탑 앞으로 11시까지 나오실 수 있어요?"

"왜요? 무슨 일 있어요?"

"할 말도 있고, 뭐 요즘 말로 데이튼가 하는 그거나 한번 하시게요."

"하하, 알았어요. 시간 나면 나갈게요."

'야호! 웬 떡이야. 이제 됐다.'

요령도 없이 직진으로 덤벙대기만 해서 딱지맞을 걸 각오했는데, 뜻밖에도 단번에 선뜻 허락해서 당황스러울 정도였다. 속으로 쾌재를 불렀지만, 그다음이 또 고민이었다.

'만나면 뭐라고 얘기하지? 내가 인자 씨를 사랑한다고 해볼까? 아니면 그냥 좋아한다고 해볼까? 그도 아니면 인자 씨 생각에 통잠이 안 온다고 해볼까? 이도 저도 낯간지러울 것 같아서 원…. 아무튼 만나면 무슨 말을 할지 생각나겠지.'

그때부터 일요일이 오기를 기다리는데, 일각이 여삼추라는 우리 어머니 말씀이 그때야 이해가 되고 실감이 났다. 더디고 더딘 시간이 흘러 드디어 일요일. 11시가 되기 훨씬 전부터 영등포역 시계탑 앞에서 기다리는데, 11시가 되자 그녀가 저쪽에서 걸어오고 있었다. 아이고 예쁜 거. 나는 그만 너무 반가운 나머지 말실수를 하고 말았다. 내 딴엔 진짜로 생각해서 한 말인데, 상대는 비꼬는 말로 들은 모양이다.

"아이구, 피곤하실 텐데 좀 쉬시지 뭐 하러 나왔어요?"

"아니, 그쪽에서 먼저 만나자고 하지 않았나요?"

순간, 내가 들어도 기분 나쁘겠다 싶었다. 황급히 주워 담으려 했지만, 이미 때는 늦고 말았다.

"아, 아니, 그게 아니라 저는 너무 고마워서 그런 건데…. 그만 말실수를 했어요."

나는 어쩔 줄 몰라 처분을 기다리는 표정으로 머리만 긁적였다.

"별 싱거운 사람 다 봤네. 나, 갈래요!"

"아, 아니, 인자 씨! 제가 데이트를 처음 해봐서 말이 헛나온 것 같아요. 그러니 용서하시고 어디 맛있는 점심이나 하러 가시죠."

"아이, 기분 나뻐!"

그러고는 더 들을 것도 없다는 듯 휑하니 돌아서서 가버렸다.

"아니, 인자 씨! 저기요…."

나는 돌아서서 가는 그녀의 뒤통수에 대고 애타게 불러보았지만, 불러도 대답 없는 이름이었다. 나는 한참을 멍하니 서 있다가 가까스로 생각을 가다듬었다.

'아이구, 이놈의 방정맞은 주둥아리가 모처럼 잡은 데이트 기회를 놓쳐버렸네. 아, 이제 어떻게 하지? 옳지, 책방에 가서 연애

편지 쓰는 책을 한 권 사서 내 진실한 마음을 전해야지. 그렇게 그녀의 마음을 사로잡고 오늘의 실수도 사과해야지. 흐흐.'

나는 영등포역 앞으로 쭉 걸어 나와 책방을 찾아다녔다. 큰길에서 골목길로 들어서니 조그만 책방이 하나 보였다.

"아가씨, 혹시 여기 연애편지 쓸 때 보는 책이 어디 있어요?"

"저쪽에 가보세요."

나는 시집 비슷한 연애편지 내용이 적힌 책을 한 권 사서 숙소로 돌아왔다. 인자 씨가 집에 있나 살펴봤지만, 기척이 없었다. 어디 다른 데 놀러 간 듯싶었다. 혹시 다른 남자라도 만나고 다니지 않나 불안했다.

그날 저녁, 연애편지 책에서 나름 주옥같아 보이는 문장을 추려내 연애편지를 쓰기 시작했다.

보고 베낄 책이 있으니 쉬울 것 같았지만, 내 마음을 담은 문구를 찾아 쓰려다 보니 베끼기도 쉽지 않았다.

"한없이 흐르는 시간과 공간 속에 오늘도 무언가 아쉬움에, 하루해는 서산에 지고 밤이면 그대 얼굴이 아른거려 잠 못 이루고, 어쩌면 그렇게 예쁘고 아름다우셔서 이 내 마음이 쿵쾅거려 잠을 이룰 수 없고…."

이렇게 시작된 편지는 이러쿵저러쿵 긴 사연을 늘어놓은 다음에야 끝났다. 내 나름으론 정성을 다한 긴 편지를 써서 고이 접어 쥐고선 인자 씨가 들어오기만을 학수고대했다. 떨리고 설레는 마음에 오랜 기다림이 지루한 줄도 몰랐다. 사랑은 지루할 새가 없다는 걸 그때 알았다. 드디어 귀가하는 인자 씨를 대문 앞에서 맞아 편지를 전해주고는 후다닥 방으로 뛰어 들어왔다.

그러고는 하루하루 목을 빼고 답장을 기다렸다. 일각이 여삼추라던 어머니 말씀이 또 뼈를 때렸다. 사랑의 응답을 기다리는 시간은 일각이 여삼십추였다. 그렇게 꼬박 일주일을 더 기다려도 답장이 없고 아무 말도 없었다.

한 열흘쯤 지났을까. 저녁 무렵, 그녀가 내게 하얀 쪽지를 고이 접어 전해주었다. 순간 나는 가슴이 벌렁거렸다. 드디어 내 사랑 고백을 받아들인 걸까? 아니면? 쪽지에 적힌 내용이 궁금해 저녁밥도 먹는 둥 만 둥 숟가락을 놓고 행여 누가 볼까 싶어 화장실로 들어가 눈을 감고는 조심스레 쪽지를 폈다.

"나도 장호 씨를 좋아하고 있어요. 사랑해요. 한번 사귀어봐요."

나는 이런 달콤한 속삭임이 씌어 있기를 기대했고 또 그렇게 믿었다. 과감하게 눈을 뜨고는 쪽지를 읽었다.

"무슨 편지를 발가락으로 쓰나요? 글씨가 왜 이 모양이에요? 게다가 내용은 유치찬란하고요. 책 보고 베꼈군요."

답장은 이게 전부였다. 에이, 뭐야 이거? 내 딴엔 정성을 다해서 썼는데…. 인자 씨는 처음부터 나를 좋아하는 마음이 조금도 없었구나. 눈에서는 어느새 닭똥 같은 눈물이 줄줄 흘렀다. 엄니,

흑흑흑. 나는 화장실에서 소리 죽여 오래 울었다. 철들고는 이렇게 울어보기가 처음이다.

그로부터 며칠 후, 운동을 마치고 숙소로 가느라 가방을 메고 영등포 크라운 맥주 공장 뒷골목을 터벅터벅 걸어가는데 맞은편에서 두 연인이 걸어오고 있었다. 나와 거리가 가까워지는가 싶은 순간, 나는 짧은 비명을 질렀다. 느닷없이 돌멩이가 날아와 내 정강이를 강타했다. 마주 오던 남자가 무심코 걷어찬 돌멩이가 하필 내 정강이로 날아오고 만 것이다. 그러잖아도 사랑하는 사람한테 딱지를 맞아 심사가 뒤틀려 있던 참에 너 잘 걸렸다 싶었다. 정 버르장머리 없이 나오면 몇 대 쥐어박을 생각으로, 처음부터 시비조로 나갔다.

"어이, 형씨! 이리 와봐. 길을 가려면 곱게 다녀야지. 뭣땀시 가만있는 돌멩이를 차서 사람을 다치게 하는 거야, 엉? 눈깔아, 이 새끼야."

"뭐? 이 새끼. 지금 나한테 뭐라고 했어?"

"야, 이 새끼야 그랬다. 왜, 떫냐, 이 새끼야?"

그러자 내가 만만해 보였는지 상대방도 지지 않고 세게 나왔다.

"너 나하고 한번 붙을래?"

"오케이. 그러잖아도 요즘 주먹이 근질근질한데 잘 됐다. 붙어! 이 자식아."

싸울 태세를 하고 바짝 다가서는데, 그때야 옆에 있는 아가씨가 눈에 들어왔다. 순간 눈이 마주치자 아가씨가 먼저 아는 체를 했다.

"어머, 장호 씨 아니세요?"

"아니, 인자 씨!"

"장호 씨, 미안해요. 제 남자친구가 원래 좀 과격해요. 저를 봐서 이해하세요, 네."

인자가 살랑거리며 애교를 부리자 더는 화를 낼 수가 없었다. 그녀는 태연하게 나를 남자친구에게 소개했다.

"자기야, 우리 가게에서 일하는 분인데, 장호 씨라고 해. 인사해. 숙식도 우리 집에서 하며 같이 살아."

"아, 미안합니다. 나는 그런 줄도 모르고 형씨랑 한바탕 하려고 했지요."

"하하, 그렇군요. 두 분, 즐겁게 데이트하세요. 나는 이만…"

사랑의 고백을 거절당해 상심해 있던 나는 잔인하게 확인사살까지 당한 기분이어서 더욱 비참했다.

'그러면 그렇지, 나보다 키도 크고 잘난 남자가 있는데 나 같은 촌놈을 거들떠나 보겠어? 에이, 기분 엿 같네.'

그 일이 있고 나서부터 내 눈에 천사처럼 보이던 인자 씨가 괜히 밉보여서 쳐다보기도 싫어졌다. 질투심이 이런 건가 싶었다. 가망 없는 짝사랑의 감정을 안고 한 집에서 날마다 얼굴을 보고

살자니 죽을 맛이었다. 견디다 못한 나는 사장님 집 더부살이를 정리하고 친구들 하숙집으로 옮겨가서 친구들과 지낼 작정을 하게 되었다. 인자 씨와 온전히 함께하지 못하는 사장님 집은 내게 앙꼬 없는 찐빵이나 마찬가지인 데다가 차라리 내가 눈에 안 보이는 것이 인자 씨한테도 속 편할 것 같았다.

"사모님, 저 드릴 말씀이 있는데요."

"뭔데 총각?"

"친구들과 떨어져 저 혼자 지내자니 외롭기도 하고 그래서 친구들 하숙집으로 갈까 합니다."

"아니 총각, 갑자기 왜 그래? 나한테 뭐 서운한 거라도 있는 건가?"

"아이고, 사모님. 무슨 말씀이세요? 서운한 거 손톱만큼도 없습니다. 그동안 저한테 얼마나 잘해주셨는데요. 사모님께서 해주신 밥도 제가 살아오면서 먹어본 밥 중에 제일 맛있었습니다. 제가 나가더라도 잠만 하숙집에서 자는 거지, 자주 뵈러 올 텐데요 뭐. 사장님이나 식구들한테도 말씀 좀 잘 해주세요."

"알았어, 총각. 우리 집에 있으려니까 부자유스럽기도 하고 눈치 보여서 그러는 거지? 하숙집이 마음에 안 들면 언제든지 다시 집으로 들어와, 총각."

"예, 사모님. 참말로 고맙습니다."

처음 겪어보는 일들

"도식아, 느그들이랑 같이 살고 싶어서 사장님 집에서 짐 싸 들고 나올란다. 느그들 하숙집으로 갈라 그러니 주인아줌마한테 얘기 좀 잘 해놔라."

"뭐? 그 좋은 데 놔두고 왜 우리 하숙집으로 온다는 것이여?"

"이유는 나중에 얘기하고…. 알았는가? 몰랐는가?"

"어어, 알았네. 근디 거기 이쁜 딸은 어떡하고?"

"말도 마라. 이 사나이, 가슴이 아프다. 다음에 얘기하자."

친구들이 기거하는 하숙집은 15개나 되는 방에 하숙생이 40명에 가까워 북적북적했다. 다들 돈 번다고 멀리 지방에서 상경하여 공장에서 직공으로 일하거나 나처럼 상점에서 점원으로 일했다. 서로 비슷한 처지에 있는 사람들이라서 그런지 금세 가까워지고, 나름대로 질서를 유지하며 열심히들 살아가고 있었다. 나도 그런 하숙집 분위기에 금세 젖어 들어갔다. 나는 하숙집이든 철강상회든 잘 적응하여 착실히 일하면서 저녁에는 체육관 가서 운동하는 것도 웬만하면 거르지 않으려고 노력하는 가운데 사범의 업소 봐주는 일도 최선을 다해 도와주었다.

그러던 어느 날, 사범이 기분 좋은 얼굴로 불렀다.

"야, 장호야."

"예, 사범님."

"오늘 내가 업소에서 월급을 받았는데, 너 용돈을 조금 줄까? 아니면 술 좀 마실 줄 아냐?"

"예, 사범님. 고향에서 소콜이라고, 소주에다 콜라 타서 좀 마셨습니다."

"그럼 오늘 운동 끝나고 장호 니 후배 훈이랑 셋이서 한잔하자."

"저는 괜찮습니다, 사범님."

"괜찮긴 뭐가 괜찮아 인마. 내가 너랑 마시고 싶어서 하는 얘긴데."

"네, 사범님."

우리는 운동이 끝나고 근처 횟집으로 들어갔다. 나는 이때껏 생선회는 말만 들었지, 한 번도 먹어본 적이 없었다.

"사장님, 여기 광어회 한 접시하고 쓰끼다시(곁들이 안주) 좀 많이 주세요."

"하하, 네~. 잘 알아 모시겠습니다."

처음 먹어보게 되는 회라서 맛이 어떨까 궁금했다.

"사범님, 사실 저는 회를 오늘 처음 먹어보게 되어서 아직 맛을 모릅니다."

"뭐? 장호 니 고향이 여수 옆이라면서 여태 회를 안 먹어봤다고? 에라 이~ 촌놈아."

"순천이 여수 옆이라도 배 들어오는 항구하고는 솔찬히 떨어져서 있어서요. 생선이야 많이 먹어봤지요. 구워 먹고 쪄서 먹고 찌개 끓여 먹고…. 근디 회는 안 먹어봤어요."

먼저 이런저런 짜시락한 해물들이랑 반찬들이 나왔다. '쓰끼다시'인가 보았다.

"장호야, 이런 쓰끼다시는 지금 많이 먹지 말고 우선 조금씩 맛만 봐라. 그래야 담에 나오는 회를 맛나게 먹을 수 있다."

"네, 알겠습니다, 사범님."

곧이어 광어회가 길쭉한 접시에 담겨 나왔다. 사범이 회 먹는 요령을 일러주었다.

"장호야, 회를 젓가락으로 집어서 와사비(고추냉이) 간장이나 초장에 찍어 먹으면 된다."

"예, 알겠습니다."

"자, 우선은 장호가 그동안 나 때문에 고생했으니까 상추 회쌈을 싸줄게. 자, 맛나게 받아먹어라."

"아닙니다. 사범님이 먼저 드셔야지요."

"에헤, 오늘은 장호 너 먼저."

사범이 큼지막한 광어회 한 점에 고추냉이를 잔뜩 올린 상추쌈을 내게 내밀었다.

"자, 소주 한잔 쭉 들이키고 이 안주를 먹어라."

"고맙습니다, 사범님."

나는 소주잔을 쭉 비우고 안주를 덥석 받아서 씹었다. 아이고~ 나 죽네. 얼마나 매운지 눈물 콧물이 막 쏟아져나왔다. 사범이 장난치느라 상추 쌈에 일부러 고추냉이를 몽땅 넣은 것이다.

"아이고~ 사범님, 나 죽겠습니다. 야, 훈아! 웃지만 말고 물 좀 주라, 물."

나야 죽겠다고 법석을 떨든 말든 둘은 배꼽을 잡고 웃었다.

'아이고, 이 순천 촌놈이 사범한테 당했구나. 회를 처음 먹어본단 소리를 무담시 해갖고 사서 고생을 하는구나.'

사범이 웃다 말고 유식한 말을 써가며 정신을 못 차리고 있는 내 염장을 지른다.

"하하, 사람은 나면 서울로 보내고 말은 나면 제주로 보내라더니, 그 말이 딱 맞네. 사람은 자고로 뭘 알아야 면장을 한다니까."

어디서 많이 듣던 소리인데, 이런 장면에서 쓰는 말이 맞는지 아리송했지만, 그러려니 하고 넘어갔다. 아무튼지 한바탕 크게 웃은 우리는 매운탕에 밥까지 배불리 먹고 식당을 나왔다.

"장호야, 에끼마이라고 가봤냐?"

"아닙니다, 사범님. 어디 있다고 얘기만 들었습니다."

일본말에 '에끼마이'가 있는지는 모르겠지만, 그때는 뒷골목 유곽을 다들 그렇게 불렀다.

"영등포역 뒷골목에 있는데 한번 가보자. 아가씨들이 이쁘다

더라."

"저~ 사범님, 그런 데는 안 가봐서 부끄러운디요."

"뭣이 부끄럽다고 그래? 촌놈하고는…. 괜찮아 인마. 따라와 봐."

"아, 예."

훈과 나는 처음 가보는 데라서 떨리기도 하고 궁금하기도 했다. 연신 머리를 긁적이면서 사범을 따라가다 보니 역 뒤쪽의 긴 골목길로 들어섰다. 순간 눈이 휘둥그레졌다. 온통 붉은빛으로 환한 골목은 길 하나 사이로 딴 세상이었다. 좁은 골목을 가운데 두고 양편으로 길게 잇대어 있는 가게마다 헐벗은 아가씨들이 죽 늘어서서 지나가는 남자들을 코맹맹이 소리로 불러대며 붙드느라 바빴다. 하나같이 늘씬한 미인들이었다.

"사장님~ 놀다 가세요. 잘해드릴게요."

"나, 사장 아닌디요."

"그럼 오빠, 놀다 가세요. 우리 집에 꽃띠 이쁜 영계들 많아요."

"사범님, 영계가 뭐여요?"

"영계도 몰라야? 뼹아리같이 어린 아가씨를 영계라고 안 하냐. 우리 장호, 이리 순진해서 어떡하냐?"

사범은 나를 무슨 천연기념물 보듯 쳐다보며 웃더니, 한 가게 앞에 멈춰서 눈짓을 보냈다.

"야, 이 집으로 들어가자."

"어서 오십시오, 사장님. 영자야, 세 분 들어가신다. 손님 받아라."

"네~ 언니. 손님들~ 2층으로 올라오세요. 이쁜 아가씨들 해줄게요."

우리는 저마다 정해준 방으로 들어가서 아가씨를 기다리고 있는데, 한참 후에 훈이 내 방으로 와서 투덜댔다.

"아이고, 쪽팔려서 혼났소, 장호 성."

"야, 훈아. 여기 와서 뭐가 쪽팔릴 일이 있다고 그러냐?"

"아가씨가 뭔 냄비를 닦고 온다기에 혹 라면을 끓여오나 싶어 한참을 기다렸는데, 빈손으로 오길래 내가 뭐라 했어요. 아니 아가씨, 라면은 어쩌고 빈손으로 오냐고. 그랬더니, 영문을 모르겠다는 듯 되묻는 거예요. '무슨 라면이요?' 그래서 아까 아가씨가 냄비 닦고 온다며 기다리라 하지 않았느냐고 따지자 박장대소를 하며 그러는 거예요. '아이고, 우리 순진한 총각 보소, 하하. 냄비 닦고 온다는 것은 여기 말로 얼른 한번 하고 온다는 말이어라. 옆방에 먼저 온 군인 아저씨가 있어서…. 총각도 퍼뜩 벗으쇼. 찐하게 사랑해줄게.' 아, 이러는데 어디 쥐구멍이라도 있으면 들어가고 싶더만요."

"하하하! 아이고, 훈아, 니나 나나 누가 더하고 덜할 것도 없는 숙맥이라 오늘 여러 코미디 상영하면서 댕긴다. 하하!"

난생처음 유곽을 경험하고 골목을 빠져나온 나는 기분이 묘했다. 뭔가 허탈하기도 하고 창피하기도 했다. 그나마 훈의 해프닝에 한바탕 크게 웃은 덕분에 마음이 좀 가벼워졌다. 사범과 헤어져 하숙집에 들어오자 도식이 기다리고 있다가 퉁바리를 놓았다.

"야, 느그들은 나 혼자 놔두고 어디 갔다 인자 오냐?"

"미안하다, 도식아. 근디 니는 회 묵어봤나?"

"안 묵어봤는디. 왜?"

"그럼 영등포역 뒤에 에끼마이는 가봤냐?"

"에끼… 뭐? 그것이 뭔디?"

"아, 이쁜 아가씨들이 연애해주는 데….'"

"야, 이 의리라고는 손톱의 때꼽만큼도 없는 새끼들아. 느그들만 나가서 맛있는 거 처먹고 재미보고 와서는 누구 약 올리는 거냐?"

"친구야, 성질만 내지 말고 한번 들어보소. 사범님이 자기 일 도와주는 체육관 후배들 술 한잔 사준다고 데리고 나간 것이여. 우리가 일부러 니를 빼놓았겠냐. 그런께 도식이 니도 우리랑 같이 복싱을 해라. 그러면 사범님이 니도 같이 데리고 나갈 거 아니냐."

"됐다! 느그들이나 많이 처먹고 재미 진탕 봐라. 체육관은 무슨….'"

"진짜 미안하게 됐네, 친구. 갑자기 벌어진 일이라 미처 못 챙겼네. 훈이한테 물어보소, 거짓말인가. 내가 이다음에 월급 타면 쏠 테니 우리끼리 한번 가자고. 그러니 코 푸는 것맹키로 화도 확

풀어불소."

"에라~ 이 씨불탱이들아! 그 뭐시냐, 물건에 거시기나 콱 걸려 부러라. 하하하."

도식이도 짐짓 화난 척해본 거여서 우리는 크게 한바탕 웃고는 금세 다정한 사이로 돌아왔다.

"그건 그렇고, 장호야. 성윤이 형이 올라온다고 연락했드라."

"뭐? 성윤이 형이…. 도식아, 성윤이 형은 집도 먹고 살 만한데 그냥 고향에 있지 뭐 하러 올라온다냐?"

성윤이 형은 우리랑 같은 동네에 사는 선배다.

"뭐, 군대도 마치고 했으니 서울 올라와서 이것저것 좀 알아보고 장사라도 하려나 본데. 그 형 집이 순천에서 철물점 안 했는가."

"언제 온다든가?"

"이번 주. 급히 올라오는 거라서 당분간 우리 하숙집에 같이 있었으면 하던데. 자리 잡히면 옮긴다고 ….

"그렇게 해야지 뭐. 친구가 아줌마한테 얘기 좀 잘해놓아."

알다가도 모를 성윤이 형

며칠 후, 우리는 영등포역으로 성윤이 형 마중을 나갔다.

"아이고, 형님. 올라오시느라 고생했습니다."

"그래, 아우들아. 잘들 지내고 있었냐?"

"예, 뭐 형님 덕분에…."

"우선 아우들 숙소로 가세. 가방 좀 갖다 놓고 나와서 차 한잔하게."

"예, 형님."

그러잖아도 좁은 방이 성윤이 형까지 들어오자 미어터졌다. 원래 도식이와 훈이 둘이서도 비좁게 쓰던 방에 식구가 둘이나 더 늘었으니 그럴 만도 했다. 그래서 하는 수 없이 도식이가 다른 방으로 옮겨 가기로 했다. 도식이가 다른 방으로 옮겨간 것은 방이 좁은 이유도 있지만, 성윤이 형의 지독한 발 냄새 때문이기도 했다.

성윤 형은 종일 쏘다니고 와서도 잘 때 도무지 발을 씻지 않았다. 하다못해 물수건으로라도 닦는 법이 없었다. 여름철이면 더

심해서 악취에 머리가 지끈거렸다. 오죽했으면 모기조차 접근을 안 해서 모기약이 필요 없었다. 제발 제발 발 좀 씻고 자라고 저녁마다 아우들이 아우성을 해댔지만, 성윤이 형은 아랑곳 하지 않았다. 선배를 쥐어팰 수도 없고 미쳐버릴 것만 같았다. 우리는 말씨름하다 지쳐 아예 포기하고 살았다. 그래도 밤에 잠은 자야 하니, 성윤이 형이 잠들기를 기다렸다가 훈이 물수건으로 대충 그 발을 닦아내면 겨우 잠을 청했다.

그러던 어느 날, 성윤이 형이 우리한테 미안했는지 한턱내겠다고 했다.

"아우들아, 우리 오랜만에 영등포 나가서 영화도 한 편 보고, 한잔하고 들어오자. 장호랑 훈이 운동은 하루 쉬고…."

"예, 형님. 사범님한테 전화로 말씀드려 놓겠습니다."

나는 성윤이 형이 웬일인가 싶었지만, 이참에 쌓인 얘기도 하고 스트레스도 풀면 좋겠다 싶어 도식이와 훈을 돌아보며 동의를 구했다.

"도식아, 훈아, 오랜만인데 형님 따라가서 한잔하고 오자."

"알았네, 친구."

"그럽시다, 성."

순천에서는 '형' 을 '성' 이라고도 부르는데, 원본 남도 말투를 구사하는 훈이는 '성님' 도 아니고 반말 비슷하게 꼭 '성' 이라고

만 불렀다. 그런데도 희한하게 버릇없다기보다는 다정한 느낌이 들어 좋았다.

　우리 하숙집이 있는 도림동에서 번화가인 영등포 시장까지는 택시로 15분 거리였다. 우리는 택시를 잡아타고 나가서 일단 밥부터 먹었다. 그런 다음 영화를 한 편 보고는 근처 포장마차로 갔다. 뜨끈한 어묵에다 소주를 시켜 기분 좋게 취하도록 마셨다. 그동안 서운했던 거, 미안했던 거, 고마웠던 거, 이런저런 얘기를 털어놓으며 화기애애하게 우의를 다졌다. 포장마차를 나오니 어느새 밤이 깊어가고 있었다. 우리는 어깨를 걸었다 풀었다 얘기를 나누며 설렁설렁 걸어가고 있는데, 우리 맞은편에서 베레모를 쓴 공수부대원 둘이 걸어오고 있었다. 옆에는 민간인 한 명도 동행하고 있었다. 그들이 몇 발짝 앞까지 가까워지는가 싶었는데, 성윤이 형이 느닷없이 그들을 큰소리로 불러세웠다.

　"야! 공수부대 너희들. XX 공수 출신이냐?"

　순간 놀란 공수부대원들은 성윤이 형을 공수부대 선배로 알았는지, 바짝 얼어서 칼같이 경례를 붙였다.

　"아 네, 우리 부대를 아십니까?"

　"야, 인마! 나는 육군 출신이지만 웬만한 공수부대는 다 안다. 인마들, 똑바로 해라. 차렷! 열중쉬어!"

　공수부대원들은 '육군 출신' 이라는 말을 듣자마자 태도가 돌변

해서 같잖다는 표정이었지만, 취객으로 알고는 점잖게 충고했다.

"사장님, 한잔하신 모양인데 그냥 지나가세요."

취해서 이미 개념을 상실한 성윤이 형은 대책 없이 객기를 부렸지만, 말로만 끝났다면 우리가 말려서라도 그냥 지나갈 수 있는 일이었다.

"야! 인마, 너희들! 내가 육군 출신이라고 무시하는 거야 뭐야?"

성윤이 형은 그러고는 말릴 새도 없이 공수부대원에게 냅다 주먹을 날리고 말았다. 아이고, 하는 소리가 나는가 싶더니 공수부대원 둘이 동시에 달려들어 눈 깜짝할 사이에 성윤이 형을 다운시켜버렸다. 순식간에 벌어진 일이라서 그때야 상황파악이 된 우리는 셋이 한꺼번에 공수부대원들에게 달려들어 발로 차면서 잡으려 하니까 잽싸게 도망쳐버렸다.

"아니, 형님. 괜찮습니까?"

고개를 흔들어 겨우 정신을 차린 성윤이 형의 몰골은 장난이 아니었다. 눈두덩은 퉁퉁 부어서 눈이 안 보일 정도였고 입술이 터지고 코에서는 코피가 주르르 흘러 얼굴이 피범벅이었다. 나는 도식이와 함께 성윤이 형을 부축해 일으켜 앉히면서 훈이한테 일렀다.

"훈아. 우선 포장마차에 가서 휴지 좀 가져와라. 얼굴 피부터 닦아내고 약국에 들러서 약을 좀 발라드리자."

훈이 휴지를 가지러 가고, 성윤이 형이 새는 발음으로 나한테 물었다.

"야, 장호야. 그 새끼들 어디로 튀었냐?"

"형님, 우리가 잡을라고 덮치자 잽싸게 도망쳐부렀는디요."

"야, 이 새끼들아, 그것들 하나 못 잡고 느그들이 뭐 운동을 한다고…. 한심한 새끼들."

"아니 형님, 워낙 느닷없이 벌어진 일이라 우리가 손쓸 새도 없는 줄 형님이 더 잘 아시면서 그래요? 그러고 형님, 여기서는 술 드시고 아무한테나 시비 걸어 싸우고 그러면 큰일 나요."

"야, 이 자식아, 나도 군대서 태권도를 초단 딴 놈이여."

"그래도 형님, 여기는 우리 고향하고는 대도 못할 만큼 살벌해요. 객기 부리다 몽둥이 맞고 칼 맞아 죽은 사람도 수두룩하답디다. 그나저나 얼른 병원이든 약국이든 가서 치료부터 합시다."

"알았어, 이 새끼들아. 이 새끼들 되게 야문 줄 알았더니 물렁탱이구나. 이 형이 밤탱이가 되게 두들겨 맞도록 보고만 있고 말이야. 그러고도 느그들이 내 아우여?"

"형님, 내동 말씀드렸는데도 왜 그래요? 처음에는 형님이 아는 사람 만난 줄만 알았지, 그런 사달이 날 줄 어찌 알았겠어요?"

성윤이 형은 된통 얻어맞은 게 몹시 분했던지 그 분풀이를 우리한테 더 해대더니 무안했는지 슬며시 입을 다물었다. 우리는 근처 약국에 들러 옥도정기랑 안티푸라민하고 반창고를 사 들고 하숙집으로 돌아왔다. 성윤이 형 얼굴에 약을 발라주고 있는데,

거울을 본 성윤이 형은 망가진 자기 얼굴에 또 분이 솟구쳤는지 씩씩거렸다.

"아이고, 영화배우같이 매끈하게 잘 빠진 내 얼굴이 니주구리 씨빠빠가 되어부렀네. 장호야, 열 받아 죽겠다. 그 새끼들 잡으러 가야겠다. 얼른 연장 챙겨라."

"형님, 그 새끼들이 진작 어디로 멀리 튀어부렀제, 나 잡아가라 한답디여. 인자는 한강 가서 바늘 찾기요. 그만하시고 쉬시오, 좀. 저는 내일 아침 일찍 가게 나가야 해서 잘랍니다. 철근 납품할 일이 있어서 사장님이 일찍 나오라고 하셨어요."

"에헤, 이 자식은 어렸을 때는 용감하고 야물더니 서울 와서 완전 물렁탱이 되어부렀구마잉. 야, 느그들은 따라올 것 없이 칼 한 자루만 가져와. 나 혼자 가서 해결하고 올 테니까."

"훈아, 니가 정제 가서 아줌마 몰래 칼 한 자루 들고나와 성윤이 형님 갖다 드려라."

"알았네, 성. 나라도 따라 가볼까? 걱정되는디."

"야, 인마! 지금 시간이 몇 시냐? 니도 내일 공장에 일 나갈 거 아니여? 그러니 그냥 자. 형님 혼자 바람도 쐬고 술 좀 깨고 오시게. 피곤하다, 피곤해."

"알았네, 성."

따라나서겠다는 훈이까지 내가 칼같이 잡도리하여 주저앉히자 성윤이 형은 내심 서운했는지 도끼눈을 뜨고 나를 쳐다보았다. 나는 짐짓 모른 체하고 달래듯 말했다.

"형님, 죄송합니다. 찾아보다가 없으면 얼른 들어 오시요."

"알았다, 이 의리 없는 새끼들아."

성윤이 형은 훈이 가져온 칼을 신문지에 싸서 안주머니에 쑤셔 넣더니 대문을 쾅 닫고 나갔다. 훈인 못내 걱정스러운지 혼잣말처럼 중얼거렸다.

"성, 괜찮을까?"

"야, 인마. 안 괜찮으면 어쩔 건데? 무슨 영등포 바닥이 순천 웃장터냐? 그 넓은 데서 이 시간에 어떻게 군바리들을 찾것냐. 벌써 어디 들어가서 늘어져 있것지, 코빼기라도 보이겠냐. 근디 훈아, 성윤이 형님은 군대 가기 전만 해도 사람이 착실했지 않아? 군대 가서 사람 배래부렀는갑다. 또라이도 아니고…. 변해도 이상하게 변해부렀다."

"그러게 성. 그나저나 제발 발 좀 씻고 잤으면 좋겠어. 발 냄새 때문에 잠을 잘 수 없으니 미치겠어."

"하하, 그런께 말이다. 내가 어디 가서 겁나게 향기 좋은 비누 하나 구해올 테니 성윤이 형님 잠들면 그 비누를 잔뜩 묻혀서 닦아봐라. 하여튼 들어가 자자. 형님이야 곧 오겠지, 뭐."

그리고 나서 막 잠들려고 하는데, 성윤이 형이 술에 떡이 되어 들어왔다.

"야! 장호야, 그놈들 못 찾고 술만 잔뜩 먹고 그냥 왔다."

"형님, 들어갑시다. 얼른 주무세요."

"알았다. 이 못난 새끼들아."

이런 일이 있고 나서도 성윤이 성은 술만 먹으면 이상한 행동을 일삼아서 여러 사람 피곤하게 했다. 피곤하게만 하면 그나마 괜찮은데, 불안하게 하고 심지어는 위험하게 하기까지 하니 더 문제였다.

하루는 영등포로 나간 성윤이 형이 중고 오토바이를 사 와서는 종일 광내는 약으로 번쩍번쩍 빛이 나도록 닦고 있었다.

"형님, 오토바이 사셨어요? 오토바이, 죽여줍니다. 근디 오토바이는 뭐 할라고 샀어요?"

"야, 이 무식한 놈들아. 발이 있어야지 돌아댕기지. 맨날 11호 자가용으로만 댕기냐? 그러니 느그들이 발전성 없이 공돌이나 하고 있지. 이 형은 말이다, 느그들하고는 생각하는 차원이 달라. 뭣을 해서 돈을 벌지, 장사를 한다면 어느 지역이 좋을지 알아보려 댕길라고 이 오토바이를 샀다. 그러니 오늘 저녁에는 자축하는 의미에서 느그들은 나를 따르라. 이 동네에 괜찮은 술집을 하나 봐놨는데, 거기 아가씨들이 겁나게 이쁘드라. 거기 가서 한잔하자."

"알았습니다, 형님. 가까우니까 오토바이는 놔두고 갑시다."

"야, 이 멍청한 놈들아. 오토바이를 가져가서 자랑해야지 그 집 아가씨들이 우리가 돈 많은 줄 알고 먹어주지 않겠냐. 오토바이 아니면 느그들을 뭘 보고 먹어주겠냐? 걔들이 빠꼼이일 거다. 딱 보면 느그들은 공돌이 견적밖에 더 나오겠냐."

"예, 알았습니다, 형님."

"장호는 오토바이 뒤에 타고, 도식이랑 훈이랑 느그들 둘은 문래동 사거리 꽃다방 건물 2층으로 와라. 내가 말한 술집이 거기야."

우리는 그렇게 문래동 사거리로 나갔다. 성윤이 형과 내가 먼저 도착해서 골목으로 조금 들어가 건물 2층으로 올라가니 술집 이름이 '카사노바'였다. 바람둥이로 유명한 카사노바라는 이름은 그때도 모르는 사람이 거의 없었다. 당시 우리나라에는 '강남 제비'들이 유명했는데 다들 카사노바를 자처했다. 나중에야 알았지만, 카사노바의 어록 가운데 특히 기억에 남는 말이 있다.

"거절당하는 것을 두려워 마라. 백 명에게 고백하면 그중 한 명은 고백을 받아줄지도 모르니까."

술집은 홀이 20평쯤으로, 밖에서 보기보다 꽤 넓었다. 우리 둘이 안으로 들어서자 아가씨들 서넛이 다가오더니 성윤이 형 좌우에서 팔짱을 끼며 호들갑스럽게 반겼다.

"와우~ 우리 멋진 오빠. 또 오셨네. 전번에 오셔서 다음에 또 오신다더니 약속을 지키시네. 멋진 오빠."

"하하하, 오늘은 고향 아우들 데리고 왔으니까 더 잘해주소."

룸으로 들어가 자리를 잡고 앉은 다음에 성윤이 형이 술을 시켰다.

"자 여기 양주 한 병이랑 맥주하고 안주 좀 주소. 장호야, 니는 양주 묵어봤냐?"

"예, 형님. 창수 형님하고 황금 마차 사업할 때 먹어봤습니다."

"그래, 창수 형하고 느그들 똥 팼단 얘기는 들었다. 그때 묵어봤구나. 근데 창수 형은 요즘 뭣헌다냐?"

"어디 호텔에서 구두 닦는다고 하던디요."

"싸움도 잘 하고 인정이 많은 형인디…. 잘돼야 할 껀디."

그때 도식이와 훈이 룸으로 들어오고, 뒤따라 술과 안주도 들어왔다.

"야야, 이리들 와서 앉아라. 장호는 양주 묵어봤다는데 느그들도 양주 묵어봤냐?"

"아닙니다, 형님. 아직…."

"순천 웃장에서 소콜이나 먹고, 서울 올라와서 가끔 맥주 한 잔씩 합니다."

"그래, 그럼 한 잔씩 받아라."

"네, 형님. 고맙습니다."

"아아, 캬~ 죽인다 죽여. 양주 맛 무지하게 독하네. 야, 한 잔씩 더 받고, 아래 세워둔 오토바이 좀 들고 올라와라."

"아니 왜요, 형님?"

"야, 이 새끼들아, 왜요는 일본놈들 담요가 왜요여. 누가 가져가면 피곤하니까 좀 가지고 올라오란 말이여."

"예, 형님."

성윤이 형은 오토바이를 자기가 좋아하는 아가씨에게 자랑하고 싶은 듯했다. 우리 셋이 내려가서 오토바이를 들고 올라왔다.

"어어, 거기 세워봐."

"와우~ 오빠, 오토바이 샀어? 멋있다. 언제 나 한번 태워줘라."

"나도 오빠."

"나도."

"알았다, 알았어. 나가 느그들 시원하게 순번 갈아가면서 한 번씩 태워줄게."

"우리 영자는 세 번."

"치, 오빠. 우리도 세 번씩 태워주라."

"야, 이 가시내들아, 영자는 나의 거시기 아니냐."

"치, 오빠. 우리도 오빠 애인할래."

"어허, 남자가 지조가 있지. 영자만이 나의 사랑이여, 이것들아. 하하."

성윤이 형은 오토바이를 두고 있는 폼은 다 잡더니, 금세 폼 떨어지는 소리를 했다.

"야, 시방부터 느그들은 쏘맥을 해라. 양주는 비싸니까. 양주는 나하고 느그 형수 영자하고만 먹을라니까. 알것냐?"

"쏘맥이 뭐다요? 형님."

"야, 이 촌놈들아. 쏘주에다가 맥주 타 마시란 말이여. 안 그냐? 영자야."

"네, 오빠."

"알겠습니다."

성윤이 형은 최고로 기분 좋아 보였다. 나는 잊고 있다가 문득 생각나는 것이 있어서 성윤이 형한테 부탁하는 말을 꺼냈다. 분위기도 좋아서 적절한 타이밍이었다.

"아, 그런데 형님. 내일 우리 하숙집 친구 어머니 환갑잔치에 가려면 돈이 좀 있어야 하는데 십만 원쯤 여유 되면 빌려주십시오. 우리 월급 타면 돌려 드릴게요."

성윤이 형은 옆에 자칭 형수라는 영자 씨와 다른 아가씨 한 명을 양쪽에 끼고 앉아 있었다. 나머지 한 아가씨는 우리 쪽 가운데 앉아 있었다. 돈 십만 원을 빌려달라는 얘기를 들은 성윤이 형은 양주 한 잔을 스트레이트로 마시더니 느닷없이 미친 사람처럼 웃기 시작했다.

"하하하, 허허허. 야, 장호야."

"네, 형님."

"사내자식이 돈을 빌리려면 형님 무슨 사업을 하려고 하는데 천만 원만 빌려주십시오, 이런 얘기를 해야지 돈 십만 원이 뭐냐 인마, 쪼잔하게시리. 알았냐?"

•

"예, 형님."

"내일 줄 테니까 마음 푹 놓고 편안하게 술이나 푸자. 하하하."

여자들 앞이라고 성윤이 형은 큰소리를 뻥뻥 쳐댔다. 들먹이지도 않은 무슨 사업 얘기를 갖다 붙여 천만 원을 푼돈인 양 허풍을 치며 아우들 기죽이는 태도가 마뜩잖았지만, 성윤이 형 체면을 생각해서 적당히 맞춰주면서 그냥 넘어갔다. 당시 천만 원이면 압구정 현대아파트 한 채 값이었다.

우린 다들 거나해져서 하숙집으로 돌아와 바로 곯아떨어졌다. 사뭇 취하니 성윤이 형 발 냄새에 시달릴 새도 없이 잠이 쏟아진 것이다.

이튿날 아침, 어이없는 경우를 당한 나는 성윤이 형과 실랑이를 벌여야 했다.

"형님, 어제 십만 원 빌려준다 해놓고 왜 안 줍니까?"

"야, 인마! 내가 언제 준다고 했어."

"도식이랑 훈이도 다 들었습니다."

"나는 그런 사실이 없어, 인마."

성윤이 형은 매사가 이런 식이었다. 술 먹으면서 한 얘기는 술 깨고 나면 어김없이 모르쇠였다. 나는 속에서 불이 일고 답답증에 미칠 것만 같았다. 동네 선배만 아니면 콱 쥐어박아불건디, 이러지도 저러지도 못하고 냉가슴이었다.

성윤이 형은 평소에 사소한 일로 아우들을 잡아대면서 지독하게 짜게 굴었다. 담배 한 개비 얻는 것도 곱게 넘어가지 않았다.

"형님, 담배 한 대만 주십시오."

"뭐? 이 싸가지없는 새끼들이 이 형한테 담배를 달라고 해? 선배는 하늘이여, 느그들은 땅이고. 주워서 피우든지 아니면 사서 피워, 자식들아."

성윤이 형은 그렇게 짜게 굴다가도 술 한잔 먹으면 하숙집에 돼지고기를 너덧 근씩 끊어와서 하숙생 전부를 먹이기도 한다. 참 그 속을 알다가도 모를 형이다. 그러던 형이 어느 날에는 뜬금없이 시흥엘 다녀온다는 것이다.

"장호야, 느그 형수 될 영자 씨 집이 시흥인데, 사는 것이 좀 어려운 모양이더라. 내가 가서 돈 좀 주고 와야겠다."

"아이고, 형님. 장사한다고 시골에서 가져온 돈을 그런 식으로 다 써불면 장사는 뭔 돈으로 할라 그요?"

"야, 인마. 돈이야 벌면 되지. 사랑하는 사람을 위해서라면 무슨 돈이 되었건 아끼면 안 돼. 내가 얼른 자리 잡아서 우리 영자 씨 데리고 와야지."

"형님, 오토바이 타고 가시면 바람이 세게 부니까 돈을 봉투에 담아서 꽉꽉 잘 묶어서 갖고 가시오."

"알았다, 갔다 올게."

"예, 잘 갔다 오십시오."

그런데 얼마 안 있어 성윤이 성이 눈물을 글썽거리면서 다시 돌아왔다.

"아니, 형님. 아직 시흥 반도 못 갔을 시간인디 왜 벌써 돌아오셨다요?"

"아이고, 장호야. 일 나부렀다."

"아니 형님, 뭔 일이어요?"

"에이 지랄, 돈 봉투 묶은 고무줄이 터져서 돈이 다 날라가부렀다."

"그러니까 형님, 내가 뭐라 그랬소? 꽉꽉 묶어 가시라고 신신당부 안 합디여. 그라고, 저녁때 가게로 가서 주면 될 것을 뭐가 그리 급하다고 거기까지 가신다고…."

"야 새끼야, 누구 염장 지르냐? 누가 그걸 몰라? 집에 찾아가서 영자 씨 부모님께 인사도 드리고 식사도 좀 대접하고 올라 그랬지."

"아이고, 아까워서 어쩐다요? 백만 원이나 되는 큰돈을. 미치고 팔짝 뛰겠네, 진짜. 차라리 택시 타고 갔으면 좋았을 텐데."

그때 돈 백만 원은 지금으로 치면 삼천만 원이 훨씬 넘는 돈이다. 웬만한 자동차 한 대 값이다.

"저녁때 영자 씨 가게로 가서 사실대로 말할란다."

"네, 형님. 술은 인자 그만 드십시오."

저녁때, 성윤이 형이 '카사노바' 술집에 간다며 나갔다. 그런데 웬일로 훈이 도식이와 나를 쳐다보더니 시내로 놀러 나가자고 나선다.

"성들, 스트레스받는데 우리도 영등포 디스코텍이나 가세. 입장료도 싸고 이쁜 아가씨들 많이 오대."

"야, 훈이 니야 춤을 잘 추지만 이 형은 나무토막 아니냐. 그런 데는 언제 가 봤냐?"

"이 동네 날라리 친구들하고 운동 안 나간 날에 몇 번 가봤지라. 오늘 여자친구도 온다네."

"야, 느그 여자친구한테 말해서 이쁜 친구 있으면 이 형한테 소개해주라 해봐라."

"아, 성은 워낙 여자 쪽으로 숙맥이라서 잘 사귈지 모르겠네? 여하튼 얘기는 해볼라네."

"고맙다, 훈아."

"근디 도식이 성은 소개해 달라는 말도 안 하고⋯."

"야야, 도식이 쟈는 지 주제도 모르고 어디서 이화여대는 들었나 봐. 이대생 아니면 연애도 결혼도 안 한단다."

"냅둬부러라, 깝깝하요. 하하! 알았네, 성. 가세."

우리는 훈이 여자친구랑 넷이서 택시를 타고 영등포 디스코텍 '팽고팽고'로 갔다. 입장료 2천 원씩을 내고 안으로 들어가니 사이키 조명이 번쩍이는 가운데 우주 볼 조명이 팽팽 돌아가고, 무대 위에서는 디제이가 틀어주는 음악에 맞춰 많은 사람이 춤을 추고 있었는데, 시끄러워서 정신이 하나도 없었다. 눈이 휘둥그레져서 멍하니 구경만 하고 있는데, 훈이 여자친구가 나 보고 손짓을 했다.

"오빠, 와서 한번 흔들어보세요."

"아, 나는 춤을 못 춰서….."

"그냥 음악에 맞춰서 몸을 흔들면 돼요. 우리 훈이 오빠와 저 오빠도 잘 추잖아요."

"그래, 알았네."

나는 용기를 내서 춤판으로 섞여 들어가 음악에 맞춰 몸을 흔들기 시작했다. 딱그딱그 기비링유 벨키스 러빙유…. 무슨 곡인 줄은 모르겠지만, 디제이는 한참을 정신없이 빠르고 시끄러운 음악을 틀어주었다. 그러다가 문득 조용한 곡이 흘러나오자 커플들만 남고 다들 춤을 멈추고 자리로 돌아갔다.

아하, 이게 블루스곡이구나. 커플들은 부둥켜안고 조용한 선율에 따라 흐느적거렸다. 훈이 커플도 서로 보듬은 채 블루스곡에 맞춰 리듬을 타고 묘하게 왔다 갔다 했다. 블루스곡이 끝나자 다들 자리로 돌아와 맥주로 목을 축였다. 블루스 타임 때 내가 뀌다 놓은 보릿자루처럼 앉아 있는 것이 안 돼 보였는지 훈이 여자친구가 나를 보고 말했다.

"오빠, 부킹 한번 해봐요."

"부킹? 그것이 뭐여?"

"즉석 만남 같은 거예요. 내가 해줄까요? 다른 아가씨한테 가서 정중하게 '저랑 춤 한번 추실까요?' 하면서 손을 점잖게 내놓으시면 돼요."

"아니, 춤을 출 줄 알아야지 부킹인지 뭔킹인지를 하지."

"아, 참. 이 순진한 오빠 때문에 미치겠네. 어쩜 그리 꽉 막혔어요? 조금 기다려봐요. 내가 한번 해볼게요, 하하."

우리가 디스코텍에서 그렇게 재미있게 놀고는 하숙집으로 돌아와 보니 성윤이 형은 벌써 들어와서 쿨쿨 잠을 자고 있었다. 참 못 말리는 형이라며, 우리는 한바탕 웃고는 잠자리에 들었다.

'가오' 잡느라 잃어버린 직장

우리의 서울 생활은 참으로 고단한 하루하루였다. 그러나 서울에 대한 환상을 가지고 있는 고향 친구들이나 아우들은 기회만 나면 상경하고 싶어서 안달이었다. 우리한테 일자리 좀 알아봐 달라는 부탁 연락이 사흘이 멀다 하고 오곤 했다.

그 시절만 해도 먼저 대도시로 나간 친구가 공장이나 유흥업소에서 일하면 뒤따라 나온 다른 친구들도 거의 예외 없이 그 길을 따랐다. 사실 배운 게 없는 어린 나이에 맨손으로 대도시에 나와 공돌이나 유흥업소 호객꾼 아니면 구두닦이 말고는 할 수 있는 일이 없기도 했다.

고향 동네에서 상훈이와 종원이가 올라온다며 일자리 좀 알아봐 달라고 내게 연락이 왔다. 나는 올라오면 일자리는 천지이니까 올라오라고 얘기하고, 하숙집 주인아줌마한테도 미리 얘기해 두었다.

상훈이는 전에 나랑 경호랑 같이 서울 와서 창수 형의 황금 마차 사업을 함께 도와준 친구다. 종훈이는 나이는 우리와 동갑이지만 학교 일 년 후배다.

　며칠 후, 상훈이랑 종원이 올라와서 기계 제작하는 선반 공장에 취직하도록 도와주었다. 우리 하숙집에는 이제 고향 동네 식구들만 여섯 명으로 불어났다.

　그러는 가운데 내 서울살이도 어느 정도 자리가 잡혀가고 있었다. 일 끝나고 저녁때면 친구들을 만나 동네 다방에서 차를 마시거나 생맥줏집에서 한 잔씩 하면서 하루의 고단함을 달랬다. 처음에는 그 동네 깡패들이 우릴 우습게 보고 '어이, 공돌이!' 하고 놀리기도 하면서 함부로 대하더니, 차츰 대하는 태도가 달라졌다. 게다가 함께하는 친구들도 늘어나고 체육관에서 운동도 한다는 사실을 알고부터는 사뭇 조심스러워지고 존중하는 태도를 보였다.

　내가 일하는 철강상회가 영등포역에서 가까워서이기도 하겠지만, 고향 사람들이 서울에 오면 소홀하게 대하지 않아서인지 서울 장호한테 가면 술도 오지게 얻어먹고 재미나게 놀 수 있다는 소문이 고향 동네에 쫙 퍼진 모양이다. 그래서 동네 친구들이나 선후배들이 종종 도둑 기차를 타고 올라와서 놀다 내려가곤 했다. 그 바람에 나는 월급날에 월급을 한 번도 온전히 타본 적이 없다. 다달이 친구들 대접하느라 가불을 받아다 써버려서 월말에 월급이라고 타봤자 하숙비가 남을까 말까 했다.

　문제의 그 날도 동네 선후배들 대여섯이 도둑 기차를 타고 올라와 영등포역에 내려 나를 찾았다. 마침 그날 파이프를 팔고 받은 돈 백만 원을 경리한테 입금하지 않고 주머니에 지니고 있었다. 마음속으로 갈등이 생겼다.

이 돈은 공금이니 원칙대로 입금하고, 좀 모양은 빠지더라도 있는 돈에 모자라면 외상 좀 써서 선후배들 반주에 밥만 먹여 내려보내는 것이 맞겠지? 아니야, 사나이가 배포 있게 놀아야지. 나중에 갚으면 되니 이 돈으로 시원하게 쏘고 가오 한번 잡아볼까? 아니, 그러다 사장님이 경찰에 신고하기라도 하면 졸지에 콩밥 먹게 되지 않을까? 머리가 좀 복잡해졌지만, 에라 모르겠다는 생각이 앞섰다. 이래도 못 써보고 저래도 못 써볼 돈, 이럴 때 한번 시원하게 한번 질러보자는 마귀가 들었다.

나는 막 올라온 동네 선후배들에다 하숙집 동네 친구들까지 다 데리고 횟집으로 갔다. 체육관 사범이 전에 나랑 훈이를 데려갔던 단골 횟집이다. 다들 맛나다며 비싼 회를 오지게 먹었다. 2차로는 나이트클럽에 가서 맥주를 짝으로 시켜놓고 마셨다. 난생처음 여자들과 부킹이라는 것도 해보면서 부잣집 아들인 양 돈을 시원시원하게 써댔다. 그러고는 선후배들 내려갈 때 도둑 기차 타지 말고 표 끊어서 편히 가라고 십만 원을 찔러주었다. 잡을 수 있는 가오는 다 잡은 것이다.

이튿날 깨어나 주머니를 뒤져보니 그렇게 썼는데도 워낙에 큰

돈이라 삼십만 원 남짓 남아 있었다. 남은 삼십만 원이나마 우선 경리한테 입금하고 저녁때 댁으로 가서 사장님을 뵙고 이실직고 했다.

"사장님, 제가 죽을죄를 지었습니다. 어제 고향에서 선후배들이 올라와 대접한다고 가게 돈 칠십만 원을 사장님께 말씀도 안 드리고 다 써버렸습니다."

"아, 이 사람아. 가뜩이나 가게도 어려운데 그 큰돈을 어디에 다 다 썼어?"

"죄송합니다, 사장님. 고향 선후배들이 너무 자주 올라오길래 그 돈으로 크게 한번 원 없이 대접해서 내려보내고는 나 돈 좀 벌 때까지는 올라오지 말라고 했습니다. 그동안 부모님처럼 보살펴주셨는데 면목이 없습니다. 그 돈은 벌어서 꼭 갚겠습니다. 용서해주십시오."

"자네가 뭘 해서 그 큰돈을 갚는단 말인가? 믿고 맡겼는데, 고양이한테 생선을 맡긴 셈이었구먼."

"죽을죄를 지었습니다. 저를 믿어주신 사장님께 큰 실망을 드렸으니 더는 사장님 뵐 면목이 없게 되었습니다. 다른 일자리 한번 찾아보고 돈은 꼭 갚겠습니다."

"돈은 무슨 돈! 다 때려치워."

"네, 사장님. 죄송합니다."

"내일부터 가게 나오지 마."

"아, 예. 사장님, 그만 물러가 보겠습니다. 건강하세요, 사장님."

그렇게 사장님 댁을 나오는데 눈물이 글썽거려 앞을 가렸다. 돈도 돈이지만, 자식처럼 보살펴준 사장님에게 마음의 상처를 드렸으니, 은혜를 원수로 갚은 셈이 되고 말았다. 떳떳하지 못하게 가게를 그만두게 만든 나의 충동적인 행동이 후회막심했다.

청운의 꿈은 어디 가고

나는 이튿날부터 아우들 두세 명을 데리고 본격적으로 유흥업소 시찰에 나섰다. 우리를 가로막는 어깨들을 일부러 도발하여 한바탕 주먹다짐을 벌이기도 하면서 우리를 알리고자 부단히 노력하고 다녔다. 그렇게 돌아다니다가 우리를 무시하거나 나쁘게 보는 업소가 있으면 일부러 술을 잔뜩 마시고 나오면서 시비를 걸었다.

어쩌다 건달 세계로

"장호 성, 오늘은 공일인디 어디 바람이라도 쐬러 안 나간가?"

"야, 훈아. 오늘이 공일이나 마나 인자 이 형은 실업자 되어부 렀으니 날마다 공일이다. 그래, 바람 쐬러 가리봉동으로 가서 한 번 둘러보고 오자. 거기 가서 공돌이를 하든 다른 뭣을 하든 그쪽 으로 한번 가봐야쓰겄다."

나는 훈이랑 구로 가리봉동으로 가서 3개 공업단지에 걸친 국 가산업공단을 한 바퀴 돌아보다가 오후 여섯 시가 넘어가자 퇴 근해서 새카맣게 쏟아져 나오는 노동자들을 보고 깜짝 놀랐다. 그야말로 사람의 물결이었다.

구로공단은 우리나라 최초의 국가산업공단이다. 1960년대부 터 수출산업단지로 조성되기 시작해 1970년대 후반에는 11만여 명이 일하는 어마어마한 산업공단으로서 우리나라 수출 산업의 심장이 되었다. 이어 1980년대부터는 재벌 대기업이 주도하는 중공업 산업단지로 발전하기 시작했다. 당시 공업 입국의 국가 정책을 상징하는 산업기지로 위풍이 당당했지만, 저임금과 열악한 노동환경 문제는 노동 후진국의 민낯을 보여주는 부끄러운 자화상이었다.

"야, 훈아. 뭔 사람들이 이렇게 많다냐?"

"성, 우리 같은 공돌이 공순이들 퇴근 시간인가 봐. 넥타이 부대와 스커트도 솔찬하네."

"넥타이와 스커트는 사무직일 거야?"

"그러겠네, 성."

가리봉 오거리로 나오니 음악다방이 하나 눈에 띄었다. '로타리' 음악다방.

"훈아, 우리가 디스코텍은 가 봤는데 음악다방은 아직 안 가봤잖아. 저기 가서 커피 한잔하자."

"그러서, 성."

훈이는 서울에 온 지 꽤 되었는데도 고향 사투리가 그대로다. 서울말로 부드럽게 '형'이라 하라고 그렇게 일러도 맨날 촌스럽게 '성'이라고 부른다. 억지로 고쳐지는 것도 아니고, 아나운서 할 것도 아니니 이제 그러든 말든 내버려 둔다.

우리는 도림동에서 종종 텔레비전이나 보고 다방 레지 아가씨하고 농담 따먹기나 하는 다방에는 가봤지만, 우아하게 음악을 감상하는 음악다방은 처음이었다. 안으로 들어가니 초저녁인데도 사람들이 꽉 차 있었다.

겨우 빈 자리를 찾아 커피를 시키고 나서 알아듣지도 못하는 팝송을 듣고 있는데, 신나는 음악이 나오자 사람들이 모두 몸을 흔들기 시작했다. 워낙 춤추는 걸 좋아하는 훈이는 한술 더 떴다. 아예 일어나서 신나게 몸을 흔들며 한껏 기분을 내기 시작했다. 나는 그저 박수로 장단이나 맞추고 앉아 있는데 건장한 사내가 우리 쪽으로 다가오더니 훈이를 툭툭 밀치며 퉁바리를 놨다.

"야! 인마, 여기가 무슨 디스코장이냐? 곱게 앉아서 지랄해, 인마."

훈이도 만만한 성격은 아니어서 전혀 꿀리는 기색 없이 맞짱을 놓았다.

"야 이 양반아, 말로 하지 왜 밀고 말끝마다 인마 인마 하는 거야. 당신이 도대체 뭐여?"

"야 이 자식아. 나, 여기 영업부장이다."

"뭐? 술집 영업부장은 봤어도 다방 영업부장은 첨 보네. 다방에 뭔 영업부장?"

"멋도 모르고 나대는 너희 같은 촌놈들 때문에 나 같은 영업부장이 필요한 거야."

"어이 아저씨, 그런다고 사람을 이렇게 보리가마니 밀치듯 밀어부요?"

"이 새끼들이 겁대가리 없이 지금 나한테 시비붙는 것이여? 야! 너희 두 놈 다 따라 나와봐."

"알았어, 이 양반아. 그런다고 우리가 꽁지 내릴 줄 알아? 나가서 한번 붙어보드라고."

우리가 앞서 나가자 영업부장이 씩씩대며 뒤따라 나왔다. 마침 근처 세차장에 널찍한 공터가 있었다.

"훈아, 니는 그냥 가만히 구경만 하고 있어라. 그러잖아도 요즘 이 형이 스트레스가 많이 쌓여서 터지기 일보 직전인께 이 양반은 내가 보내불란다."

나는 영업부장과 일대일 맨손으로 맞섰다. 자세를 잡고 서로 노려보고 있는데, 금세 소문이 났는지 구경꾼들이 몰려들었다. 나는 순간 일제강점기에 종로를 접수한 조선 깡패 두목 김두한과 일본인 깡패 두목 마루오카가 우미관 앞에서 세기의 일전을 벌인 장면이 떠올랐다. 김두한을 주인공으로 제작된 몇 편의 영화를 비디오테이프로 볼 수 있던 시절이었다. 그리고 한참 후인 1990년에 임권택 감독의 〈장군의 아들〉이 상영되어 엄청난 인기몰이를 하면서 김두한을 모르는 사람이 없게 되었다. 내가 일찍이 비디오테이프로 본 그 장면에서는 구경꾼이 구름처럼 몰려들어 요즘의 축구 한일전보다 열기가 뜨거웠다. 마치 내가 그때 우미관의 김두한이라도 되는 양 자못 비장한 기분이었다.

"자~ 간다, 어라차차!"

나는 김두한처럼 멋지게 폼을 잡고서 이단 옆차기로 먼저 공격을 시작했다. 하지만 영업부장도 싸움 실력이 만만치 않아서 호락호락 당하지 않았다.

일찍이 초등학생 때 동네 형한테 개당수와 태권도를 배우기 시작하고, 중학생 때부터 배우기 시작한 복싱을 지금까지 이어오고 있는 데다가 배짱도 두둑했던 나는 싸움이라면 어지간히 했는데 좀처럼 승부가 나지 않았다. 둘이서 십여 분을 치고받는데 우열을 가릴 수 없이 일진일퇴를 거듭했다. 두 편으로 나뉘어 응원하는 구경꾼들도 가슴 졸이는 싸움이었다.

'으음, 빠르네. 이 친구도 운동깨나 했군. 실전 싸움도 많이 해봤고…. 그렇다면 떨어져서 치고 빠지는 방법으로는 승부를 보기 어렵고, 시간 낭비일 뿐이야. 몇 대 맞더라도 안으로 파고 들어가 강력한 연타로 결정을 지어야 해.'

아웃복싱을 하던 나는 갑자기 상대의 가드 안으로 파고들었다. 당황한 상대가 휘둘러대는 주먹에 몇 대 맞긴 했지만 잔 펀치에 불과해서 별 충격은 없었다. 먼저 좌우 연타로 상대의 옆구리를 가격하여 움직임을 둔화시킨 다음 숨 돌릴 틈도 없이 이어지는 연타를 턱과 관자놀이에 꽂았다. 마지막의 어퍼컷과 훅 연타는 강력한 데다가 제대로 걸려서 치명적이었다. 상대는 고꾸라지더니 일어나지 못했다.

"아이고~ 성, 잘했네, 잘했어. 나는 또 성이 깨구락지 되불까 싶어 얼마나 가슴 졸였는지…. 허허."

훈이가 좋아서는 눈물까지 글썽이며 나를 얼싸안았다. 구경꾼들도 한 사람씩 흩어지고, 영업부장은 정신을 차렸는지 일어나 앉아서 나를 멀거니 쳐다보았다.

"어이~ 형씨. 그 정도로는 안 죽으니까 약국에 가서 아까징끼나 좀 바르시고, 인연이 있으면 또 봅시다. 내 이름은 장호요."

나는 영업부장을 부드러운 말로 달래놓고 돌아섰다.

"그만 가자, 훈아."

"알았네, 성."

이렇게 싸움을 끝내고 나오는데 두 사람이 나를 기다리고 있었다. 나보다 나이는 많아 보였지만, 둘 다 체구가 건장했다.

"어이~ 젊은 친구, 우리하고 포장마차에 가서 얘기 좀 하면서 소주 한잔할까?"

"아니, 초면인데 뭐 하는 양반들이기에 대뜸 날 보자는 거요? 설마 사기꾼, 뭐 그런 쪽은 아니지요?"

"하하, 속고만 살았나? 그저 젊은 친구 싸움 실력에 반해서 소주나 한잔할까 하고. 자, 가서 얘기하지."

"뭐 그럽시다. 술값은 그쪽에서 내는 거요?"

"아, 당연하지! 하하하."

넷이 가까운 포장마차로 들어가 소주랑 이것저것 안주를 시켜놓고 나이부터 물었다. 대화가 부드러워지려면 우선 나이를 따져 서열부터 정해놓을 필요가 있었다. 객지에서 모르는 사람끼리는 그게 제일 신간 편하고 사람을 빨리 사귀는 비결이었다.

"그쪽 분들은 나이가 어떻게 됩니까?"

"54년생 말띠네."

"아~ 네. 저보다는 몇 년 선배님 되시니까 이제부터 말씀 편하게 하십시오. 저희는 형님으로 대하겠습니다."

"아, 그런가. 싸움 실력만큼이나 성격도 화끈해서 좋네. 내 이름은 장정배, 옆에 이 친구는 정원호라고 하네."

"아, 예. 저는 문장호라고 합니다. 옆에 이 아우는 성훈인데, 같은 고향입니다."

장정배는 외지에서 들어와 공단에서 장사도 하고 구두닦이도 하고, 돈 되는 일이라면 다 했다고 한다. 그 친구라는 정원호는 이 지역 토박이로, 꽤 많은 땅을 물려받은 덕분에 구로공단이 들어서면서 보상을 많이 받아 부자였다. 방이 스무 개나 되는 이층집을 열 채나 가지고 있으면서 공장 노동자들에게 방세를 받는 임대업자로, 남는 게 돈인 사람이라고 했다.

구로에는 깡패 조직이 다섯 개쯤 되는데, 자기들도 한 구역을 차지하고 있다고 했다. 하지만 세력이 제일 약해서 밀려나기 일보 직전이라는 것이다. 그러니 자기들과 합세하여 함께 생활하면서 세를 키우면서 자리를 잡아가자고 한다. 아까 나한테 얻어

맞은 음악다방 영업부장은 소속이 없는 '독고다이'라서 어디 하소연할 데도 없이 얻어맞는 것으로 끝이라고 했다.

"좋습니다. 그럼 여기서는 무얼 해서 먹고 삽니까? 싸움질만 해서는 못 먹고 살잖아요."

"여기는 공단지역이라 공원들만 해도 10만 명이 넘네. 이런저런 사람들까지 합치면 수십만 명이 북적대는 곳이야. 자연히 유흥업소도 많아서 한 구역만 제대로 잡아도 우리 식구들 먹고사는 데는 지장이 없지. 업소 영업이나 관리 또는 서비스 자리 말고도 얼음 장사, 안주 장사 같은 곁다리 수입도 꽤 되지. 거기다 종종 노사 문제가 생기면 구사대 활동 수입도 짭짤해서 식구들 굶길 일은 없을 거네."

"알겠습니다. 우리도 전라도에서 올라와 망치공장 공돌이나 철강상회 점돌이 생활을 하다가 잘못해서 짤리고 오갈 데 없는 불쌍한 놈들입니다. 고향에는 꼭 성공해서 내려가야겠고, 춥고 배고픈데 깡패고 건달이고 가릴 게 뭐 있겠습니까. 열심히 한번 해볼라요. 그러니 저희를 식구로 받아주십시오, 형님."

"알았네, 아우. 앞으로 친형제처럼 잘 지내보세."

"네, 형님."

"우선 숙소는 정원호 집이 부자니까 방 하나 얻어서 생활하면서 밥자리 먼저 알아보세."

"네 형님, 감사합니다."

그날 저녁 훈이랑 나는 여인숙에서 자면서 많은 얘기를 나누었다.

"장호 성, 진짜로 깡패 할 건가?"

"한번 해봐야지 뭐. 고향 가기 창피해서 너 같으면 이대로 내려갈 수 있겠냐? 전번에 올라왔다가 한 달간 똥만 푸다 빈손으로 내려가서 얼마나 쪽팔렸는지 아냐? 그런디 이번에도 또 실패해서 추레하니 내려가면 고향에 계신 엄니나 동네 사람들이 나를 뭐라고 하겠냐. 이번에는 이 꽉 깨물고 기어이 성공해서 장가도 가고 울 엄니 호강도 좀 시켜 드리고 해야 쓰겠다."

"성, 나는 그냥 공돌이 하면 안 될까? 괜히 깡패네 건달이네 해싸니까 겁이 나불구마. 그러다가 징역 가서 콩밥이나 묵고 그러면 어쩌지?"

"야, 이 자식아. 사나이로 태어나서 주먹질하다 콩밥 좀 묵으면 어떻냐. 태어나면 언젠가 죽는 인생, 설령 좀 빨리 죽는다 해도 뭔 대수냐. 너는 우리 고향 박노식 큰형님의 〈돌아온 용팔이〉 같은 사나이 가슴 울리는 영화도 안 봤냐? 우리도 영화처럼 주먹질이든 돌려차기든 시원하게 한번 해보고, 이쁜 아가씨와 사랑도 한번 해보고, 울어도 보고 웃어도 보면서 한번 화끈하게 살아봐야지. 겁부터 먹기는 짜샤. 너는 겁나면 하숙집으로 돌아가서 철공소에서 망치 만드는 기술이나 열심히 배워라. 이 성은 말이다, 솔직히 공돌이가 체질에 안 맞다. 어쨌든 이 형은 여기서 한

번 자리를 잡아볼란다."

"알았네, 성. 성이 좀 잘 되면 좋겠네."

"알았다, 아우야. 너무 걱정하지 말고 이제 잠이나 자자."

"응, 성도 잘 자소."

동네를 주름잡고 다니다

우리는 단잠에 빠져 다음 날 해가 중천에 뜨도록 실컷 잤다. 성윤이 형의 발 냄새를 맡지 않아서 그런 것도 같았다. 정배 형이 여인숙으로 찾아와 말하는 걸 들으니 벌써 점심때가 된 모양이다.

"잘 잤냐? 아우들아. 점심이나 먹으러 가게 세수들 해라."

"예, 형님."

우리는 여인숙을 나와 우선 콩나물해장국 집에서 시원하게 속을 풀었다. 그리고 근처 다방으로 자리를 옮겨 앞으로의 생활 방편과 일에 관한 계획을 세워나갔다.

"우선 이 다방에는 깡패와 양아치들이 안 오니까, 이 다방을 아지트로 해서 세를 불려 나가면 어떻겠냐?"

"예, 형님. 알겠습니다. 원호 형님은 안 오십니까?"

"그 친구는 돈도 많으면서 어제 깡 소주를 폭음하더니 아직 못 일어났는가 보다."

"제가 어렸을 때부터 동네에서 오리나무로 칼을 만들어 위아래 동네 애들하고 전쟁도 많이 하고, 친구들이랑 아우들을 많이 데리고 다녀봐서 그쪽으로는 좀 자신 있습니다. 동네 형들도 야물고 용감하다고 인정해서 우리 또래 대장으로 대접했지요. 제가 이쪽저쪽 다니다가 똘똘하고 야무진 놈들 있으면 우리 쪽으로 끌어들여 힘을 키워보겠습니다. 그나저나 형님, 아지트는 이 다방으로 한다 해도 숙소는 어떻게 하지요?"

"우선은 어제 잤던 여인숙에서 한 달만 있어라. 한 달 숙박비를 이 형이 내줄 테니. 그런 후에 내가 원호한테 방을 하나 내놓으라고 하든지, 아니면 다른 방을 하나 구해보자. 그때까지 좋은 일이 안 생기겠냐."

"알겠습니다, 형님."

나는 그 뒷날부터 가리봉 오거리에서 약간 떨어진 환희다방을 아지트로 삼고 매일 출근하기 시작했다.

"어이~ 미스 박, 여기 두향차 한 잔이랑 에그 하나 주소."

"아니 오빠는 뭐 하는 사람인데 일도 안 하고 매일 다방으로 출근을 한다요."

"내가 앞으로 이 지역에서 큰일을 할 사람이네. 그러니 미스 박, 남의 사생활을 너무 깊이 알라고 하지 말고 앞으로 좀 친하게 지내드라고."

"예. 알았어요, 오빠."

"미스 박은 고향이 어디여? 왜 공순이 안 하고 다방 레지 하는 거여?"

"공순이보다는 다방 레지가 월급 더 받아요."

"아, 그려."

"그라고 제 고향은 강원도 원주래요."

"아, 그려 이. 이 오빠는 전라도 순천이 고향이여. 산 좋고 물 좋고 인물 좋은 순천이랑께. 우선은 여기까지만 서로 알드라고. 하하하."

특별한 일이 없는 한 내 일과는 날마다 비슷했다. 여인숙에서 자고 느지막이 일어나 설렁거리다가 점심을 챙겨 먹고 다방에 출근 도장을 찍었다. 주로 커피를 시켜 마셨는데 종종 두향차를 시키기도 했다. 차를 마시면서 텔레비전 뉴스도 보고, 아니면 음악을 듣기도 했다. 그렇게 죽치고 있다가 해가 넘어가면 가리봉 오거리부터 삼립빵 공장까지 슬슬 걸어서 왔다 갔다 했다. 어두워지면 하릴없이 네온사인이 켜진 유흥업소 앞을 순시하고 다녔다.

그러던 어느 날, 환희다방에 자주 오는 친구들 몇 명을 만났는데, 전라도 말씨를 썼다.

"어이~ 친구들, 고향이 어디여?"

"우리는 전주이지라."

"아따, 반갑소. 나는 전남 순천이요. 그쪽도 이 다방 단골인 것 같은디, 서로 인사나 트고 지냅시다. 나는 장호라고 합니다, 문장호."

"아, 나는 명호라고 합니다. 이쪽은 내 전주 친구들이고요."

"여기서 무슨 일을 하시는지…?"

"공단지역에서 뭐 특별히 다른 할 일이 있겠어요? 남들 하는 공돌이지요. 장호 씨는요?"

"나는 얼마 전까지 영등포에서 철강상회 점돌이로 일하다가 그만두고 자칭 건달이 되었는데, 어디 술집 영업부장이나 한번 해볼까 하고 여기 다방에서 죽치고 있습니다. 아직 힘도 없고 이렇다 할 세력도 없는 터여서 여러모로 궁리 중입니다. 그쪽은 너무 착하게 보여서 같이 건달 하자는 얘기는 못 하겠고, 서로 고향 떠나 외로운 처지이니 친구 삼아 지냅시다."

"그럽시다. 이 친구 친형도 전주에서 유명한 건달인데, 이 친구는 그런 생활에 취미가 없어서 여기 올라와서 회사생활을 한다요."

"그러게요, 무슨 운동깨나 한 것 같습니다. 등치도 있고 야물어 보이는 것이…."

"유도 좀 했어요."

"하여튼 반갑습니다."

그때는 무슨 개인 전화도 없고 해서 나는 연락이 필요한 사람마다 다방 전화번호를 명함 삼아 알려주고 다녔다. 다방 사람들한테는 나를 찾는 전화가 오면 상대방 전화번호를 물어 꼭 메모해 놓도록 신신당부를 해놓고 저물녘이면 유흥가를 살피러 나갔다.

그때쯤 되면 유흥업소 호객을 하는 이른바 삐끼, 즉 호객꾼들이 제일 바빴다. 퇴근하는 사람들을 상대로 가게 홍보 전단을 나누어 주기도 하고, 갖은 밑밥을 던져 자기 가게로 이끌기도 했다. 호객꾼의 활약에 따라 그날 가게 매출의 희비가 갈리게 마련이어서 호객꾼의 능력이 중요했다. 그래서 출중한 능력을 인정받은 인기 호객꾼은 더 좋은 대우를 받고 스카우트되기도 했다.

똘똘해 보이는 호객꾼 하나가 우리 앞을 막고 너스레를 떨었다.

"우리 멋지게 생기신 형님들, 들어오셔서 한잔하고 가세요. 아가씨들이 쭉쭉빵빵입니다."

"허허, 그래. 자네는 고향이 어딘가?"

"전남 순천 옆의 승주인디요."

"아이고, 반갑네. 나는 순천이네. 고향 사람 만나부렀구만."

"아, 그러시구만요. 반갑습니다."

"자네 동네에서 몇 명이나 올라와 있는가?"

"바 보이 하는 친구들만 다섯입니다."

"그래, 언제 시간 내서 얼굴들 한번 보세."

"예, 알았습니다."

"나 볼라면 요 아래 환희다방에 와서 장호 찾으면 되네. 자네 이름이 뭔가?"

"예, 저는 원근이라고 합니다."

"여기서 고향 아우를 만나니까 무쟈게 반갑네. 나는 자칭 이 동네 건달인데, 선배님 두 분만 있고 친구나 후배가 아직 없네. 혹시 운동 좀 했거나 깡다구 있는 친구나 아우 있으면 소개 좀 해 주시게."

"예, 알았습니다. 앞으로 형님으로 모시겠습니다."

원근이라는 친구는 붙임성이 좋고 싹싹한 것이 사람을 끌게 생겼다. 나는 이 동네에 아는 사람이 없는지라 길 가다 눈만 마주쳐도 인연을 맺으려고 갖은 노력을 다했다. 회사원, 공돌이, 디제이, 바 보이, 구두닦이, 노점상이고 뭐고 간에 가리지 않고 기회만 되면 안면을 트고 말을 트면서 알아가기 시작했다. 그런 가운데 내게 필요한 친구들을 골랐다. 눈만 뜨면 조직을 만들고 키울 생각만 하고 다닌 것이다.

그런데 내게 이 일을 맡긴 장정배, 정원호는 허물만 형님이지 뭐 하나 하는 일이 없었다. 그 알량한 여인숙 방 하나 얻어주더니 나한테 신경도 쓰지 않다가 가끔 나타나서 조직원 모집은 잘 돼 가냐고 묻고는 밥이나 한 그릇 사주면서 똥폼만 잡다 가곤 했다. 그래서 내가 하루는 두 형을 본 김에 불만을 털어놓았다. 없는 데서 욕하는 것보다는 그게 백번 나았다.

"아니, 형님들. 건달 맞아요? 세상에 아우들 한 명 없이 무슨 건달을 한다고 그래요? 참말로 깝깝합니다. 형님들은 풍운아 김두한 영화나 책도 안 보셨어요? 천하의 김두한도 조직이 있고 나서야 종로 접수했잖아요. 우리도 얼른 작으나마 조직을 만들어야 어디든 비집고 들어갈 거 아닙니까."

"아우야, 하여튼 미안하다. 우리는 아우가 있어서 든든하네. 새로운 식구 생기면 인사시키소."

"알겠습니다, 형님."

나는 틈틈이 다른 다방들 순시도 돌았다. 혹시 쓸 만한 애들이 있나 살펴보기 위해서다. 다방은 어디나 비슷한 풍경이었다. 죽돌이들이 여러 가지 이유로 죽치고 앉아 시간을 보내고 있기는 마찬가지였다. 다방 레지 아가씨 꼬실라고 죽치는 놈도 있고, 깡패 행세하며 폼 잡는 놈도 있고, 알아듣지도 못하는 팝송을 즐겨 듣는 척하며 대학생 행세로 공순이 꼬시려고 죽치는 놈도 있었다.

나는 그중에서도 주로 깡패 행세하는 놈들을 유심히 살펴보았다가 괜찮다 싶으면 잘 설득해서 우리 조직에 식구로 들였다. 그런 가운데 나를 만만하게 보고 코웃음을 치거나 불량스럽게 구는 놈들은 밖으로 데리고 나와 맞짱을 떴다. 자그마하니 여리게 생긴 것만 보고 얕잡아봤다가 나한테 한주먹에 깨진 건달들은 진심으로 승복하고 대번에 무릎을 꿇었다. 종종 한 번에 승복하지 않고 힘이 다 파일 때까지 몇 번씩 대드는 놈도 있었는데, 나는 포기하지 않고 끝까지 제압하여 친구나 아우로 삼았다.

그렇게 해서 한 달여 만에 열두 명의 식구를 규합했다. 언젠가

교회 다니는 친구한테 예수님 제자가 열두 명이라는 얘기를 들은 기억이 났다. 나를 예수에 비할 바는 아니지만 열두 명은 미약한 시작일 뿐이었다. 이 열두 명을 시작으로 《수호지》에 나오는 양산박 108 두령만큼의 세력은 키워야 건달로서 큰일을 할 수 있겠다는 생각이 들었다.

우리는 한적한 식당을 빌려 자리를 함께했다. 조촐하나마 우리 조직의 출발을 알리는 첫 단합대회였다.

"자, 다들 모르는 친구나 선후배가 있으면 서로 인사하고 맛있게 식사하자. 자, 다들 앞에 있는 술잔을 채워라. 내가 먼저 건배를 제의하겠다. 내가 선창으로 '우리는 같은' 하면 자네들은 '식구다' 하고 큰소리로 외쳐라. 우리는 같은!"

"식구다!"

"앞으로 여기에 모인 우리가 주축이 되어 똘똘 뭉쳐 구로공단 주변을 완전히 장악하고 세력을 넓힐 것이다. 그러려면 지금 이 식구로는 부족하다. 좀 더 세력을 키울 필요가 있다. 다들 한 달 안에 한 사람씩 책임지고 데려와라, 야무지고 우리와 뜻을 함께할 사람으로. 그래서 우리 식구가 이십여 명쯤으로 불어나면 어디 가까운 야외로 나가서 정식으로 창립 단합대회를 하자. 잘 알겠습니까?"

"예! 알겠습니다."

"여기 모인 우리는 저마다 고향을 떠나 객지에서 남남으로 처

음 만났지만, 지금 이 순간부터 한 형제다. 형제는 무엇보다 의리
다. 더구나 건달은 의리 빼면 시체다. 우리 모두 의리로 똘똘 뭉
쳐 이 험한 세상을 한번 폼나게 살아보자."

"예~ 형님, 잘 알겠습니다."

아우들 열두 명을 출신으로 보면 경상도 세 명, 경기도 두 명,
전라도 일곱 명이었다. 내가 전라도 출신이어서인지 전라도 아
우들이 유난히 많았다. 나는 조직의 화합을 위해 일부러 경상도
와 경기도 출신 아우들을 조금 더 챙겼다. 그래야 불필요한 오해
나 편견이 없을 것이고, 전라도 아우들도 내 뜻을 알고 다른 지역
아우들과 잘 지낼 것이기 때문이다.

일차 단합대회를 마친 나는 형님들에게 그간의 경과를 보고하
고 조만간 한 자리에 모아 인사를 시키겠다고 했다.

"일단 여섯 명은 나폴리다방을 아지트로 삼고 나머지 여섯 명
은 환희다방으로 나오라고 했습니다. 한 곳으로 다 나오면 다방
에 영업 방해로 피해줄 수 있어서 그렇게 했습니다."

"아이고, 아우. 고생했네. 이제 우리도 아우 덕분에 이 공단 바
닥에서 어깨에 힘 좀 주고 다니겠네."

"그렇게 하십시오, 형님들. 하하."

내가 형님들한테 대답은 시원스럽게 했지만, 아직 이 바닥에서
어깨에 힘주고 다닐 정도는 아니었다. 숫자만 열둘이지 반 이상

은 오합지졸이어서 전투력은 진짜 깡패들 대여섯만도 못할 것이었다. 말만 깡패니 건달이니 했지 아직은 때가 덜 묻었고 깡이나 주먹도 여물지 못했다.

공돌이 하다가 일하기 싫어서 나온 놈, 월급 적다고 그만두고 빈대 붙어서 민폐 끼치며 사는 놈 등 별의별 놈이 다 있었다. 그래도 그중 다섯 명 정도는 운동깨나 하고 싸움에도 소질이 있었다. 소년원에 가서도 완장 차다 나올 정도로 야무진 놈도 있어서 그나마 내 말뜻을 잘 알아들었다.

서로 어느 정도 알아갈 즈음에 나는 아우들을 한 자리에 불러 조직의 강령 비슷한 것을 발표하면서 우선의 대책을 제시했다.

"이왕 우리가 이렇게 의리로 뭉쳤으니 이 지역에서 존재감을 보여주고 우리 발 뻗을 자리를 넓혀가자. 그러니 어디 가서든 누구한테도 절대 꿀리지 말아야 한다. 특히 강자 앞에서 꼬리를 내리면 안 된다. 그 순간 우리는 호구가 되고 만다. 우리가 사는 길은 강자에 당당히 맞서 이기는 것이다. 사나이 한 번 죽지, 두 번 죽냐? 돈 많다고 거드름피우는 유흥업소 사장들, 직원들을 발톱의 때만도 못하게 대하는 악덕 기업주들, 약한 사람들 괴롭히면서 주머니나 털고 다니는 양아치들, 세력 믿고 함부로 설치는 깡패 새끼들은 싸가지없이 나오면 사정없이 두들겨 패줘도 된다. 그 대신 공장이나 가게에서 힘들게 일하는 밑바닥 인생들은 절대 건들지 말고 오히려 적극적으로 보호하기 바란다. 우리도 같은 밑바닥 인생 아니냐. 그리고 주위에 야무진 친구나 선후배가 있으면 우리 식구로 들일 수 있게 나한테 소개하기 바란다. 우선 우리가 힘을 키우려면 자금이 필요하니까 이 근처에서 제일 장사가 잘 되는 나이트클럽이나 디스코텍, 음악다방 몇 군데에 우리 식구가 들어가서 지배인이나 영업부장, 관리부장으로 일하도록 한번 해보자. 내가 앞장서서 만들어볼 테니까 너희도 적극적으로 따르기 바란다."

"예! 알았습니다, 형님."

나는 이튿날부터 아우들 두세 명을 데리고 본격적으로 유흥업소 시찰에 나섰다. 우리를 가로막는 어깨들을 일부러 도발하여 한바탕 주먹다짐을 벌이기도 하면서 우리를 알리고자 부단히 노력하고 다녔다. 그렇게 돌아다니다가 우리를 무시하거나 나쁘게 보는 업소가 있으면 일부러 술을 잔뜩 마시고 나오면서 시비를 걸었다.

"사장님, 오늘 외상입니다. 말일 날 월급 타면 갖다 드릴게요."

"아니, 이 젊은 놈들이 언제 봤다고 외상은 외상이야? 이놈들! 혼 좀 나 봐야 정신을 차리겠냐? 돈 내놔, 이놈들아."

"하하하, 사장님이 나를 모르시는 모양인데 나가 이 동네 장호요 장호. 내 이름도 못 들어봤어요? 앞으로 이 동네에서 장사 편하게 하시려면 내 아우를 영업부장으로 쓰시오. 우리가 앞으로 잘 보호해드리겠습니다."

"뭐? 이놈아! 누구한테 행패여 이놈아. 야, 빨리 경찰에 신고해.
이런 싸가지없는 놈."

"하하, 그래요. 야, 아우들아! 이 가게는 외상도 안 되는 모양이
다. 날려부러라."

"예~ 형님. 외상이 안 돼? 뭐 이런 옛 같은 가게가 다 있어? 다
날려불자."

집어 던진 의자가 날아가 와장창 유리창을 깨고 난리가 나자
혼비백산한 손님들이 다 나가고 경찰들이 들이닥쳤다.

"야, 경찰들 밀고 무조건 뛰어."

한바탕 크게 소동을 벌인 우리는 경찰들을 밀어붙이고 잽싸게
도망쳤다. 한 사람도 안 잡히고 모두 구로공단 다리 밑에서 다시
만났다.

"아이고~ 형님, 우리가 한바탕 시원하게 놀고 잘 내뺐지요?"

"하하, 그래. 잘했다. 오늘 밤에는 가리봉에서 우릴 잡으려고
눈에 쌍심지를 켜고 뒤지고 다닐 테니까 다들 돌아다니지 말고
숙소에 들어가 짱박혀라. 자고 내일 보자."

"알았습니다, 형님. 잘 주무십시오."

구치소로 들어간 기소중지자

　　짜릿하면서도 불안한 밤이 지나고 또 하루가 밝았다. 오늘은 또 무슨 일이 벌어질까? 우리의 하루하루는 아무것도 예정되거나 예측 가능한 일이 없었다. 그때그때 닥쳐봐야 아는 일이었다. 결과도 예측불허였다. 일이 잘 풀릴 수도 있고, 뜻하지 않은 사고가 터질 수도 있었다.

　　점심때가 좀 지났을 즈음, 동네 야구연습장에서 아우들 몇이랑 함께 공을 치고 있는데, 건너편 인도에서 누가 두들겨 맞고 있는 모습이 눈에 띄었다. 얻어맞는 사람이 눈에 익어서 공치는 것을 멈추고 자세히 보니 우리가 자주 가는 음악다방의 DJ였다. 삼사십 대로 보이는 건장한 체격의 사내들 둘이 합세해서 DJ를 때리고 있었다. 나는 즉시 야구방망이를 쥔 채로 뛰어나가 마구 휘둘러서 사내들을 쫓아버리고 DJ를 구해주었다.

　　"야 DJ, 저놈들 뭐 하는 새끼들이냐?"

　　"예, 저 사람들 형사인데요."

　　"뭐? 인마, 그걸 왜 이제 말해?"

"언제 말할 기회라도 있었나요?"

"참, 그렇지. 그건 그렇고⋯ 너 무슨 죄지었구나. 똑바로 하고 다녀 짜샤. 인기 DJ로 먹고살려면 여자들 꼬셔서 등치거나 괴롭히지 말고 똑바로 처신하고 다녀. 알았어, 몰랐어?"

"예, 알았습니다."

"빨리 뛰어! 인마, 또 잡히지 말고. 조심해. 다음에 보자."

"네."

그렇게 가리봉동에서 이 일 저 일 참견하면서 서서히 두각을 나타내고 있는데, 고향에서 상훈이 친구에 이어 용조 형도 올라오면서 식구가 자꾸 불어났다. 식구가 불어나는 거야 나쁘지 않지만, 무엇보다 숙식이 걱정이었다. 사람이 먹고 자는 것이 해결되어야 무슨 일이든 할 수 있지 않겠는가. 나는 궁리 끝에 원호 형을 찾아가서 사정을 얘기했다.

"형님, 방세는 제가 어떻게 해서든 낼 테니까 방 두 개만 주십시오. 식구가 늘어서 방이 필요합니다."

"알았다. 느그 형수한테 안 미안하게 방세는 꼬박꼬박 내야 한다."

"알았습니다, 형님."

그날 저녁, 나는 외상이 가능한 동네 단골 고깃집에 식구들을 전부 모아놓고 새 식구 둘을 소개했다.

"사랑하는 나의 친구 그리고 아우들, 오늘 두 사람이 새 식구로 들어왔다. 한 분은 내 고향 선배님이고, 한 사람은 내 깨복쟁이 친구다. 앞으로 우리와 같이 생활할 거니까 나를 대하듯 형님으로 깍듯이 모셔라. 알았는가?"

"예, 형님. 잘 알겠습니다."

"자~ 오랜만에 삼겹살로 원 없이 목구멍에 때 좀 싹 벗겨보자. 자, 새 식구들 환영하는 의미에서 다 같이 한잔 쭉 마시자. 건배!"

"감사합니다, 형님."

나는 아우들이 자기들끼리 자유롭게 한 잔씩 하도록 놔두고 상훈이랑 마주 앉아 회포를 풀었다.

"하하, 상훈아. 우리가 서울 와서 황금 마차를 끌던 때가 엊그제 같은데 벌써 세월이 이렇게 흘렀다. 그동안 고향에서 어찌 지냈냐? 나는 이 구로공단에 들어와서 건달 생활을 시작한 지 얼마 안 되었다."

"그래. 이왕 시작했으니 한번 잘해봐야지. 참, 도식이랑 훈인 잘 지내는가? 지금도 공장에 다니고?"

"그럼. 착실히 일 잘하고 있지. 가끔 나한테 왔다 가고는 해. 나랑 가는 길은 달라도 변함없는 고향 친구고 아우 아니냐, 하하. 며칠 있다가 도식이랑 훈이 보러 영등포 한번 나갔다 오자."

며칠 후, 나는 상훈이랑 영등포로 나가 도식이랑 훈일 만나 밥을 먹고 맥줏집으로 들어갔다. 대여섯 개쯤 되는 테이블 중 하나에 자칭 동네 깡패들 서넛이 죽치고 있었다. 다들 우리 또래로, 안면이 있었다. 우리 일행이 들어가서 테이블에 앉자마자 내게 시비를 걸어왔다.

"어이~ 공돌이, 자네 요즘 통 안 보이대. 어디로 짱박힌 거야? 저 친구들만 이 동네 남겨두고 어디서 뭐 하는 거야?"

"야! 이 새끼들아, 공돌이 때려치우고 느그들처럼 양아치 안 될라고 가리봉동에 가서 깡패 한다. 왜? 떫냐? 야, 훈아. 여기 술 좀 시켜라."

"알았네, 성."

이번에는 내가 일부러 동네 깡패들 약을 올렸다.

"어이~ 변두리 동네 깡패 양반들, 여기 와서 같이 한잔하시게."

"야, 공돌이. 몇 달 안 보이더니 그새 많이 컸다."

"그만하고 이리들 와서 한잔 받아. 그리고 자네들, 내가 충고하는데 말이야. 깡패를 하려면 추잡하게 좁은 동네에서 거들먹대지 말고 영등포동 같은 큰물로 나가서 놀아. 똥개도 아니고 말이야. 영등포 중앙파든 시장파든 남부동파든 들어가서 좀 그럴듯하게 놀란 말이야. 이 좁아터진 도림동에서 약한 사람들 괴롭히면서 양아치로 돌아댕기지 말고. 알았어? 이 사람들아."

"뭐라고? 이 좆만한 새끼가. 눈구멍에 뵈는 것이 없냐?"

"그래, 이 양아치 새끼들아. 뵈는 것이 없다, 어쩔래? 한판 붙을래?."

그러자 한 놈이 맥주병을 날렸다.

"저런 개새끼 보소. 어디다 병을 날리고 지랄이야."

내가 의자를 집어 던지자 옆에 있는 훈이 말렸다.

"성, 참소."

"냅둬 봐라. 내가 오늘 저 양아치 새끼들한테 깡패가 뭔지, 건달이 뭔지 한번 뜨신 맛을 보여줄랑께. 밖으로 기어 나와라, 양아치 새끼들아!"

그쪽에서 세 놈이 나왔다. "도식이랑 훈인 가만히 있어라. 상훈이랑 내가 상대할 테니까. 느그들은 당분간 이 동네 살아야 하는데, 저놈들이랑 척져서 좋을 건 없잖아."

상훈이랑 나는 맥주병을 들고나온 세 놈을 상대했다. 나는 병을 깨서 휘두르며 먼저 달려드는 놈을 의자로 막으면서 돌려차기로 면상을 찍어버렸다. 그리고 상훈이랑 합세하여 두 놈은 의자로 찍어서 주저앉혀 놓고 먼지가 나도록 두들겨 팼다. 그러고 있는데, 그새 술집 주인이 파출소에 신고했는지 경찰들이 들이닥쳤다. 이쪽저쪽 할 것 없이 미처 도망갈 새도 없이 모두 붙잡히고 말아 파출소로 끌려갔다.

파출소에서 조사를 받는데 내 기소중지 건이 불거져 나왔다.

"문장호 이 자식은 이미 순천에서도 사고 쳤네. 폭력 건으로 기소중지 중인데…. 지금 기소중지자 집중 단속기간인데 제대로 한 건 올렸구나. 영등포경찰서로 넘겨버려!"

"알겠습니다."

나는 그런 난리 통에도 여유를 잃지 않고 동네 깡패들에게 일장 연설을 했다.

"어이, 변두리 친구들. 나는 아무래도 기소중지에 걸려 순천경찰서로 보내질 것 같다. 그러니 우리 친구하고 화해하고 잘 지내면 안 되겠나? 사나이들이 한번 치고받고 싸울 수도 있는 거니, 마음에 담지 말고 우리 친구로 지내세. 이전에 내가 이 동네에 있을 때 다방에 가면 자네들이 나이를 속이고 나한테 형님 대접을 받았는데, 지금 조서 쓰면서 보니까 같은 또래드만. 나 빵 갔다 나오면 꼭 연락할게. 가리봉동 환희다방으로 놀러들 오시게. 시원하게 한잔 대접할게. 이것이 사나이들 세계 아닌가? 나도 그렇고 우리 친구들도 그렇고 마냥 공돌이나 할라고 서울 올라온 것이 아니여. 복싱 열심히 해서 세계 챔피언도 되고 영화배우 해서 출세할라고 올라온 거여. 우선은 먹고살라고 공돌이도 하고 점돌이도 한 거여. 그런데 기질은 못 속이겠드라고. 그래서 내가 지금 조직 만들어 가리봉에서 깡패 하고 있네. 그러니 부탁함세. 자네들이 내 친구랑 잘 합의 봐서 같이 나가시게. 여기는 자네들 홈그라운드 아닌가."

"잘 알았네, 친구. 염려 말고 잘 다녀오시게. 자네랑 같이 나가서 한잔해야 하는데, 아쉽네. 우리도 정말 미안하고…."

"그리 해준다니 고맙네. 자네들도 알고 보니 양아치 아니고 사나이 중의 사나이구마. 하하하. 우리 친구하고 동생이 이 동네 있으니까 잘 좀 봐주고. 나, 갔다가 얼른 옴세. 꼭 다시 만나서 한잔하세."

"알았네, 친구."

그러고 있는 나를 경찰들이 기가 찬 듯 말을 잃고 그저 바라보고 있었다. 그러든 말든 나는 상훈이를 보고 당부했다.

"상훈이, 도식이랑 훈이랑 이 친구들하고 나가서 한잔하고 서로 우정을 돈독히 하시게."

"그런데 장호 자네, 순천서에 뭔 사건이 있었는가?"

"별거 아니여. 동네 자취하는 전문대 학생들이 우리 동네 아가씨들 집적대길래 아가씨들한테 폼 한번 잡을라고 몇 대 쥐어팬 것이 걸려서 기소중지 됐나 봐. 너무 걱정하지 마. 뭐 벌금이나 집행유예 정도 받고 나오겠지. 그러니까 상훈이 자네가 가리봉 가서 형님들하고 아우들 만나서 잘 말해주소. 늦어도 석 달이면 돌아올 테니 그동안 기죽지 말고 잘 버티라고. 나 없는 동안 자네가 조직을 잘 다독거려 지켜주시게."

"알았네, 친구. 부디 건강하게만 잘 갔다 오소."

조서를 다 받고 어이가 없었는지 잠시 지켜만 보던 경찰이 조서를 철한 서류뭉치로 책상을 내리치면서 말했다.

"아이고, 저것들이 파출소에서 영화를 찍네, 영화를 찍어. 박노식, 허장강이 울고 가겠다. 영화는 다 찍었냐? 너희들은 여기 남고, 장호는 차에 타. 영등포경찰서로 가야 하니까."

나는 영등포경찰서로 호송되어 유치장에서 남은 하루를 보내야 했다. 이튿날 오전 11시쯤 순천경찰서에서 형사가 기소중지자를 인도받으러 왔다.

"어이, 장호! 나와."

"네."

내가 나오자마자 손에다 수갑을 채웠다.

"아니 형사님, 나가 무슨 5대 강력범도 아니고, 도망갈 놈도 아닌데 왜 수갑은 채우고 그라요?"

"야, 이 사람아. 이게 다 규정대로 하는 거여. 내 맘대로 수갑을 채우고 풀고 하는 것이 아니란 말이시. 강력범이라면 수갑에다 포승줄까지 묶게 돼 있어."

"법이 그렇다면야 쪽팔려도 할 수 없지요. 갑시다."

우리는 순천행 열차를 타려고 영등포경찰서 순찰차를 타고 영등포역으로 향했다. 그런데 열차에 오르자 기가 차게도 입석이라는 것이다.

"아니 형사님, 그 먼 거리를 가는데 입석이 뭡니까? 나라에서 차비도 안 나와요? 죄는 미워도 인권이라는 것이 있는디, 천릿길을 서서 가라고요?"

"어이 장호, 미안하네. 자네가 남자니까 얘기하지만, 실은 어젯밤에 출장비를 고스톱 쳐서 다 날려버렸네."

하하, 어처구니가 없었다. 그렇다면 말이 입석이지 공무 수행 중이라며 표 없이 그냥 탄 게 틀림없었다. 좌석이나 입석이나 푯값 차이가 얼마 안 났기 때문이다. 생각해 보니 죄인을 잡아가는 경찰이 그 죄인보다 더 나쁜 놈이었다. 벼룩의 간을 내먹지, 죄인의 좌석을 빼먹어. 그렇다고 천릿길을 얌전히 서서 갈 내가 아니었다.

"배고픈데 빵값은 있어요?"

"빵값은 겨우 될 거네."

"아이고, 노름해서 그 돈을 다 잃었으면 개평이라도 좀 넉넉히 뜯지 뭐 하셨어요? 형사씩이나 되시면서…. 하여튼 제가 좌석은 해결해볼 테니 기다려보십시오."

"자네가 좌석을 무슨 수로…?"

나는 신청도 안 하고 열차 칸을 쭉 훑어보기 시작했다. 객실 중간쯤에 비교적 젊어 보이는 사람들 넷이서 좌석에 앉아있는 모습이 보였다. 나는 그쪽으로 걸어가서 대뜸 수갑 찬 손을 내보이면서 공갈을 좀 쳤다.

"저~ 죄송하지만, 이번에 징역 가면 사형을 받을지 무기를 받을지 모르겠는데, 크게 불편하시지 않다면 좌석 좀 양보해주시면 안 되겠습니까?"

"아니, 젊은 친구가 무슨 죄를 지었기에 사형을 받는단 말이오?"

"죄송합니다. 어쩌다가 실수로 사람을 둘 죽였습니다."

"아니! 뭐요? 계획적으로…?"

"아닙니다. 급한 성질에 욱해서 몇 대 때린 것이 그만…."

"얌전하게 생겼는데 무서운 친구군. 오늘 재수 옴 붙었네. 여기 앉으시오."

"예, 감사합니다."

옆에 서 있던 형사도 내가 하는 꼴을 보더니 맞장구를 치며 거들었다.

"죄송합니다, 흉악범인 피의자를 연행할 의무가 있어서요. 자리 좀 양보해주시면 감사하겠습니다."

"에이~ 재수가 없으려니까. 하필이면 우리 자리에 와서 그래요? 할 수 없지 뭐. 이리 앉으시오."

"예 고맙습니다."

우리는 서로 마주 보며 씩 웃었다.

"아, 형사님. 배고픈데 빵 좀 사 먹읍시다."

때마침 홍익회 직원이 빵과 음료가 담긴 수레를 밀고 왔다.

"아저씨, 여기 카스테라 두 개만 줘요."

카스테라를 먹는데 목이 메었다.

"형사님, 음료수가 좀 있어야 되겠는디요."

그러나 형사한테 음료수까지 살 돈은 없는 눈치였다. 내가 컥컥거리자 앞에 앉은 두 사람이 불편했는지 음료수 두 개를 사서 건넸다.

"아이고~ 고맙습니다. 잘 마시겠습니다."

그렇게 공갈을 쳐서 편하게 순천역에 도착했다. 그런데 내리자마자 이번엔 시내버스를 타려고 했다.

"아니, 형사님. 서울서부터 여기까지 개고생을 시켰으면 됐지 아무리 죄인이라고 고향에 와서까지 쪽팔리게 할라 그러요?"

"알았다, 알았어. 역전파출소에 가서 택시비 빌려서 택시 타고 가자."

"진작 그러셔야지요."

우여곡절 끝에 순천경찰서에 도착했다. 곧바로 유치장으로 들어가 보니까 가는 날이 장날이라고, 순천 중앙파, 시민파, 웃장파 할 것 없이 아는 선후배들이 여럿 잡혀 와 있었다.

"야, 장호 니는 도둑질하다 잡혀 왔냐? 니는 깡패도 아니잖아. 뭔 죄를 지었다고 서울서 여기까지 잡혀 오냐?"

"전에 동네에서 전문대생들 좀 손 봐준 것이 기소중지가 되어서요. 잘 계셨습니까? 형님."

"야, 너는 동네에서 착실하게 운동만 했잖아."

"네, 형님. 어쩌다 서울 가서 깡패 생활 좀 하고 있습니다. 먹고살라고요. 하하."

"야, 먹고살라고 깡패 한단 놈은 처음 본다."

"형님이 고향에 계셔서 잘 모르시는데, 서울 가서 공돌이 하기 싫으면 어쩔 수 없습니다. 그렇게라도 나의 존재를 알려야만 살 수 있는 데가 서울입니다."

"그래, 서울 어디서 생활하는데."

"구로공단입니다. 공돌이 때려치우고 이제 막 시작한 조직인데, 식구가 아직은 열댓 명밖에 안 됩니다. 형님네 식구에 비하면 새 발의 피입니다."

"알았다, 아우야. 넓게 보면 너도 한 동네 아우 아니냐. 어디서든지 열심히 생활해라."

"예, 형님."

"이번에 징역 좀 살 것 같냐?"

"아닙니다. 초범에다가 그 새끼들 주먹으로만 패서 많이 다치지 않았습니다."

"그래, 다행이다. 유치장에 며칠 있다 구치소로 넘어갈 것 같다."

"형님, 항상 건강하십시오."

"그래, 고맙다."

이 형은 초등학교 3년 선배인데, 순천 중앙파 두목급이었다. 유치장에 며칠 있는 동안 경찰서에서 우리 집으로 연락해서 어머니와 사촌 형수가 면회를 왔다.

"아이고, 이 불쌍한 놈아. 뭔 죄를 짓고 서울서 여기까지 잡혀왔다냐?"

"엄니, 죄송해요. 별거 아니니 너무 염려 마세요. 살다 보면 사내가 싸움도 하고 그러지요, 뭐. 형수님, 염려 마시고 울 엄니 좀 잘 모시고 올라가시요."

"그래도 삼촌이 걱정이네요."

"하하, 별일 아니라니까요, 형수님."

"아이고, 우리 새끼 불쌍해서 어쩐다냐? 질부, 우리 동네에 법원 다니는 높은 선상님이 계시니까 그 선상님 좀 만나러 가자. 우리 불쌍한 새끼 어떻게든 얼른 빼내야지."

"네, 큰어머니."

"엄니, 걱정하시지 말랑께요. 주위에 알아보니까 진단 4주 정도는 두 달 안에 벌금형이나 집행유예로 나온대요. 그러니 밥 잘 챙겨 잡숫고 건강히 계십시오. 곧 뵐게요. 얼른 집으로 가시랑께요. 형수님, 엄니 좀 잘 부탁드려요."

"예, 삼촌. 큰어머니 걱정은 말고 건강이나 잘 챙기다 나오세요."

"네, 형수님. 감사합니다."

나는 그날 그렇게 면회를 끝내고 순천교도소 구치소로 재판을 받기 위해 이송되었다. 도착하여 간단한 신체검사 및 신분확인을 하고 미결수들이 있는 폭력범 방으로 배정되었다. 방이 한 서너 평 되는데 미결수들이 스무 명쯤 있었다. 방에 들어가자 내 또

134

래나 되는 둘이서 신고식을 시켰다. 나는 처음 들어가 보는 구치소라 적응이 잘 안 되었다.

"야, 너 이 새끼. 뭐 하다 온 놈이야? 이름이 뭐여?"

"나, 장호인디요."

"고향이 어디여?"

"순천인디요."

"죄명이 뭐여?"

"폭력인디요."

"야, 이 새끼야! 말 똑바로 못해? 반말도 아니고."

그러면서 주먹과 발이 막 날아왔다.

"아이고 죽겠네. 원래 여기 구치소는 사람이 처음 들어오면 주먹질하고 발길질하는 데요? 사람을 이리 두들겨패도 되는 거냐고? 그러면 그쪽들은 죄명이 뭐고 고향이 어디여?"

"하, 이 새끼 좀 보소. 왜?"

"나도 좀 알아야 쓰겄소."

"그래, 나는 고향이 여수다."

"나는 벌교다. 죄명은 니하고 같은 폭력이고. 됐냐? 이 새끼야! 꼽냐?"

"그러면 한판 붙어봐야지."

"하하하, 이 좆만한 새끼가 여기가 어디라고 겁대가리 없이….
붙자, 이 새끼야!"

말이 떨어지기가 무섭게 주먹이 날아왔다. 나는 슬쩍 피하면서 옆구리에 주먹을 한 대 먹이고 뛰어차기로 면상을 찍어버렸다. 또 한 놈이 달려들자 잽을 날리면서 구석으로 몰고 들어가 원투 스트레이트에 이은 어퍼컷으로 턱을 걸어 올려 다운시켜버렸다. 순식간이었다. 두 놈이 얼굴을 감싸 쥐고 자빠져 버리자 방에 있는 재소자들이 문짝을 쾅쾅 발로 차면서 소리를 질러댔다.

"교도관님! 여기 싸움 났어요! 싸움 났다고요!"

금세 교도관이 달려와서 문을 따고 들어와 방망이로 내 등을 내리쳐 제압하더니 데리고 나와 닦달을 해댔다.

"너, 이놈의 새끼! 신입이 사람을 치고 쌈박질을 해? 이 새끼야, 왜 그랬어?"

"아니 교도관님, 내가 방으로 들어가자마자 신고식을 시키면서 싸가지없다고 저 새끼들이 먼저 주먹으로 치고 발로 차고 해서 오지게 두들겨 맞다 보니까 나도 성질이 나서 저 새끼들 몇 대 쥐어박은 것밖에 없습니다."

"그래, 다친 데는 없고?"

"입술이 조금 터졌지만, 이까짓 거야 뭐…. 저 새끼들이나 안 다쳤는지 봐주십시오."

"알았다. 너, 저 방으로 다시 들어갈래? 아니면 다른 방으로 넣어줄까?"

"그냥 저 방으로 다시 넣어주십시오. 다른 방으로 가더라도 어차피 또 신고식 해야 할 것 같은데요, 하하하."

"웃어? 이 새끼 이거 배짱 하나 오지네. 알았다. 너, 한 번만 더 싸우면 징벌에 독방이다."

"징벌이 뭔디요?"

"순진한 척하는 거야? 진짜 모르는 거야? 감방에 들어가서 또 쌈박질하거나 죄를 지으면 포승줄로 꽁꽁 묶어서 혼자 있도록 독방에 처넣는 것이 징벌이여. 알아들었어, 인마."

"아, 예. 잘 알겠습니다."

덜컹, 교도관이 문을 열어주자 나는 다시 그 방으로 들어갔다. 그러고는 천천히 둘러보며 나직하지만 경고하듯 말했다.

"어이 친구들, 미안하네. 우리 피차 죄짓고 들어온 건 마찬가지 같은데, 정 싸우고 싶으면 여기서는 휴전하고 나가서 한번 편안하게 각서 써놓고 붙자고. 또 여기 들어오면 안 되니까."

"알았다, 인마. 재판 끝날 때까지 조용히 까불지 말고 있다가 나가. 눈깔 파불기 전에. 알았어."

"에헤, 말이 좀 험하네. 나도 명색이 깡팬데 우리 상호 간에 막말이나 욕설은 삼갑시다. 알았어, 이 새끼야? 하하."

다들 입으로 깡패를 하던 놈들이라 그런지 나의 기세에 눌려서 끽소리도 못하고 속으로만 끙끙거리는 눈치였다. 나는 검찰청에서 조서를 다시 받고 재판을 기다리고 있었다. 그런 와중에 우리 동네에 사는 종원이 형이라고 주먹 좀 쓰는 형이 나를 위한다고 아침마다 면회를 와서는 염장만 지르고 갔다.

"장호야, 고생한다. 금방 나올 것이다. 사식은 못 넣고 간다."

일주일 째 하루도 안 빼고 아침마다 면회를 와서는 계속 그 말만 하고 그냥 갔다. 매일 면회는 오는데 돈이든 먹을 것이든 아무것도 안 들어오니까 같은 방 사람들한테 개털이라고 소문이 나서 눈총을 받고 있었다.

다른 재소자들은 누가 면회 왔다가 가면 저녁때 빵이며 과일이며 과자며 푸짐하게 막 들어오는데, 나는 종원이 형이 그러고 갈 때마다 미칠 지경이었다. 면회는 하루 한 번밖에 못 하는지라, 종원이 형 때문에 우리 어머니는 면회하고 싶어도 할 수가 없게 되었다. 참다못한 나는 또 아침 일찍 면회를 온 종원이 형을 보고 정색을 했다.

"형님, 부탁이 있습니다."

"뭔디? 말해봐라. 이 형이 다 들어줄게."

"형님, 죄송하지만 면회 좀 안 오시면 안 될까요?"

"왜? 뭔 일 있냐?"

"형님이 일주일 내내 면회 왔다 갔는데도 빵 쪼가리 하나 안 들어오니까 방 사람들이 나를 개털이라고 놀립니다."

"빵이나 좀 넣어줄까?"

"냅두세요. 어차피 개털인데요, 뭐. 하하."

나는 제발 면회나 좀 오지 말라고 신신당부하며 종원이 형을 돌려보냈다. 그러는 사이에 어머니는 아들을 어떻게 하면 좀 빨리 빼낼까 하고 동동거리고 다녔다.

우리 어머니는 같은 동네 사는 법원 주사 아저씨가 법원에서 재판장 다음으로 높은 분인 줄만 알았다. 재판정에 재판장이 나오면 "기립!", "착석!"하고 크게 외치는 그 사람 말에 재판정의 모든 사람이 따르는 걸 보고 그렇게 여긴 모양이다. 그렇게 높은 양반이라면 틀림없이 도와줄 수 있다고 믿었는지 어머니가 아침마다 출근 전에 그 집에 찾아가서 "선상님, 제발 우리 아들 좀 살려달라"고 울고불고 매달리자 그 주사 아저씨는 견디다 못했는지 재판장을 찾아가서 간곡한 사정을 고했다. 재판장은 폭력에 의한 진단이 많이 나온 것도 아니고 초범인 점을 고려하여 선고유예로 나를 석방했다.

내가 구치소에서 풀려나 집으로 올라갔더니 어머니는 눈물을 흘리며 그런 사정을 말해주었다.

"이놈아, 어쩌다가 사람을 두드려 패서 깜빵까지 갔다 오냐, 이놈아. 내일 당장 법원 주사님 댁에 가서 감사하다고 인사드리고 와라. 갈 때 담배 한 보루 사 가고."

"네~ 엄니. 고생하셨어요. 그럴게요."

아이고, 불쌍한 우리 어머니. 나는 다음날 주사님 귀가 시간에 맞춰 파고다 담배 한 보루랑 소주 됫병 짜리 한 병을 사 들고 댁으로 찾아갔다. 나는 넙죽 큰절을 올렸다.

"주사님, 도와주셔서 감사합니다."

"야! 이놈아. 느그 어머니가 하루도 빠지지 않고 출근 전에 우리 집에 와서 우리 아들 좀 살려달라고 얼마나 울며 매달렸는지 알기는 아냐? 니놈이 예뻐서가 아니라 니 어머니 봐서 판사님 찾아가 간곡히 말씀드렸더니 선처해주신 거니까, 앞으로 사고 치지 말고 착실하게 살아. 느그 어머니 속 좀 그만 썩이고 효도해라. 알았냐?"

"예, 주사님. 잘 알겠습니다. 감사합니다, 주사님."

"어차피 나도 저녁 먹으려던 참이니까 밥 먹고 가라."

"아닙니다, 주사님. 집에 가서 엄니하고 먹겠습니다."

"그럼 그렇게 해라."

"네, 주사님."

나는 인사를 마치고 집으로 돌아와 어머니와 저녁을 먹으면서 쌓인 회포를 풀었다.

"야, 장호야. 그 복잡한 서울 가지 말고 여기서 공장이나 댕기면서 나랑 오손도손 살면 안 되겠냐?"

"엄니, 나는 서울 가서 아직 할 일이 있어요. 나를 기다리는 식구들도 있고요."

"여자여?"

"아니어라. 내가 꼭 성공하고 돈 많이 벌어서 울 엄니 호강시켜 드릴게요."

"뭐? 이놈아! 나 죽고 나면."

"아니랑께요. 살아계실 때 호강시켜 드려요."

"아이고, 저놈의 고집하고는. 누가 지 애비 아들 아니랄까 봐."

우리 어머니는 나를 낳기 전에 아버지하고 사이에 딸 둘을 뒀는데, 그 딸들이 다 어려서 일찍 병으로 세상을 떠났다. 그러고 나서 작은 부인이 낳자마자 안겨주고 간 나를 친자식으로 길러온 분이다. 우리 어머니는 혼자 있어도 외로운 분이지만, 나랑 둘이 있을 때도 늘 외로운 분이었다.

자식이라고 달랑 하나 남은 것이 어려서부터 맨날 밖으로만 나돌더니 머리 굵어서도 고향에 있어봤자 친구들하고 어울려 쏘다니느라 집에 붙어 있을 새가 없었다. 그러니 실상은 있으나 마나 한 자식으로, 사고나 치지 않으면 다행으로 여겨야 했다.

"엄니, 내일 하루 쉬었다가 구치소 있을 때 매일 면회 온 선배나 한번 만나보고 모레 올라갈게요. 혹시 논 팔아놓은 돈 좀 있어요?"

"야 이놈아, 무슨 돈? 내일 닭이나 한 마리 잡아줄 테니 처묵고 올라가라, 이놈아."

"하하, 알았어요. 엄니."

나는 그렇게 기소중지를 해결하고 또다시 서울행 완행열차에 몸을 실었다.

그리고 반지 다 네
하 는 것 에 가서
섬 하 는 것 은 예 늘
가 늘 보 며 했 꽃 놓
게 하 스 아 이 고
에 이 주 머 니 거
야 배 하 고 그 에 로
밨 어 예 이 주 머 니
옷 지 기 했 이 예

04

교도소는 나의 집

그날 저녁 9시 뉴스와 뒷날 오전 11시 뉴스, 또 저녁 9시 뉴스까지 '장호파 검거' 뉴스가 잇달아 세 번이나 나가다 보니 전국적으로 나를 모르는 사람이 없게 되었다. 우리 고향에서는 코흘리개 애들까지 다 알게 되어 난리가 났다. "야, 그 착한 장호가 서울 올라가더니 조직폭력배 두목이 되어서 텔레비전 뉴스에까지 나와부렀단다." 그 소식이 우리 어머니 귀에도 들어갔다.

뜻밖의 사고, 다시 들어간 구치소

영등포역에 내려 한길로 나오는 정문 계단 위에 서서 역광장을 바라보는데 감회가 새로웠다. 예상보다 더 빨리 돌아왔는데도 아주 오래 떠나 있다가 돌아온 것인 양 낯설었다. 울 엄니…. 그 낯선 풍경을 배경으로 달처럼 둥실 떠서 나를 보며 웃고 있다. 새삼스레 눈물이 났다.

한참을 그렇게 서 있다가 시내버스를 타고 가리봉으로 갔다. 환희다방 레지 아가씨들이 깜짝 놀란다.

"오라버니 소식 들었어요. 고생 많았지요? 오라버니, 두부 사 올까요?"

"아니여, 고생은 뭐. 잠깐 바람 쐬러 갔다 온 거지. 하하. 좋은 경험하고 나온 거지 뭐. 그래, 잘들 지냈어?"

"오라버니가 없으니까 심심했어요."

"우리 애들은."

"가끔 와요."

"하하, 그랬구나. 따끈한 두향차나 한 잔 주라."

"네~ 오라버니."

환희다방의 한 아가씨가 나를 은근히 좋아했다. 강원도에서 올라온 미스 박이다. 나는 알면서도 일부러 모르는 체 시치미를 떼고 있었다.

그날 저녁, 내가 돌아왔다는 소식을 듣고 우리 식구가 단골 식당으로 다 모였다. 우리는 식사를 하면서 앞으로의 대책을 의논했다. 내가 자리를 비운 동안에 일어난 일들도 얘기되었다.

"그동안 누가 업소에 취직 좀 했는가?"

"아닙니다, 형님. 기존에 일하고 있는 사람들이 물러날 생각이 전혀 없고, 상대가 강하다 보니까 밀어내지도 못하고 있습니다. 다방 하나만 모또가 지배인 하고 있습니다. 뭔가 특단의 대책을 세워야겠습니다."

"그래, 그렇다면 우선 한 업소를 찍어서 본보기로 삼아야겠네. 우리 식구 중 누가 사고를 쳐서라도 우리 식구가 그 업소에 들어가서 일하게 하는 작전을 짜보자고. 목구멍이 포도청이라는 말이 괜히 생겼겠는가? 객지 생활에서는 무엇보다 먼저 의식주가 편해야지. 안 그런가?"

"맞습니다, 형님."

"자, 다들 한잔하자. 건배한다. 우리는 한다면 한다."

"한다! 아자!"

"자, 다들 즐겁게 마시고 열심히 하자."

"예~ 형님, 알았습니다. 충성!"

그렇게 우리의 영역을 확보하여 일자리부터 만들려고 갖은 노력을 다했다. 그러던 중에 조창수 형에게서 연락이 왔다. 전에 나랑 친구들을 불러올려 똥을 푸게 한 그 형이다.

"장호야, 잘 지내지? 오늘이 형 생일인데 핑곗김에 한잔하게 저녁때 상훈이랑 영등포로 나와라. 마침 느그 선배들 종호랑 창호가 말년휴가 나왔드라. 이렇게 뭉쳐서 오랜만에 한잔하자."

"네, 형님. 알았습니다."

나는 저녁때를 기다려 상훈이랑 영등포로 나갔다. 창수 형을 만나보니 황금 마차 사업을 접은 지 꽤 되어서 그런지 똥 냄새가 전혀 나지 않았다. 어디 큰 호텔에서 근무한다더니 신수가 훤했다. 똥 냄새 때문에 처음 가본 룸살롱에서 쫓겨난 일이 생각나 속으로 웃음이 나왔다.

"반갑습니다, 형님."

"어서들 와라. 반갑다."

창수 형은 전에 내게 큰 호텔에서 근무한다고만 했지 구체적으로 무슨 일을 하는지는 말해주지 않았다. 그런데 다른 사람이 전하는 말을 들어보니 그 호텔에서 구두를 닦고 있다는 것이다. 하기야 일자무식인 창수 형이 호텔에서 사우나 때밀이나 구두닦기가 아니면 달리 할 일이 뭐 있겠는가. 그래도 나는 창수 형의 자존심을 생각해서 그냥 모르는 척하고 축하한다고만 했다.

그날 저녁, 우리 다섯 명은 영등포에서 만나 즐겁게 식사를 하고 2차는 노래하는 라이브 클럽으로 갔다. 창수 형의 생일 축하 케이크도 하나 준비했다. 우리는 넓은 홀 중앙에 자리를 잡고 앉아 술과 안주를 시키고 케이크에 초를 꽂아 불을 켰다. 밴드 마스터한테 생일 축하곡을 신청해서 앉은 채로 손뼉을 치며 생일 축하 노래를 불렀다.

주인공이 촛불을 끄고 나자 케이크를 잘라 나눠 먹었다. 한잔 술에 흥이 무르익어가는 가운데 고향 동네 이야기, 군대 이야기, 가리봉동 이야기가 이어졌다. 그러다 보니 우리 일행에게도 무대로 올라가 노래할 기회가 왔다.

"야! 장호야, 니가 먼저 올라가서 한 곡 뽑아라."

"형님, 나는 원래 노래도 못하고 아는 노래도 없습니다. 부끄럼이 많아서 저런 데 못 올라갑니다. 노래하면, 말이 필요 없는 우리 고향의 명가수, 황금 마차의 사나이 창수 형님 아닙니까. 형님이 얼른 올라가서 한 곡조 뽑으십시오."

"하하, 알았다. 노래도 못 한다는 놈이 말발만 늘어서는…. 그래, 이 형이 먼저 한 곡조 뽑을란다."

무대에서 사회자가 우리 테이블을 호명했다.

"우리 유성 클럽을 찾아주셔서 감사합니다. 다음은 5번 테이블 손님을 모시고 노래 한번 들어보겠습니다. 큰 박수로 환영해주십시오!"

창수 형을 안내하여 무대 위로 올린 우리는 무대 앞에서 노래 박자에 맞춰 박수로 흥을 돋웠다.

"두만강 푸른 물에 노 젓는 뱃사공, 흘러간 그 옛날에…."

창수 형이 흘러간 옛노래를 구성지게 불렀다. 1절이 끝나고 간주가 흘러나왔다. 그때 우리 옆 테이블에 있던 한 남자가 술에 취했는지 비척비척 무대로 올라갔다. 그 모양이 내심 불안하여 주시하고 있는데, 막 2절을 부르려는 창수 형한테서 마이크를 뺏으려 들었다. 말리려고 얼른 올라가서 가까이 보니 어디서 본 듯 낯이 익었다.

"여보시오, 형씨. 나 모르겠어요? 나 영등포 종합체육관에서 운동했던 장호요."

"야 이 자식아, 장호고 나발이고…. 이 새끼는 뭔 노래를 이렇게 오래 불러. 돼지 멱따는 소리로."

"여보시오. 우리 형님은 노래를 부르면 꼭 2절까지 다 불러야 하니까 이 노래 끝날 때까지만 좀 기다리시오. 그다음에 그쪽이 부르면 될 거 아니요?"

"뭐 이 새끼야. 여기가 어딘 줄 알아? 영등포야 인마, 영등포."

"나도 알고 있어라. 어이~ 형씨, 끝까지 꼬장부릴 거면 나랑 밖으로 좀 나갑시다. 손 좀 보게."

"허허~ 이 새끼 보소. 좋아, 나가자 이 새끼야."

"그럽시다."

내가 먼저 밖으로 나가자 그 친구와 일행이 따라 나왔다. 창수 형도 노래를 부르다 말고 우리 일행을 데리고 밖으로 나왔다. 이 윽고 이쪽저쪽 두 패로 나뉘어 마주 보고 섰다.

"야 이 자식들아, 지금 뭐 하자는 거야? 한번 붙자는 거야?"

내 말이 떨어지기가 무섭게 저쪽 사람 하나가 숨겨온 맥주병을 갑자기 깨 들고 다짜고짜 창수 형을 쑤셨다. 아이고! 졸지에 가슴을 찔린 창수 형이 비명을 지르며 앞으로 쓰러졌다.

"아이고 형님, 괜찮으십니까?"

정말이지 비겁한 놈들이었다. 양아치가 따로 없었다. 화가 나서 눈이 뒤집힌 나는 근처 구멍가게에서 소주병을 가져와 깨 들고 대응했다. 깨진 병으로 서로 칼싸움하듯 휘두르고 있는 사이에 창수 형은 택시에 태워 급히 병원으로 보냈다. 상훈이는 처음 시비 건 놈이랑 서로 머리를 쥐어 잡고 엉켜 있었다. 그때 경찰차가 도착하고, 경찰 둘이 우릴 잡으려고 차에서 내려 뛰어왔다.

"어이, 그만 놓고 튀지. 짭새들이 왔어."

"야 이 개새끼야, 못 놓겠다."

"그래, 못 놓아? 이 새끼야, 그럼 내가 놓게 해줄게."

나는 상훈이 머리를 쥐어 잡은 그놈 면상을 발로 너덧 번 걷어차 버렸다.

"아이고~ 내 이빨 나갔네."

"야 이 새끼야, 그러니까 놓으랄 때 놔야지. 그때 놨으면 강냉이 안 깨졌지. 상훈아, 얼른 튀자."

　나랑 상훈이는 잘 도망갔는데 종호 형이랑 창호 형은 현장에서 붙잡히고 말았다. 병원에서 치료를 받고 있던 창수 형은 다행히 상처가 깊지 않아서 큰 문제는 없었다. 그런데 문제는 잡힌 두 형이 현역 군인들이라는 데 있었다. 말년에 제대 휴가를 나온 건데, 자칫 헌병대로 넘어가기라도 하면 제대도 못 하고 영창을 살 수 있었다. 그래서 생각다 못한 나는 결단을 내렸다.

　"상훈아, 아무래도 내가 나가서 자수해야겠다. 제대 앞둔 두 형님이 아무 잘못도 없는데 헌병대로 넘어가선 안 돼. 내가 자수해서 사실대로 말하면 두 형님은 바로 풀려날 거야. 그리고 나도 별문제 없겠지. 저쪽에서 먼저 시비를 걸었고 또 창수 형님을 먼저 병으로 찔렀으니 우리 쪽이 피해자야. 내가 그놈 강냉이 깨버린 거야 문제가 되겠지만, 병을 깨서 가슴을 찌른 것만 하겠냐? 여하튼 저쪽이 불리한 입장이니까 세게 나오진 못할 거야. 상훈이 자네는 가리봉으로 넘어가서 식구들이나 잘 돌보고 있게."

　"장호, 나도 자네랑 같이 자수하면 안 될까?"

　"아 이 사람아, 나는 그래도 자네보다는 유경험자 아닌가. 공범이 많아서 좋을 게 하나도 없네. 얼마 전에 순천 구치소에 있으면서 징역살이에는 어느 정도 적응이 되었다네. 하하하. 그러니 친구 너무 걱정하지 말고 공단으로 넘어가시게. 혹시 무슨 일이 생기면 그때 식구들한테 안부 전하고."

"알았네, 친구. 몸조심하시게."

나는 그 길로 영등포파출소로 뛰어들어가 자수하러 왔다고 말했다. 경찰들이 이런 놈도 있구나, 하는 눈초리로 한참을 쳐다보았다. 마침 종호, 창호 두 형이 기초조사를 받고 있었다. 나는 두 형에게 인사하고 조사 경찰관에게 자초지종을 말했다.

"이 형님들은 다쳐서 병원 치료 중인 형님 친구인데, 그 형님 생일이라서 축하해주려고 같이 술 마신 죄밖에는 없습니다. 먼저 시비 건 영등포 그 친구 면상을 차서 이빨 깬 거는 제가 한 겁니다."

"그 말이 사실이야?"

"제가 뭐 한다고 자수까지 하면서 거짓말하겠어요? 피해자한테 물어보십시오. 누구한테 맞았는지?"

"알았어 인마. 소장님, 어떻게 할까요?"

"으음, 우선 이 친구 도망 못 가게 수갑 채우고, 군인들은 보내시오."

"네, 소장님."

내 진술에 대한 사실관계 확인이 끝나자 나는 곧 영등포경찰서로 넘겨졌다. 영등포경찰서에서 사건에 대한 조서를 받았다.

"아니 형사님, 그쪽 새끼들이 먼저 시비를 걸고 우리 창수 형님을 병으로 찔러서 지금 병원에 있는데 왜 나만 조서를 받습니까? 그 새끼들은 왜 안 잡아 와요?"

"야 이놈아, 그놈들은 지금 어디로 튀어버려서 잡으러 갔다. 잡히는 대로 조사해서 죄가 있으면 처벌할 테니까 염려 붙들어 매고 너나 잘해. 일단 너는 이빨 부러뜨린 거 불었으니 처벌은 받아야겠지?"

"알았으니까 형사님, 그 새끼들 빨리 좀 잡아주시오."

"알았어 인마. 유치장에 들어가 있어."

이튿날, 유치장에서 하룻밤을 보낸 나는 형사계에서 사건 경위 진술과 조서 작성을 마무리하고 다시 유치장으로 들어가 검찰로 넘어가기 전까지 대기했다. 보통은 경찰서 유치장에 들어온 지 열흘 안에 검찰청으로 넘겨지면 검사가 다시 조서를 작성한다. 그리고 나서 구치소로 옮겨져 재판을 받는다. 나도 그런 절차를 따랐다.

그러는 동안 상훈이가 가리봉으로 가서 식구들에게 영등포에서 벌어진 일을 전했다. 지금 장호가 영등포경찰서에 잡혀 있으니, 장호가 나오기까지 조직을 어떻게 유지하고 꾸려갈지 대책회의가 필요하다며 환희다방으로 식구들을 불러 모은 것이다. 대책회의 중에 상훈은 장호가 피해자랑 좋게 합의를 보려면 최하 백만 원은 있어야 하는데, 식구들이 어떻게든 마련해보자고 제안했다. 그런데 그 얘기를 다방의 미스 박이 옆에 있다가 듣고는 대뜸 그 백만 원을 자기가 내놓겠다고 했다.

•

"그 돈, 제가 가불이라도 해서 한번 마련해볼 테니 장호 오라버니 나오면 갚으라 해요."

순간, 다들 놀랐는지 눈이 휘둥그레져서는 미스 박을 쳐다보았다. 성원이 친구가 고맙다는 인사를 하고 나섰다.

"아이고, 이거 미안해서 어떡하나? 미스 박, 고맙네. 앞으로 미스 박을 제수씨라고 불러야 하나, 어쩌나? 하하. 장호 나오면 우리 식구가 합심하여 꼭 갚을게."

그렇게 마련된 돈을 갖고 피해자를 만나 합의를 봐야 하는데, 한 식구로 합류한 고향의 영주 선배가 자원하여 나섰다. 합의 보는 쪽으로는 경험이 많아 일가견이 있으므로 피해자를 만나서 틀림없이 해결하고 오겠다고 한 것이다. 상훈이나 성원이 친구가 같이 가겠다고 하자 친구들은 남아서 할 일도 많고, 또 그렇게 여럿이 가면 오히려 이쪽이 겁먹은 것처럼 보여서 합의를 보는 데 불리할 것이므로 굳이 혼자 다녀오겠다고 했다. 다들 세심하게 마음 써주는 영주 선배가 고맙다고 했다.

그런데 돈을 갖고 합의를 보러 간 영주 선배가 나타나지는 않고 전화로 연락하기를 피해자가 돈을 더 달라고 해서 아직 합의를 보지 못했다고 했다. 그러니 얼마간의 돈을 더 마련해야 한다는 것이다. 성원이가 면회를 와서 이런 사정을 전하고 지금 돈을 더 마련하는 중이라고 했다.

"야 장호야. 너 미스 박하고 무슨 일 있냐? 미스 박이 너를 겁나게 좋아하는 눈치더라."

"하하, 나한테 잘하기는 해. 그런데 그렇게까지 많은 돈을 들여서 합의 볼 필요 뭐 있어. 나한테 처맞은 놈도 싸가지가 없고 빵잽이드라. 집행유예는 힘들 것 같고, 칠팔 개월쯤 살다 나가지 뭐."

"에이~ 사람아, 뭔 소리여? 이 중요한 시기에. 자네가 그렇게나 징역을 살면 우리 조직은 깨져뿌네."

"설마 그렇게 의리들이 없을라고? 하여튼 미스 박한테 고맙다고 전해주소. 언제 시간 내서 미스 박이 면회 온다던데, 바쁜데 오지 말라고 하소."

"장호 자네도 솔직히 보고잡잖아?"

"하하, 이 친구는 무슨 뻴소리를."

친구가 다녀가고 이틀 후에 진짜로 미스 박이 면회를 왔다.

"오라버니, 고생이 많으시지요?"

"고생은 뭐. 사나이가 이럴 수도 있고 저럴 수도 있지. 바쁜데 뭐 하러 왔어? 얘기는 들었네, 고마워."

그런데 갑자기 미스 박이 울기 시작했다.

"아 이 사람아, 창피하게 왜 울고 그래."

"오라버니, 영주 선배라는 사람은 어떤 사람이에요? 자기가 피해자랑 합의 보고 온다며 백만 원 받아 들고 나가더니 돈이 적다면서 합의도 안 보고 연락도 안 되네요."

"뭐라고?"

순간 뚜껑이 확 열린 나는 철창을 머리로 들이받으며 소리를 질렀다.

"오갈 데 없는 거지새끼를 고향 선배라고 대우해줬더니 결국 동생 합의금을 가지고 토껴? 개새끼. 나가서 걸리기만 해봐라."

"오라버니, 진정 좀 하세요."

"알았네. 하여튼 우리 미스 박 동생 고맙고, 나가서 신세 갚을 테니까 면회는 안 와도 되네. 다방 바쁠 텐디 얼른 가 봐."

"아니 오라버니, 이마가 부었는데요."

"괜찮아, 조금 지나면 가라앉겠지. 하하."

나는 미스 박을 보내고 다시 유치장으로 들어갔다.

이튿날, 검찰로 송치되어 담당 검사를 대면하는데 이마의 상처부터 따져 물었다.

"어이, 이리 와봐. 머리가 왜 그리 부었어? 혹시 경찰한테 맞았나?"

"아닙니다."

"그러면 피해자한테 맞았나?"

"아닙니다."

"그럼 왜 그래?"

"어제 아는 동생이 면회를 왔는데, 제 고향 선배가 합의금을 가지고 행방불명이 되었다고 해서 확 꼭지가 돌아버렸습니다.

그게 어떤 돈인데…. 순간적으로 화가 나서 면회장 창살에 두 번 박은 게 이렇게 부었습니다."

"그 돈이 얼만데?"

"백만 원인가 봅니다. 피해자가 적다고 더 달라고 했답니다."

"그렇겠지. 이빨이 자그만치 세 대가 부러졌으니. 잘 알았고…. 합의를 보려고 애쓰는 성의가 보이네. 경찰서에서 조서를 받았는데, 그대로 다 인정하는 거야?"

"네, 검사님."

"마지막으로 할 말은?"

"이런 말씀 드리긴 뭐하지만 조금 억울합니다. 처음부터 그쪽에서 먼저 시비를 걸었고, 또 우리 쪽이 먼저 병에 찔렸을뿐더러 이빨 사건도 경찰이 출동하여 말리는 과정에서 일어난 일입니다."

"그 내용도 다 올라와 있네. 그쪽도 검거되는 대로 처벌을 받겠지만, 이쪽도 피해자가 있어서 처벌을 받을 수밖에 없네."

"알겠습니다."

"하여튼 다시 한번 피해자와 합의를 시도해보게."

"네, 검사님. 백만 원이면 큰돈이고 치료를 하고 남을 돈인데 피해자가 너무 무리한 요구를 한 것 같습니다. 돈 나올 데가 더 없는데 밖에서 어떻게 할지 모르겠습니다."

"누가 면회 오거든 합의를 봐오면 징역을 안 살 수도 있다고 전하게."

"네, 검사님. 감사합니다."

　나는 검사실 조서를 다 마치고 영등포구치소로 이송되었다. 구
치소에 도착하여 간단한 신분검사와 신체검사가 마치자 방이 배
정되었다. 안으로 들어가니, 4평도 안 되는 방에 미결수들 20여
명이 북적북적했다.

"야, 신입! 죄명이 뭐냐?"

건장한 재소자 두 명이 일어나더니 위압적으로 물었다.

"아, 예. 폭력입니다."

"야 이 새끼야, 너 깡패냐?"

"아닌디요."

"그런데 왜 사람을 패고 들어와?"

"어쩌다 보니 그렇게 되었수다."

"어디 살아?"

"가리봉 공단이요."

"이거 공돌이 새끼구나. 야 인마, 여기 꿇어앉아서 재소자 윤
리강령이나 외우고 있어."

"아니, 원래 이렇게 하는 거요?"

"그럼 이 자식아."

"아따, 오나가나 유세 떠는 것은 마찬가지네요."

"너 지금 뭐라 그랬어?"

"아니 뭐, 혼자 하는 얘기입니다."

"야 이 새끼야, 입 닥치고 똑바로 외워."

"아니 근데, 그쪽은 뭐 하는 사람들인데 좋은 이름 놔두고 이 새끼 저 새끼 하는 거요?"

"뭐? 이 새끼 봐라. 우리는 영등포 깡패다, 이 새끼야."

"아~ 그래요? 사회에서 깡패 했으면 여기서는 좀 반성하고 있다가 나가는 것이 도리 아니요?"

"뭐? 이 새끼가 겁대가리 없이 누굴 가르치고 지랄이야?"

"형씨들이 나한테 이러는 것이 신고식인 줄은 알지만, 상대방도 좀 존중합시다. 나도 한때는 영등포에서 형씨들 선배님들하고 종합체육관에서 운동도 같이 한 사람이요. 형씨들이 시장파인지 중앙파인지 모르지만, 형씨들 선배들도 많이 알고 있소."

"그래 이 자식아, 우리는 중앙파다. 너가 누굴 아냐?"

"그러면 형씨들 큰형님이 혹시 김 모 형님 아니요?"

"야 인마, 너가 우리 큰형님을 어떻게 알아?"

"내가 영등포 종합체육관에서 복싱할 때 그 형님들은 헬스를 했어요. 내가 말이요, 이 사범님하고는 형님 아우 하는 사이요. 이 사범님이 업소 일 봐줄 때 진상 나면 나랑 같이 가서 처리하고 그랬으니까…"

"어, 그랬어? 우리도 자네를 어디서 몇 번 본 것도 같네. 어이,

편히 쉬어."

"예, 감사합니다."

그렇게 영등포구치소에서 넉살 좋게 적응해가고 있는데 밖에서 식구들이 돈을 모아 피해자와 합의를 봤다며 상훈이 친구가 면회를 왔다.

"고생했네, 친구."

"고생은 뭐…. 구치소에 있는 자네가 고생이지. 밖에 있는 우리가 무슨 고생이겠는가. 아 참, 그리고 창수 형님은 퇴원해서 호텔로 돌아갔다네. 곧 자네한테 면회 온다고 안부 전하라 하시대."

"면회는 무슨 면회. 내가 출소하면 찾아봬야지."

"그만하기 다행이네."

상훈이 면회를 왔다 간 이튿날, 검찰청으로 담당 검사한테 불려갔다. 나를 대하는 검사의 태도가 봄바람처럼 부드러웠다.

"장호, 고향이 순천이라고 했나?"

"예, 그렇습니다."

"나도 고향이 그 근처인데, 학교를 순천에서 다녔지."

"아 네, 그렇습니까?"

"하여튼 피해자와 합의를 본 게 컸네. 피해자도 폭력 전과가 3범인 점, 자네 쪽에도 병으로 가슴을 찔린 피해자가 있는 점 등을 참작하여 기소유예로 한 번 더 풀어줄 테니 사회에 나가면 열심히 성실하게 살기 바라네."

"네, 감사합니다! 검사님."

검사실에서 나와 다시 영등포구치소로 돌아와 방으로 들어가니, 영등포 친구들이 내가 오기를 기다렸다는 듯이 물었다.

"어이 장호, 무슨 일로 검사가 부르던가?"

"아, 예. 오늘 풀어준다면서 착실하게 살아라, 그럽디다. 내 처지가 착실하게 살아질란지 모르겠네요."

"하하, 하여튼 축하하네. 여기서는 하루라도 얼른 나가는 것이 장땡 아닌가."

"감사합니다. 그동안 선배님들 덕분에 편히 지내면서 많이 배우고 나갑니다. 다음에 출소하시면 가리봉동에 꼭 한번 놀러 오십시오. 가진 건 없어도 섭섭잖게 모시겠습니다. 환희다방으로 오시면 됩니다."

"그래 건강하고, 열심히 사시게. 부럽네."

밤 열한 시쯤에 교도관이 방문을 따고 나를 불렀다.

"문장호! 나와."

"예! 나갑니다."

"잘 가시게."

"다들 건강하게 계시다 나오십시오."

나는 교도관을 따라 보안과로 가서 출소 절차를 마치고 사복으로 갈아입은 다음 밖으로 나왔다. 밖에는 미리 소식을 들은 친구 상훈이가 몇몇 아우들이랑 와서 기다리고 있었다.

"야~ 장호야, 고생했다. 이 두부 좀 묵어라."

"아 이 사람아, 며칠이나 있었다고 두부는 두부여?"

"그래도 이 사람아, 좀 먹어보시게."

"알았네."

옛날이나 지금이나 교도소에서 나오면 두부를 먹이는 풍습이 있는데, 그 유래에는 여러 가지 설이 있다. 나는 교도소에서 못 먹어서 영양이 부족하니까 영양 보충하라고 두부를 주는 것이라고 알고 있다.

두부를 먹이는 관습은 일제강점기 때 시작된 것으로, 예전에는 징역살이하는 사람들 영양 상태가 부실했기 때문에 두부를 먹였다고 한다.

물론 하얀 두부처럼 새 사람으로 태어나 다시는 징역 가지 말라는 의미도 있을 것이다. 그런데 그보다 더 현실적인 이유는 두부가 최고의 종합 영양식인 데다가 소화가 잘 되어 영양소의 흡수율이 최고로 뛰어난 식품이라는 데 있다고 한다. 게다가 위에 주는 부담이 가장 적은 식품인 이유도 있다.

지금이야 그렇지 않겠지만, 옛날에는 재소자들이 워낙 못 먹어서 소화 기능이 크게 떨어진 상태에서 출소하게 마련이다. 그런 상태에서 기름진 음식을 허겁지겁 먹게 되면 탈이 날 수밖에 없다. 그러니 우선 위에 부담도 거의 주지 않고 포만감도 좋을뿐더러 영양까지 풍부한 두부를 출소하는 자리에서 먹어놓으면 급격한 변화에 몸이 탈 없이 적응하도록 돕는다.

　나는 두부를 받아먹고 일행과 밖으로 나와 택시를 잡아타고 가리봉동으로 왔다. 숙소에서 기다리고 있던 식구들과 재회하여 그간 쌓인 얘기를 나누며 휴식을 취했다.

・

"문장호, 형사계로 인계!"

1980년대를 코앞에 둔 그 무렵은 사건도 많고 여러 가지로 정국이 어수선했다.

1979년 8월에는 가발 제조업체인 YH무역 노조원들이 회사의 부당한 폐업에 항의하며 신민당사를 점거하고 농성을 벌이다가 경찰에 진압되었는데, 그 과정에서 한 여성 노동자가 숨져 문제가 커졌다.

이에 야당인 신민당이 무기한 농성에 들어가고 당시 신민당 김영삼 총재의 의원직 제명으로까지 이어져 정국이 요동쳤다. 이어 10월에는 유신체제 철폐를 요구하며 부산에서 일어난 민중항쟁이 마산까지 퍼져 걷잡을 수 없게 되자 계엄령과 위수령을 발동한 유신정권은 군대를 동원하여 강력하게 항쟁을 진압했다. 그러나 부마항쟁이 진압된 지 일주일도 채 안 되어 엄청난 사건이 터졌다.

1979년 10월 26일, 궁정동 만찬 자리에서 중앙정보부장 김재규가 대통령의 폭력적인 정국 운영과 경호실장의 도를 넘은 권력 전횡에 불만이 폭발하여 대통령 박정희와 경호실장 차지철을 권총으로 쏴 죽였다. 악명을 떨치던 유신 독재정권이 드디어 막을 내린 것이다.

유신의 심장이 꺼지고 이제 민주주의 좀 해보나 싶었는데 전두환을 우두머리로 한 신군부가 쿠데타를 일으켜 정권을 장악하고 계엄령을 발동했다. 그리고 쿠데타의 명분을 삼기 위해 '정의 사회 구현'을 기치로 내걸었다. 그리하여 범죄를 소탕한다며 뚜렷한 죄목도 없이 불량배나 폭력배, 건달을 표적으로 삼아 마구잡이로 잡아들였다. 그러면서 군사정권의 눈에 거슬리는 운동권 학생, 재야 민주인사, 시민운동가, 무고한 시민들까지 싸잡아다가 삼청교육대로 보냈다. 이들 중 절반 가까이는 자기가 무슨 죄로 잡혀 왔는지조차 몰랐다. 군부의 쿠데타를 정당화하는 이미지 세탁 작업에는 많은 희생양이 필요했다.

우리 환희다방에도 불량배들이 죽치고 있다는 신고를 받고 계엄군이 들이닥쳤다. 나와 아우들은 TV를 보다가 눈치를 채고 화장실 가는 척하면서 뒷문으로 튀었다. 일단 소나기를 피한 우리는 짱박혀 사태를 관망했다.

저녁때는 아예 밖에 나갈 생각조차 하지 않았다. 숙소로 삼은 여인숙에도 못 들어가게 되어서 구로동에 월세방을 하나 얻어 아우 하나랑 둘이 있는데, 매끼 라면만 먹다 보니까 얼굴이 탱탱 부었다. 김치가 떨어졌는데, 사방 백 미터 이내에는 다 얻어먹어서 더 얻을 데도 없었다.

이렇게 생 징역을 살고 있는데 아우 둘이 찾아왔다.

"형님, 잘 계십니까?"

"봐라, 잘 계시겠는지? 깝깝해 죽겠다."

"형님, 공단에 디스코텍이 하나 오픈했는데 장사가 제법 잘 된답니다. 업주는 봉천동 사람인데, 영업부는 시흥 애들이 맡는다네요. 형님, 우리 식구도 좀 심어야 하지 않을까요?"

"지금 시국이 작두 탄 것맨키로 조마조마하지 않냐?"

"그래도 형님, 한번 부닥쳐보지요. 이러다가는 다 굶어 죽게 생겼습니다. 설령 잡혀가더라도 순화 교육 아니면 빵밖에 더 가겠습니까?"

"그래, 한번 움직여보자. 계엄령 때문에 두어 달을 라면만 욱여넣고 처박혀 있었더니 속도 부글부글하고, 주먹도 근질근질하고, 술도 먹고 싶고, 여자도 보고 싶다. 하하하. 오늘 저녁에 거기로 가자."

"예, 형님."

"저녁 8시쯤에 디스코텍 앞에서 보는 것으로 하자. 나랑 청호랑 갈 테니까 관이랑 억이도 그리 와라."

"알겠습니다, 형님."

"아 참, 그 디스코텍 이름이 뭐지?"

"1공단에 있는 한마음 디스코텍입니다, 형님."

나는 그쪽으로 출발하기 전에 스트레칭과 풋워크로 충분히 몸을 풀었다. 한마음 디스코텍에 도착하여 천천히 주위를 둘러본 다음에 안으로 갔다. 사이키 조명이 요란하게 돌아가는 가운데 벌써 꽤 많은 손님이 들어와 춤을 추고 있었다. 그 모습을 보고 있자니, 점돌이 할 때 훈이랑 같이 갔던 영등포 디스코텍이 떠올라 빙긋이 웃음이 나왔다. 우리는 테이블에 앉아 기본 맥주와 안주를 시켜 먹으면서 요란하게 흔들어들 대는 춤 구경을 했다.

이윽고 블루스곡이 나오면서 분위기가 차분하게 가라앉자 나는 웨이터를 불렀다.

"사장님, 부르셨습니까?"

명찰을 보니 웨이터 이름이 '조용필'이었다.

"어이~ 용필이, 자네 가게 사장 좀 불러주지."

"예? 여기 사장님을 아십니까?"

"아, 그건 알 거 없고. 이 테이블에서 좀 보잔다고 전해."

"예, 알겠습니다."

그러고 좀 있으니까 건장한 덩치 둘이 거들먹대며 다가왔다.

"아, 손님들이 우리 사장님을 찾았습니까?"

"그렇소. 사장님은 안 계십니까?"

"우리 사장님은 가게에 잘 안 나오시고, 지배인인 제가 웬만한 일은 다 처리합니다. 하실 말씀이 있으면 저한테 하시지요."

"아, 그래요. 반갑습니다. 나는 가리봉동 장호라는 사람인데,

이 가게 영업부장을 우리 식구로 써주십사 하는 겁니다. 그 말씀을 드리려고 사장님을 뵙자 했습니다."

"아, 그래요? 미안합니다, 손님. 우리 가게는 영업부장, 관리부장이 다 있습니다. 혹시 웨이터라면 모르지만."

"어이, 지배인. 당신, 지금 날 놀리는 거요? 웨이터라니? 너, 이 가게 그만두고 싶어? 느그들이 시흥에서 올라온 애들이냐?"

"그렇다, 이 새끼들아. 너희들, 여기 영업 방해하러 기어들어 왔지?"

"야, 이 새끼야! 말은 똑바로 해. 취직하러 왔지, 무슨 영업 방해여?"

그러자 지배인이 욕을 하면서 먼저 주먹을 날렸다. 나는 내심 기다리고 있던 터라 그까짓 물 주먹쯤이야 대수롭지 않았다.

"이 새끼 보소. 어디서 감히 주먹을 놀려?"

나는 왼손으로 날아오는 주먹을 막으면서 오른 주먹으로 지배인의 면상을 날려버렸다. 이어서 옆에 있던 아우들이 두 명을 발로 차고 주먹으로 쳤다. 그러자 그쪽에서 관리부장이 합세하고 웨이터들까지 열댓 명이 붙어서 얽힌 통에 가게 테이블이 엎어지고 병이 깨지면서 난리가 났다.

손님들이 파출소에 신고하여 경찰들이 들이닥쳐서야 겨우 싸움이 끝났다. 그쪽에서는 지배인하고 영업부장이 매우 얻어터졌고, 우리 쪽에서는 관이랑 억이가 열 놈한테 붙잡혀 몰매를 맞았다. 나랑 억이가 경찰에 잡히고, 청호랑 관이는 뒷문으로 튀었다. 그쪽에서는 지배인하고 영업부장이 경찰에 잡혔다.

공단 파출소에서 일차로 간단하게 조사를 받고, 서울 남부경찰서로 넘어갔다. 경찰서에 잡혀 있는데 그쪽 업소 사장이 여기저기 쫓아다니면서 일을 봤는지, 형사가 와서 피해자인 지배인하고 영업부장, 그리고 웨이터들한테 몰매를 맞은 억이는 풀어주고 나만 구류 5일을 때려 유치장에 집어넣었다.

구류 5일을 살고 나오는데, 칠판에 "문장호, 형사계로 인계"라고 씌어 있었다.

"아니, 저거 뭡니까? 담당님."

"내가 어찌 아나? 형사계에서 자네한테 볼일이 있나 봐."

나는 형사계로 담당을 따라갔다. 형사계에 들어서며 보니 형사들이 20명쯤은 돼 보였다. 나를 데려오라고 한 성싶은 형사들이 나를 보더니 자기들끼리 수군거렸다.

"어? 장호 이놈 아닌데? 가리봉 장호는 이놈보다 덩치가 훨씬 커."

"아니여, 이놈이 맞는데. 우리가 이놈한테 작년에 야구빠따로 맞았잖아."

"아~ 맞네, 맞아. 이 새끼, 너 잘 걸렸다."

형사 하나가 내 머리채를 잡더니 귀싸대기를 올려붙였다.

"아니, 왜 때리는 거요? 민주 경찰이 사람 쳐도 되는 거요?"

"야 이놈의 새끼야, 네놈이 지은 죄를 정말 모른단 말이여?"

옆에 있던 또 다른 형사가 주먹으로 얼굴을 가격했다. 나는 꾹 참고 그냥 몇 대 맞고 말지, 하고 있는데 형사계 임시 대기실 철창 안에서 누가 "장호 형님!" 하고 불러서 쳐다보니 다른 아우들도 너덧이 잡혀 와 있었다.

"야 이 새끼들아, 잘 짱박혀 있으라니까 왜 잡혀 왔어?"

"형님, 죄송합니다."

나는 순간 명색이 두목이란 놈이 아우들 앞에서 비굴한 모습을 보이면 앞으로 아우들이 생활하는 데 사기가 떨어지고 조직을 통솔하는 데도 지장이 있겠다 싶었다. 그래서 곧바로 태도를 바꿔 형사들한테 눈을 부릅뜨고 큰소리를 쳤다.

"야, 이 형사 양반들아! 사람을 이렇게 함부로 쳐도 되는 거야? 느그들이 그러고도 대한민국 경찰이야? 민중의 지팡이 좋아하네. 야 이 민중의 곰팡이 새끼들아, 느그들이 그렇게 주먹이 세면 정정당당하게 한번 붙자. 자~ 어디 한 번 더 쳐봐라, 새끼들아!"

일부러 아우들이 다 들을 수 있게 고함을 지르며 가까이 있는 형사 면상에 주먹을 날렸다. 그러자 형사들이 우르르 달려들어 꼼짝을 못하도록 내 팔을 꺾어 잡았다.

"뭐 이런 겁대가리 없는 놈의 새끼가 있어? 야, 이 형사! 이 새끼 수갑 채워서 지하실로 끌고 내려가."

"네, 알았습니다. 반장님."

나는 수갑을 꺼내 들고 다가오는 형사의 목을 앞발 차기로 질러버렸다. 그러자 철창 안에서 지켜보고 있던 아우들이 거의 울면서 통사정을 했다.

"장호 형님, 제발 참으세요. 큰일 납니다."

그때 다른 형사가 나를 의자로 내리치고, 형사 셋이 달려들어 목을 쥐고 손을 비틀어 뒤로 돌려 모으고는 수갑을 채웠다. 나는 곧바로 지하실로 끌려 내려갔다.

"형님, 장호 형님. 건강하세요."

"알았다, 아우들아. 너희도 건강 잘 챙겨라. 형이 죽으면 이 새끼들 때문에 죽는 거니까 이 새끼들 얼굴 잘 봐둬라."

"예, 형님."

지하실로 끌려 내려온 나는 수갑을 찬 채로 포승줄에 묶였다.

"야 이 형사. 이 악질 새끼 혼 좀 내게 중국집에다 짬뽕 국물 좀 많이 해주라고 해서 서너 그릇 시켜."

"네, 반장님."

"야 장호, 이 좆만한 놈의 새끼가 어디서 그런 깡다구가 나와? 전에는 길거리에서 형사를 야구빠따로 치더니, 이제는 경찰서 안에서 형사를 두들겨 패? 너 오늘 한번 죽어봐라. 어이, 짬뽕 오면 이 새끼 여기다 눕혀."

"예, 알았습니다."

좀 있으니 중국집 짬뽕이 도착했다. 나를 책상에 눕히고 손발을 묶더니 얼굴에 수건을 덮었다.

"자~ 지금부터 내가 사건을 물어볼 테니 묻는 말에 솔직하게 대답한다. 그 사건을 저질렀으면 죽기 싫거든 손을 까딱거려라. 알았냐?"

그리고는 수건 위에 짬뽕 국물을 붓기 시작했다.

"지금부터 묻는다. 구로동 암달러상 살인사건, 네가 했지? 나는 고개를 세차게 흔들다가 코로 숨을 들이마시는 통에 짬뽕 국물이 코로 들어와 숨이 막혀 죽기 일보 직전이었다. 나는 할 수 없이 손을 폈다 오므렸다 할 수밖에 없었다.

"그럼 다음. 독산동 청하 아파트 살인사건도 너희 일당이 저질렀지?"

나는 다시 아니라고 고개를 세차게 흔들자, 또다시 얼굴에 짬뽕 국물을 들이부었다. 나는 다시 콧속으로 매운 짬뽕 국물이 들어와 숨도 못 쉬고 죽을 것 같아 또다시 손을 까딱거렸다.

"음, 그래. 그럼 마지막으로 하나만 더 물어보자. 광명 철산리 뚝방길 소녀 강간살인 사건은?"

나는 다시 모른다고 고개를 세차게 흔들었다. 그러자 또다시 짬뽕 국물을 들이부었다. 나는 차라리 죽는 게 편하다는 생각에 아예 숨을 쉬지 않고 버텼다.

그 순간 따뜻한 봄날에 노란 개나리꽃과 진달래가 핀 어린 시절의 고향 풍경이 눈앞에 아른거렸다. 나는 너무나 행복한 미소를 지었다.

"이 새끼 기절했나?"

나는 정말 그 순간 기절하고 말았다. 형사들은 한참 후에 깨어난 나를 세수를 시켰다. 그러고는 담배에 불을 붙여 입에 물려주었다.

"장호, 담배 좀 피우면서 잘 생각해 봐. 구로동 암달러상 살인사건이랑 청하 아파트 살인사건 말이야. 얼른 조서 받고 마무리하자."

하하, 나는 담배를 깊게 빨아 삼키면서 침착하게 생각했다. 이것이 말로만 듣던 고문에 의한 사건 해결이구나. 장기 미제사건을 해결하지 못한 형사들이 윗선의 추궁을 받은 나머지 이런 식으로 뒤집어씌워 해결하려고 하는구나. 이것이 바로 저 일제강점기에 일본 순사들이 우리 독립군 때려잡던 수법이구나. 그때가 언제인데 아직도 그런 짓을 아무렇지도 않게 해대는구나. 진범은 그림자도 찾지 못한 새끼들이 자기들 출세를 위해 이렇게 애먼 사람 때려잡는구나.

나는 참 서글픈 마음이 복받쳤다. 나 자신도 짠했지만, 저 형사들도 짠했다. 그러나 마음 한편으로는 독기가 피어올랐다. 내가 여기서 살아나가면 이 형사 새끼들을 꼭 잡아다가 같은 방법으로 복수를 하고 싶었다.

"자, 자, 담배 다 피웠으면 조서 받자."

"하하하! 아이고야~ 파하하하…."

"아니 이 새끼가 미쳤나? 웃기는 왜 쳐 웃어?"

나는 이미 여기서 죽기로 작정했기 때문에 두려움이 사라졌다.

"이보시오, 형사 나리들. 당신들 눈에는 내가 사람이나 죽이고 돈이나 뺏고 여자들 강간이나 하고 댕기는 망나니로 보이요? 나는 비록 가리봉 깡패로 살고 있지만, 대의를 위해 주먹을 썼던 그 옛날 전설의 큰형님들처럼 멋진 건달이 되고 싶은 장호란 말이요, 장호. 그러려면 일단 우리 식구들부터 먹여 살려야 할 거 아니요? 그래서 업소에 취직자리 알아보러 갔다가 본의 아니게 싸움이 나서 결과적으로 영업 방해를 하게 된 것이요. 그러니 증거가 확실한 것만 나한테 죄를 물으시오. 두 번 다시 뭐 사람을 죽였네, 여자를 강간했네 하는 그런 터무니 없는 소리는 들먹이지도 마시오. 그런 죄를 나에게 뒤집어씌우려면 차라리 이 자리에서 나를 죽이시오."

"뭐? 이놈아. 네가 무슨 독립군이냐? 이 형사, 이 새끼 다시 한 번 묶어."

"반장님, 제가 봐도 이놈은 범인이 아닌 것 같습니다. 그만하시고, 그동안 지은 죄만 가지고 매스컴을 한번 태우시죠. 그래서 공단지역 최초 조직폭력배 검거로 정리가 되면 반장님이나 우리도 체면이 살지 않겠습니까."

"그럴까? 우리도 지치네. 쪼그만 새끼 때문에 피곤해 죽겠어.

이 형사는 데리고 올라가서 조서 마무리하고, 김 형사는 이 새끼 유치장에 처넣고 방송국에 연락해."

"예, 알겠습니다. 반장님."

나는 다섯 시간에 걸친 진술 끝에 조서를 마쳤다. 그동안 공단에서 있었던 폭력 사건, 영업 방해, 무전취식 등의 일을 절반쯤만 얘기했다. 다시 유치장에 수감된 나는 유치장에 있는 아우들에게 당부했다.

"야, 느그들한테 불리한 일 있으면 나한테 다 밀어라. 내가 다 시키고 느그들은 잘 모르는 일이라고. 아무래도 이번에는 이 형이 총대 메고 징역 좀 살아야 쓰것다. 각오들 단단히 하고, 몇 대 맞더라도 형사들 말에 절대 넘어가지 마라. 조서들 생각해서 잘 받고…. 지금 대통령이 총 맞아 죽고 나서 군인들 세상이다. 계엄령이다 뭐다 무법천지라서 일제강점기보다 더 험하다. 나도 지하실 가서 고문을 당해 죽기 일보 직전까지 갔다 왔다."

"예, 형님. 알겠습니다."

그날 밤, 유치장에서 잠을 자는데 두들겨 맞고 고문당한 후유증에 온몸이 욱신거리고 악몽에 시달린 나머지 몇 번이나 자다 깨다 하느라 잠을 설쳤다. 그렇게 퀭한 몰골로 아침을 맞았다. 아홉 시쯤 유치장에서 간식을 먹고, 열 시쯤 되니까 TV 방송국에서 취재기자가 뒤에 카메라 기자를 달고 들이닥쳤다. 유치장 안은 그야말로 난리가 났다. 카메라가 경찰이 가리킨 대로 나와 아우들을 집중적으로 찍어대는 가운데 기자는 경찰이 써준 대로 읊어대기 시작했다.

"공단 일대를 무대 삼아 상습적으로 폭력을 일삼으면서 공단 노동자들을 괴롭히는 한편 공단 일대 유흥업소의 영업을 방해하고 갈취해온 장호파 일당을 서울 남부경찰서에서 검거했습니다. 지금 우리는 남부경찰서 현장에 나와 그 폭력배 두목과 일당을 취재하고 있습니다."

참, 어이가 없었다. 뉴스가 이렇게 소설처럼 만들어지는구나, 기자라는 것들도 그저 앵무새에 불과하구나, 싶어 씁쓸했다.

그리고 뒤이어 경찰관이 피해자라고 와 있는 여자들 열댓 명에게 우리 얼굴을 가리키면서 "얘네들 맞아?"하고 물으면 고개를 저으며 지나쳤다. 그 여자들은 공단에서 일하는 여공들, 사무원, 다방 레지, 유흥업소 종업원이라고 했는데 대부분 강간, 폭행, 갈취, 공갈, 사기 등의 피해자라고 했다. 혹시 우리 아우들 가운데 누구라도 가해자로 찍히면 어떡하나 조마조마하니 가슴 졸이고 있는데, 다행히도 무사히 지나갔다.

"야, 우리 아우들이 싸움질하고 업소에서 공짜 술 먹고 영업 방해는 해도 다행히 파렴치범은 없구나. 아우들아, 오늘 일을 교훈 삼아 앞으로도 절대 노약자랑 여자는 괴롭히지 말자."

"예, 형님."

그날 저녁 9시 뉴스와 뒷날 오전 11시 뉴스, 또 저녁 9시 뉴스까지 '장호파 검거' 뉴스가 잇달아 세 번이나 나가다 보니 전국적으로 나를 모르는 사람이 없게 되었다. 우리 고향에서는 코흘리개 애들까지 다 알게 되어 난리가 났다.

"야, 그 착한 장호가 서울 올라가더니 조직폭력배 두목이 되어서 텔레비전 뉴스에까지 나와부렀단다."

그 소식이 우리 어머니 귀에도 들어갔다. 사촌 형수가 우리 어머니한테 미리 말씀드린 것이다. 언제라도 남들한테 들어서 알 일이니, 연락 끊긴 걱정이나 하지 마시라고 그런 것이다.

"큰어머니, 장호 삼촌이 또 서울 가서 조직 깡패 두목이 되어서 또 구속됐다네요. 삼촌한테 소식이 없으면 또 애가 탈까 봐 말씀드리는 거예요."

"아 이 사람아, 당연히 얘기해야지. 어서 올라가 봐야 할 거니 질부는 어디서 돈 좀 융통해봐라. 기차를 타고 올라가야 쓴다냐? 버스를 타고 올라가야 쓴다냐?"

"네, 알아볼게요. 큰어머니."

"아이고 이 불쌍한 새끼가 왜 맨날 쌈박질만 하고 댕긴다냐? 아이고, 나 죽겠네!"

"큰어머니, 진정하세요."

건달 두목으로 가는 길

경찰서 유치장에서 열흘쯤 보낸 우리는 영등포구치소로 이송되었다. 가시밭에 길 난다더니, 처음 트는 길이 어렵지 한 번 길을 트자 갈수록 수월해져서 이번이 벌써 세 번째 구치소 길이다.

복싱 세계 챔피언 아니면 영화배우로 출세해볼까, 청운의 꿈을 안고 천 리 고향을 떠나 머나먼 서울까지 왔다가 졸지에 조직폭력배 두목으로 TV 뉴스까지 나오게 된 내 처지가 기가 막혔다. 그것도 내 나이 고작 스무 살이다. 그 형사 놈들 실적 땜빵 놀음 때문에 흉악한 깡패 두목이라고 전국적으로 알려지고 말았으니, 이번에는 구치소에만 있다가 곱게 나오기는 글렀지 싶었다. 분명히 실형을 받고 상당 기간 교도소에서 썩어야 할 터였다. 판사가 봐주고 싶어도 언론의 주목을 받는 피고인이라 봐줄 수 없게 판이니 재판의 선처를 기대할 수도 없었다.

시국도 어수선한데 이리 잡혀 들어와 있으니 나는 두려웠지만, 한편으로는 용 꼬리보다는 뱀 대가리가 더 낫지 않을까 싶은 생각이 들었다. 인생 뭐 있냐, 죽기 아니면 살기지. 이왕 이렇게 된 것, 징역살이라도 야무지게 해서 우리 조직의 존재를 확실하게 알리자고 작정한 것이다. 나는 어금니를 꽉 물면서 마음을 굳게 다졌다.

구치소에 도착하여 신분확인 및 신체검사를 받고 저녁 늦게서야 폭력 사범 방을 배정받아 들어갔다. 그러자 방에 있던 놈들이 늦게 들어와서 잠 깨운다고 시비를 걸었다. 가는 데마다 기가 막혔다.

"야 이 새끼야, 남의 집에 들어오려면 일찍 일찍 다녀. 다들 자는데 깨우지 말고 이 새끼야."

나는 어이가 없어 웃음이 나왔지만, 꾹 참았다.

"죄송합니다, 늦어서. 어디서 자면 되겠습니까?"

"야 이 새끼야, 저쪽에 뺑끼통 앞에서 쳐 자고, 오늘은 늦었으니까 내일 이야기하자."

"아, 예. 감사합니다. 잘 주무세요."

나는 뺑끼통으로 불리는 변소 앞에 머리를 두고 잠을 청했다. 변소 청소를 안 했는지 똥 냄새가 코를 찔렀다. 똥 냄새에 잠은 안 오고 옛날 생각이 났다. 똥 수레를 끌다가 상훈이 친구가 똥벼락을 맞고는 더러워서 더는 못해 먹겠다고 투덜거리던 일, 똥 푸느라 고생했다며 창수 형이 데리고 간 영등포 룸살롱에서 아가씨들이 우리한테서 똥 냄새가 난다고 밖으로 도망가 버린 일이 생각나서 속으로 하하 웃음이 났다. 내가 무슨 죄로 이리 똥하고 인연이 많나? 아이고~ 똥 냄새야! 머리가 아파서 잠을 잘 수가 없네. 견디다 못한 나는 일어나서 자세를 반대로 바꿨다. 발을 변소 쪽으로 대고 머리를 다른 재소자 발 쪽으로 둔 것이다. 발을 안 닦았는지 그 친구 발 구린내도 만만치 않았지만, 그래도 똥 냄새보다는 덜해서 겨우 선잠이나마 청할 수 있었다.

기상나팔이 불기도 전에 깨어난 나는 잠을 설쳐 부스스한 눈을 비비며 어둠에 잠긴 감방 안을 둘러보았다. 좀 있으니 희미하게 방안의 윤곽이 잡혔다. 이대로는 도저히 잠을 잘 수 없으니 오늘 중으로 어떻게든 결판을 내서 잠자리를 바꿔야겠다고 작정했다.

이런저런 생각으로 뒤척이자니 뿌옇게 아침이 밝아왔다. 기상나팔과 동시에 이불을 개고 세면을 하고 나면 인원을 점검했다. 간밤에 혹시 무슨 사건 사고는 없었는지, 어느 한 놈 없어지지는 않았는지 머릿수 세는 점검이 끝나면 곧바로 아침 식사를 마치고 출정을 갔다. 검찰에 조사를 받으러 가거나 법정에 재판을 받으러 가거나 면회 나가는 것을 출정 간다고 했다. 그러고는 하루 30분씩 운동을 시켜주고, 일주일에 한 번씩 목욕이나 이발을 시켜주기도 했다.

끼니는 '가다 밥' 이라고 틀에서 동그랗게 찍어낸 밥을 주는데

국하고 반찬 두 가지가 딸려 나왔다. 반찬을 더 먹고 싶으면 각자 자기 카드로 사 먹을 수 있다. 누가 면회 와서 영치금을 넣어주면 개인 카드에 적립되어 그 돈을 사용할 수가 있고, 또 영치물이 들어오면 같은 방 사람들끼리 나눠 먹을 수 있다. 재소자들 사이에도 급이 나뉜다. 돈이나 영치물이 많이 들어와서 펑펑 잘 쓰는 재소자는 범털로 불리면서 대우받고, 돈도 영치물도 안 들어와서 맨날 얻어먹는 재소자는 개털로 불리면서 무시당했다.

구치소라고 해서 종일 무료하게 지내는 게 아니다. 이런저런 일로 하루가 분주하게 퍼뜩 지나간다. 저녁은 여섯 시쯤에 먹이고 아홉 시에 취침 나팔을 분다.

보통 저녁때 신입 재소자 신고식이 있는데, 식사 끝나고 취침 전에 한다. 미결수 방에는 서열 1위로 '봉사원'이라는 감방장이 있고, 바로 그 밑에 '배식반장'이 있어 규율을 담당한다. 군기반장이다. 그리고 들어온 순서대로 대충 서열이 정해진다.

신고식을 할 때는 신입 재소자를 방 한가운데 앉히고 다른 재소자들은 모두 벽을 타고 빙 둘러앉는다. 죄명, 고향, 직업, 나이를 물어보는 것은 기본이고 폭력 사범을 모아놓은 방이라서 가해 정도 또는 조직폭력인지 개인 폭력인지 하는 것들을 추가로 물어본다. 질문과 답이 순조롭게 끝나면 앞으로 생활하는 동안 서열에 따른 질서를 잘 지키고 사고 없이 잘 생활할 것을 명령한다. 절차에 순순히 잘 따르면 신고식이 빨리 끝나지만, 신입이 봉사원 말에 토를 달거나 건방지게 굴면 두드려 맞기도 한다.

이날 저녁, 이런 절차에 따라 내 신고식이 마무리되고 봉사원이 끝으로 물었다.

"어이, 신입. 지금까지 한 얘기에 무슨 불만 있나?"

"네, 한두 가지 있습니다."

"뭐? 이놈 봐라⋯. 뭔데?"

"봉사원님은 사회에서 뭐 하셨던 분이고, 고향이 어디세요?"

"그런 건 왜 물어? 인마."

"아, 좀 알고 싶어서 그럽니다."

"내 고향은 경기도고, 수원 남문파 행동대원이다."

"아, 그래요. 반갑습니다. 나는 얼마 전에 전국 방송을 탔던 가리봉동 장호파 두목 장호요."

"그래서?"

"크든 작든 명색이 조직 두목인데 무슨 뺑끼통 청소를 시키고 그 앞에서 자라고 하면 되겠습니까? 같은 건달끼리 기본 예의는 차려야 할 것 아닙니까."

옆에 있던 배식반장이 가소롭다는 듯이 위협했다.

"야 이 새끼야. 간땡이가 하마냐? 너 이 새끼 뒤져볼래?"

"아~ 그래요. 어디 한번 뒤져봅시다!"

나는 주저 없이 벌떡 일어섰다. 이번이 세 번째다. 아무것도 겁나지 않았다. 죽기 아니면 까무러치기다. 두 사람이 서로 째려보며 싸울 자세를 잡자 봉사원이 소리를 쳤다.

"야, 둘 다 앉아! 이 새끼들아."

나는 계속 째려보다가 그 친구가 앉는 것을 보고 따라서 앉았다. 내 배짱을 높이 샀는지 봉사원이 어느 정도 내 말을 먹어주는 방안을 내놓았다.

"아, 그럼 이렇게 하지. 장호 자네, 잠자리는 뺑끼통에서 세 사람 위로 가고, 청소는 뺑끼통 대신 방을 쓸든지 아니면 저기 영등포 친구하고 수건을 개든지 둘 중 하나를 해라. 자네 말이 무슨 뜻인지는 알겠지만, 우선 이 정도로 끝내."

"예, 감사합니다. 봉사원님."

말이 신입 신고식이지 사실상 신입 승진 자리가 되어버린 상황에 다들 적잖이 놀란 기색이었다. 아마 이런 신입도 신고식도 처음이었을 것이다. 나는 이런 과정이 하나하나 쌓여 결국 장호파의 존재를 각인시키고 명성을 높일 것이라고 믿었다. 피할 수 없으면 차라리 즐기라는 말이 새삼 마음에 와닿았다. 이왕 하는 징역살이, 장호파의 미래를 위해 원 없이 즐기자는 작정이 서자 세상 모든 두려움과 근심이 사라졌다.

나는 이렇게 감방 생활에 적응하면서 검찰 조사와 재판 대기를 하고 있었다. 검찰에서 보충조사를 받고, 1심 재판에서 구형 5년에 3년을 선고받았다. 나는 1심 형량이 높다고 여겨 즉시 항소했다. 아우들은 전원 1심에서 집행유예를 받고 풀려났다. 나 혼자 남아 항소심 재판을 기다리고 있는데, 먼저 나간 아우들이 면회를 왔다.

"형님, 가리봉동은 저희가 잘 지키고 있을 테니까 부디 몸 건강히 계시다 나오십시오."

"그래, 알았다. 시국이 시국이니만큼 사고 치지 말고, 다들 몸조심해라. 이 형도 교도소 생활 착실히 잘 하다가 나갈 테니, 그때 만나자."

"예, 형님."

"얼른 가라."

그리고 며칠 후에 사촌 형수가 어머니를 모시고 면회를 왔다.

"야 이놈 장호야, 뭔 일이다냐? 이놈아, 니 엄니 죽는 꼴 볼라고 그라냐?"

"엄니, 너무 걱정하지 마세요. 곧 나갑니다. 이번에 나가면 엄니 속 안 썩이고 착실하게 잘 살게요."

"삼촌, 괜찮으세요?"

"예, 형수님. 뭐 하러 여기까지 올라오셨어요. 엄니 모시고 빨리 내려가세요."

"삼촌이 무슨 큰 죄나 지은 것처럼 텔레비전 뉴스에 세 번씩이나 나오고 난리가 났어요."

"형수님, 별거 아닙니다. 경찰이 자기들 공적 쌓을 욕심에 부풀려서 방송을 태운 겁니다."

"야 이놈아. 그러니까 뭣 할라고 그런 놈들 놀음에 휩쓸려? 돈 조금 하고 니가 전에 입던 내복이랑 묵을 것 좀 넣었다."

"아이고, 엄니. 뭔 그런 것을 다 넣었다요? 여기도 좋은 거 많은 디. 하여튼 나 걱정은 말고 엄니나 몸 건강히 잘 계세요. 형수님, 엄니 좀 잘 부탁드립니다."

"네, 삼촌. 염려 마세요. 가까이 사니까 자주 들여다볼게요."

"감사합니다, 형수님."

나는 어머니 앞에서는 가까스로 눈물을 참았지만, 접견 끝나고 돌아오는 길에 꾹 참았던 울음보가 터지고 말았다.

아이고, 불쌍한 우리 어머니. 딸 둘을 어려서 저세상으로 보내고 아들 하나 얻은 것이 어려서부터 공부도 안 하고 속깨나 썩이더니, 이제 철들 나이에 서울로 기어 올라가더니 쌈박질이나 하고 다니더니 급기야는 조직폭력배 두목이 되어 뉴스에나 나오고…. 나도 가슴이 아프지만, 우리 어머니는 얼마나 가슴이 미어질까. 이번에 징역 살고 나오면 조직이고 뭐고 손 싹 씻고 친구들이 일하는 망치공장에 가서 착실하게 일이나 할까? 아니면 끝을 볼 때까지 이 길을 계속 걸어야 하나? 하여튼 형기나 마치고 다시 생각하자.

이튿날, 영치물이 내 앞으로 들어왔다. 빵 20개, 건빵 10봉지,

돈 오만 원. 그리고 내가 중학교 다닐 때 입던 내복이 들어왔는데 펼쳐보니 내복 엉덩이 부분이 헐어서 기워 입던 옷이다. 나는 행여 감방 동료들이 그 내복을 볼까 창피해서 살짝 들고 나가 세면장 휴지통에 버리고 왔다. 그때만 해도 이미 쌍방울이나 리플 내복을 주로 입던 시절인데, 낡은 데다가 기워서 너덜너덜한 내복을 입기가 창피했다. 그런 데일수록 체면이 밥 먹어 주는데, 굳이 그런 내복을 입어 체면을 깎이고 싶진 않았다.

나는 두어 달 미결수로 있으면서 처음에는 빗자루 잡고 방을 쓸다가 어느새 그 방의 이인자가 되었다. 봉사원 바로 밑에서 배식반장을 하게 된 것이다. 그런데 어느 날, 한 놈이 느닷없이 그 내복의 행방을 물었다.

"아니 반장님, 영치물 중에 옷가지가 들어온 것 같은데 그 옷 어디다 놨어요?"

나는 순간 얼굴이 빨개지면서 대충 둘러댔다.

"아, 내복이 들어왔는데, 어려운 후배가 있어서 입으라고 줘버렸네."

"아, 그래요? 그래도 우리 반장님은 의리가 있어. 하하하."

나는 저놈이 진짜로 비행기를 태우는 건지, 뭔가 알고서 비꼬는 건지 가늠이 서지 않았지만, 더 대꾸하지 않고 그냥 넘어갔다.

나는 항소심에 변호사를 선임할 돈이 없어서 국선 변호사 신청했다. 그런데 다행히도 괜찮은 변호사를 만나 크게 덕을 보았다.

내 얘기도 성심껏 들어주고 사건 변호에도 최선을 다하는 것이 느껴졌다. 경찰의 강압적인 수사가 있었고, 조서에도 과장된 부분이 많은 데 초점을 두고 열심히 조사하여 증거를 제시한 덕분에 항소심에서 1년 6월이 깎여 징역 1년 6월이 확정되었다. 참 고마운 변호사다.

건달들의 인연, 원주교도소

기결수가 된 나는 다른 기결수들과 함께 강원도 원주교도소로 이감되었다. 원주교도소에 도착하자 운동장에서는 순화 교육을 받느라 구호 소리가 우렁찼다. 처음 와본 교도소는 입구에서부터 살벌한 느낌이 들었다. 구치소하고는 분위기가 완연히 달랐다. 하지만 여기도 사람 사는 곳인데 죽으란 법이야 있겠어? 어차피 징역 사는 거 장호파 두목답게 멋지게 살다 나가야지…. 나는 입술을 꾹 깨물면서 거듭 다짐했다.

방을 배정받고 원주교도소에서의 첫날밤을 보낸 나는 다음날 분류심사를 받고 나왔다. 영등포구치소에서 함께 이감 온 30명 가운데 23명은 인쇄공장이나 조화공장 등으로 출역이 정해지고, 나를 포함한 7명은 안테나 공장으로 출역이 정해졌다. 안테나 공장은 주로 라디오나 TV 같은 방송 수신 안테나 부품을 밖에서 가져와 조립해서 내보내는 작업장이었다.

나는 안테나 공장에 출역하는 영등포구치소 출신 동료들에게 우리 똘똘 뭉쳐서 다른 지역에서 온 놈들에게 기죽지 말고 씩씩

하게 생활하자고 호소했다. 그리고 혹시 내가 공장에서 기존 세력을 끌어내리는 쿠데타를 일으키거든 좀 도와달라고 부탁했다. 나이는 어려도 명색이 조직 두목이 작업대에 앉아서 안테나 조립이나 하고 있어야 하겠느냐고 얘기하니, 다들 알았다면서 이구동성으로 무슨 일 있으면 죽기 살기로 힘을 보태겠다고 약속했다.

"고맙소, 동지들. 하하하."

공장에서 밥을 먹고 방으로 들어왔는데 겨울이라 밤도 길고 배가 금방 고팠다. 옆방 재소자들은 서울구치소에서 이감 온 친구들인데 빵을 먹고 있었다.

"어이, 우리 방에는 빵이나 건빵이나 먹을 것 좀 없어요?"

"없는데요."

"치, 완전 개털이구마. 다들 출출하지요? 내가 빵을 좀 구해 볼게요."

"어떻게요?"

"가만히 지켜보기나 하세요."

나는 옆방 벽을 주먹으로 탕탕 치면서 야무지게 물었다.

"이봐요. 그쪽 방 분들은 어디서 이감 왔어요?"

"왜? 우리는 서울구치소에서 왔는데. 왜 그래?"

"야, 빵 좀 있냐?"

"있다, 왜? 근데 너희들 왜 시끄럽게 하냐, 자빠져 자지."

"빵 서른 개만 보내라. 개 다섯 개 보낼게."

감방에서 '개'는 최고로 귀하신 몸으로, 담배를 뜻하는 은어다.

"진짜? 사기 치는 거, 너희들 사기 치는 거 아니지?"

"속고만 살았나? 진짜여, 이 사람들아."

"알았다. 뒷창문으로 조금 이따 손 내밀어. 빵 보낼게."

"오케이."

나는 뒷창문으로 보자기에 싼 빵을 건네받아 방 사람들에게 나눠주었다. 빵을 맛있게 먹고 있는데, 옆방에서 벽을 쿵쿵 두드려댔다.

"야 새끼들아, 빵을 받았으면 싸게 개를 보내야지."

나는 뒷창문에 대고 태연하게 딴청을 놨다.

"야 이 새끼들아. 징역에 무슨 개가 있겠냐? 조용히 자빠져 자라. 다음에 빵으로 사서 이자까지 서른다섯 개 보낼게."

"야, 이 영등포 사기꾼들아. 내일 아침에 보자. 감히 우리한테 사기를 쳐?"

"하하하, 빵이 맛있다. 잘 자고, 내일 얼굴 보면서 인사들 하자. 잘 자라."

"알았다, 이 개새끼들아. 내일 보자."

이튿날 아침, 우리는 공장에 출역하려고 복도로 나오다가 서울 구치소 팀과 마주쳤다.

"야, 어제 개 준다고 빵 달라고 한 새끼가 누구냐?"

아마 어제 나한테 빵을 건네준 친구인 모양이다. 서슬이 퍼랬다.

"미안하다. 좀 출출해서 장난으로 그랬는데, 내일 사서 갚을 게. 좀 봐주고, 우리 인사나 하고 지내자."

"뭐? 네가 그랬냐?"

"그래, 내가 그랬다."

대답이 떨어지기가 무섭게 놈이 나한테 달려들어 주먹을 날렸다.

"이 새끼가 이자까지 쳐서 갚는다는데 어디서 주먹을 날려?"

충분히 대비하고 있던 나는 놈의 주먹을 가볍게 옆으로 흘리면서 발로 면상을 차버렸다. 그러자 영등포 팀이랑 서울구치소 팀 간에 패싸움이 벌어질 기세였다. 마침 교도관들이 뛰어와 싸움을 제지하고, 치고받은 두 사람만 보안과로 끌고 갔다. 둘 다 징벌을 받았다. 그 친구는 3일, 나는 5일간 독방에 수용되었다가 풀려났다.

나는 어렸을 때부터 누가 되었든 내 옆에 있는 사람들이 배고프고 힘들어하는 걸 두고 보지 못하는 성격이었다. 그래서인지 어렸을 때부터 사람이 잘 따랐다. 그러니 어디 가든 굳이 나서지 않아도 자연히 대장 노릇을 하게 되었다. 징벌을 마치고 방으로 돌아오자 다들 무척 미안해했다.

"괜히 우리 때문에 장호 씨가 고생했네."

"아이고, 미안해할 것 없어요. 징역살이하다 보면 이런 일도 있고 저런 일도 있지 않겠어요. 하하하."

이런 저런 얘기로 밤을 보내고 아침을 맞아 공장으로 출역했다. 우리는 공장에 나가 일하는 월요일부터 토요일 오전까지는 공장에서 끼니를 해결했다. 토요일 저녁과 일요일 세 끼만 방에서 '가다' 밥으로 먹는데, 양이 적은 데다 보리밥이어서 먹고 돌아서면 배가 고팠다. 혈기왕성한 나이들이니 더 그랬다.

공장에 출역하여 윗옷 가슴에 바늘로 수번을 달고 있는데, 뭔가 묵직한 쇠붙이가 뒤통수를 내리쳤다. 아이고~, 외마디 비명을 지르며 기절하고 말았다. 한참 만에 정신을 차려보니 뒤통수에서 피가 흘러내리고, 옆에는 피 묻은 손저울이 떨어져 있었다. 안테나 만드는 공장이라 작업대마다 손저울이 하나씩 놓였는데, 서울구치소 친구가 나한테 빵을 사기당한 것이 못내 억울하고 분했는지 그 저울로 뒤에서 나를 내리친 것이다.

그 친구는 보안과에 끌려가 조사를 받고 나는 의무실로 치료를 받으러 갔다. 이놈의 징역살이, 뒤에도 눈이 있어야겠네. 하하하. 어처구니가 없으면서도 웃음이 나왔다. 나는 뒤통수를 일곱 바늘쯤 꿰매는 치료를 받고서 다시 출역을 나가고, 서울구치소 친구는 징벌 2주를 받았다. 빵 한 번 비싸게 사 먹었네, 대가리가 다 깨지고. 하하하. 세상에 공짜는 없다는 생각을 하는데 연신 웃음이 터졌다.

우리 안테나 공장 인원은 120명쯤 되는데, 맨 위에 작업반장이 있고 그 밑으로 소지와 문방 그리고 기록 담당들이 있었다. 소지는 청소와 배식 담당이고, 문방은 문을 열어주고 닫는 출입문 담당이다. 그리고 기록은 작업 일지를 기록하고 출납을 담당한다. 이른바 왈왈구찌, 즉 작업반 핵심 관리 보직은 전부 경기도 사람이 차지하고 있었다.

특히 우리 공장의 작업반장은 전체 공장의 총반장까지 겸하고 있는데, 싸움 실력도 출중한 데다가 정말 멋있어 보였다. 자유당 때 이정재가 이끈 동대문사단의 행동대장으로 이름을 날린 유지광 밑에서 행동대원으로 활약했다고 했다. 나머지는 수원, 여주, 이천, 평택, 서대문 건달들이었다.

나도 언제까지 안테나 조립이나 하고 있을 수는 없어서 기회만 오면, 아니 기회를 만들어서라도 내 존재를 알려야겠다고 새삼 각오를 다졌다.

우리는 공장에서 하루 8시간씩 일하고 1시간씩 순화 교육을 받았다. 토요일이면 운동장에서 30분씩 운동을 하는데, 한 번은 어디서 많이 본 사람이 웃통을 벗고 달리기로 운동장을 돌고 있었다. 엉? 저 사람을 어디서 봤지? 한참 만에 기억이 났다. 영등포 도림동에서 하숙할 때 알고 지내던 넝마주이 박종태 형이었다. 나는 너무 반가운 나머지 종태 형! 하고 소리쳐 불렀다. 그러자 종태 형이 나를 쳐다보고 달리기를 멈추더니 뒤돌아왔다.

"야~ 이게 누구야! 너, 장호 아니냐?"

"네, 형님."

"여기까지 네가 어쩐 일이냐?"

"형님, 저 복싱 때려치우고 구로공단에서 깡패로 살다 보니까 여기까지 오게 되었습니다."

"하하, 그래. 너 어느 공장에 출역하냐?"

"예, 안테나 공장에 나가고 있습니다."

"그래, 월요일에 너희 공장으로 형이 갈 테니 거기서 보자."

"형님은 어쩐 일로?"

"부끄럽지만 강도로 3년 받아 들어와서 지금 양재공장 반장으로 있다. 그러니 장호 너 옷이나 두어 벌 맞춰줄게. 하필 이런 데서 다시 만났지만, 하여튼 무쟈게 반갑다."

"네, 형님. 저도 반갑습니다. 얼른 운동하십시오."

"그래, 월요일에 보자."

"네, 형님."

월요일, 약속대로 종태 형이 우리 공장으로 찾아왔다. 종태 형은 우리 공장 반장이자 전체 공장 총반장에게 경례를 붙여 인사를 했다. 그러자 총반장이 웃으며 반겼다.

"아니, 높으신 양재공장 반장님께서 우리 공장에는 어쩐 일이시나?"

"네, 형님. 사회에서 저가 이뻐하는 아우 놈이 왔길래 옷 한 벌 해주려고 왔습니다."

"누군데, 그 아우가?"

"예, 영등포에서 온 장호라고요."

"아, 그래. 그렇게 하시게."

"네, 형님."

총반장과 인사를 나누고 허락을 받은 종태 형이 나한테 와서 일렀다.

"장호야, 창고로 좀 와라."

"네, 형님."

창고로 따라가자 줄자를 꺼내더니 내 몸 수치를 줄자로 재서 공책에 적었다. 가슴둘레, 소매 기장, 바지 기장, 허리둘레….

"장호야, 모레쯤 입방복 한 벌하고 작업복 한 벌 레지끼(주름) 잡아서 형이 만들어다 줄게. 기죽지 말고 징역 살아라."

"네, 형님. 감사합니다."

교도소도 사람 사는 데다 보니까 이른바 범털들은 사회에서 하는 거 웬만하면 다 하고 지냈다. 양재공장에서 죄수복도 맞춰 입고, 담배도 피우고, 가끔 술도 한 잔씩 마셨다. 나는 그걸 보면서 더 생각이 많아졌다.

내가 비록 어린 나이지만, 그래도 뱀 대가리로 살다 왔는데 종일 작업대에 앉아서 안테나나 만지는 것은 아무래도 모양이 빠지는 일이었다. 내 성미에도 맞지 않을뿐더러 종태 형이 주름까지 잡아서 맞춰준 옷을 입은 체면에도 어울리지 않았다. 범털들과 같은 옷을 입었으니, 어쨌든 옷값은 해야지 싶었다. 하지만 어떤 일에도 명분이 필요했다. 특히 건달 세계에서는 더욱 그랬다. 그래서 그 명분이 열릴 기회를 기다려야 했다. 기다리는 자에게 복이 있을지니.

지루한 기다림의 나날을 보내고 있는데, 문득 선물처럼 기회가 왔다. 우리 방에는 '생쥐'라고 재미있는 친구가 하나 있는데, 직업이 안마사였다. 문제는 눈이 완전히 먼 것이 아니라 희미하게나마 약간은 보이는 데 있었다. 밤에 시커먼 색안경을 쓰고 피리를 불면서 주택가 골목을 다니면 안마받을 사람이 집으로 불러들여 안마를 받는다는 것이다.

하루는 혼자 사는 과부가 불러서 안마하러 들어갔다가 과부가 너무 이쁜 나머지 그만 욕정이 발동해서 덮치고 말았다. 그러나 과부가 격렬히 저항하여 신고하는 바람에 결국 하지도 못하고 체포되어 강간미수죄로 징역 1년을 받아 들어온 것이다. 영치물이 들어오면 방 식구들과 나눠 먹을 줄도 모르고 혼자 이불을 둘러쓰고 처먹고 해서 내가 별명을 '생쥐'라고 붙여놨는데, 불쌍한 친구였다.

그런데 이 친구가 무슨 한문 공부를 한다고 작업시간에 만년

노트를 만들다가 소지들한테 걸려서 두들겨 맞고 있었다. 나는 이때다 싶어 구부려 신은 운동화를 고쳐 신고 안테나 작업할 때 쓰는 드라이버를 손에 쥐었다. 순식간에 몇 개의 작업대를 뛰어넘어 그 친구에게 주먹질하던 소지의 어깻죽지에 드라이버를 내리꽂아 버렸다.

"야 이 개새끼야, 같이 고생하는 처지에 고작 그런 일로 힘없는 사람을 때리고 지랄이야, 이 새끼야."

그러고는 발로 면상을 걷어차 버렸다. 놈이 뒤로 쿵 하고 넘어지자 다른 소지들 셋이 뛰어와 나한테 달려들었다. 한데 엉켜 치고받고 난타전이 벌어졌다. 내가 이렇게 혼자서 외롭게 넷을 상대로 싸우고 있는데도 아무도 거들지 않았다. 무슨 일이 생기면 발 벗고 나서던 영등포구치소 동료들도 누구 하나 나설 엄두도 못 내고 멀뚱멀뚱 구경만 하고 있었다. 나는 그 사람들 들으라고 일부러 고래고래 악을 쓰면서 더욱 격렬하게 싸웠다.

그때 공장 담당 교도관이 비상벨을 눌렀는지 보안과에서 경교대가 출동하여 싸움 현장을 진압했다. 그들은 U자 쇠에 내 목을 걸어 벽으로 밀어붙인 후 수갑을 채우고 포승줄로 묶어 보안과 취조실로 끌고 갔다. 취조실로 들어가자마자 교도관들이 군홧발로 마구 차고 주먹으로 치더니 곤봉으로 등이고 허벅지고 멍이 들도록 내리갈겼다.

그렇게 죽지 않을 만큼 두들겨 맞고 포승줄에 묶여 독방으로 들어가 있는데, 우리 공장 총반장이 면회를 왔다.

"야, 장호. 괜찮냐?"

"괜찮습니다, 총반장님. 소란을 피워 죄송합니다. 총반장님, 저 좀 세워주십시오. 총반장님은 동대문사단 행동대 출신의 일류 건달이라고 들었습니다. 저는 가리봉동 깡패 장호파 두목입니다. 저도 건달이라면 건달인데 어찌 도둑놈, 사기꾼 같은 잡범들과 작업대에 나란히 앉아 일할 수 있겠습니까? 총반장님, 건달이 체면하고 자존심 빼면 시체 아닙니까? 은혜 잊지 않겠습니다, 총반장님."

"하하하, 고 녀석. 너를 보니까 꼭 나 어릴 때를 보는 것 같다. 그래 좋다. 내가 보안과장한테 얘기해서 징벌을 빼줄 테니 그 대신 공장에 가서 대원들 보는 앞에서 나한테 각목으로 스무 대를 맞아라. 그래야 공장 대원들 기강도 서지. 장호 너 때문에 지금 공장 분위기가 어수선하다."

"네, 그렇게 하겠습니다."

총반장은 징벌이 해제된 나를 보안과에서 데리고 나와서 공장으로 갔다. 내가 나타나자 시끄럽던 공장이 갑자기 조용해졌다. 총반장이 각목을 손에 들고 엄포를 놓았다.

"여러분, 우리 공장에서 누구를 막론하고 폭력 및 불법행위를 하는 자는 용납하지 않겠습니다. 장호, 작업대 잡고 엎드려뻗쳐! 그리고 맞을 때마다 큰소리로 스물까지 센다."

내가 작업대를 잡고 엎드리자, 각목으로 사정없이 내리치기 시작했다. 퍽, 하나! 퍽, 둘! 퍽, 셋!… 이렇게 스무 대를 다 맞고 나자마자 나는 그 자리에 주저앉고 말았다. 얼마나 세게 쳤는지 허벅지가 땡땡 붓고 완전히 피멍이 들었다.

총반장은 나를 창고로 데려가더니 담배 한 개비와 라이터를 건네주고는 아무 말 없이 돌아갔다. 나는 화장실로 가서 담배에 불을 붙여 한 모금 깊게 빨았다. 나도 모르게 서러운 눈물이 쏟아졌다. 소리도 내지 못하고 숨죽여 울고 또 울었다. 이윽고 속이 좀 후련해졌다.

나는 허벅지가 너무 붓고 피멍이 들어 의무과에 갔다 와서 열심히 따신 물로 마사지하고 안티푸라민 연고도 발랐다. 그런데도 허벅지하고 엉덩이 피멍 때문에 앉아있을 수가 없어서 공장에 출역을 사흘이나 쉬었다. 꼼짝없이 방에 모로 누워서 종일 책만 뒤적거렸다. 같은 방 동료들은 물수건으로 마사지를 해주네 뭐를 해주네 하면서 나를 끔찍이 보살펴주었다. 영등포구치소 동료들은 싸울 때 못 도와주어서 미안하다고 고개를 숙였다. 나는 웃으면서 미안해할 것 없다고 했다. 말이 쉽지, 막상 그런 살벌한 상황을 만나면 누구라도 겁나서 나서기 어려운 법이라며 도리어 위로했다.

무엇보다 안마사 친구의 태도가 변한 것이 흥미로웠다. 늘 혼자 처먹던 건빵을 나한테 먹어보라고 내밀더니 다른 동료들하고도 나눠 먹게 된 것이다. 맨날 빼앗기고 두들겨 맞기만 한 인생이라서 그동안 피해의식 때문에 움츠러든 것이지 원래부터 얌체는 아닌 모양이다. 나는 그를 기회로 이용한 것이지만, 그로서는 목숨 걸고 자기를 위해 싸워준 사람을 난생처음 만난 셈이다. 그 감동이 닫힌 마음을 열었지 싶다. 사람 사는 일, 참 알다가도 모를 일이다.

사흘을 내리 쉬고 나흘째 아침, 나는 다리를 절뚝거리며 공장으로 출역을 나갔다. 먼저 총반장을 찾아가 인사를 하자 미안한 표정으로 반갑게 맞아주었다.

"장호야, 미안하다. 내가 너무 세게 때렸지?"

"아닙니다, 괜찮습니다."

"장호야, 우리는 말이야. 동대문사단에 들어가서 형님들한테 각목으로 밥 먹듯이 맞고 자랐다. 그래도 한꺼번에 스무 대는 상당히 센 거야. 고생했다. 교도소 초짜에다가 어린 아우를 이렇게 빨리 키워주기는 처음이다. 네 용기가 가상해서 오늘부터 소지로 임명하니 열심히 잘해라."

"네, 총반장님. 감사합니다. 최선을 다하겠습니다."

나는 그날부터 작업대에서 안테나 조립하는 일을 그만두고 소지로 일했다. 작은 완장 하나 얻어 찼을 뿐인데도 징역살이 인생이 달라졌다. 산 밑의 밭고랑에 처박혀 있다가 사방이 탁 트인 산

능선으로 올라온 느낌이었다. 공장 작업대 사이를 뒷짐 지고 왔다 갔다 하다가 식사 때 배식만 하면 내 일은 그것으로 끝이었다. 하하하.

이제 종태 형이 맞춰준 옷을 입은 값은 겨우 하게 되었지만, 문제는 아직도 개털이라는 데 있다. 사회에서 면회 오는 사람도 없고 영치금을 보내주는 사람도 없으니 그렇다. 얻어먹거나 갈취해 먹는 것도 한두 번이지 그건 명색이 깡패가 할 짓이 아니었다. 사회 분위기가 살벌하여 아마 가리봉동 아우들도 자리를 못 잡고 몸을 사려야 하니 면회를 올 처지가 못 될 것이라고 짐작은 하고 있었다. 먹고살기가 힘들어 몇몇은 고향으로 내려갔다는 소식도 듣고 있었다. 여기서 징역을 사는 내가 오히려 처지가 나을지도 모를 일이었다. 그 무렵 바깥세상은 건달들에게는 칼바람 몰아치는 시베리아 벌판이었다.

교도소에도 외상은 있다

　　　　　나는 이 배고픈 빵 문제를 어떻게 해결할까 궁리하다가 사식을 담당하는 홍 부장에게 면담을 신청했다. 홍 부장의 동정심을 끌어내든 거짓말을 하든지 간에 어떻게든 외상을 먹어야겠다고 작정한 것이다. 그래서 돌아가신 아버지를 다시 살려내기로 했다. 나는 외상이라면 일찍이 도가 텄다.

　초등학교 6학년 때 이미 학교 앞 황 집사님 구멍가게에서 외상을 먹었으니까. 그 외상값을 여기 들어오기 전에야 갚았으니, 장기도 그런 장기 외상이 또 있을까 싶다. 자그마치 8년 외상이다.

　"장호! 자네, 날 왜 보자고 했어?"

　"부장님, 다름이 아니라 제 아버지가 잘 나가는 중소기업을 경영하는 사장님입니다. 그런데 어머니랑 이혼하고 새어머니랑 재혼하여 삽니다. 그 바람에 제가 비뚤어져서 맨날 사고나 치고 밖으로만 도니까 아버지가 저를 미워하십니다. 그래서 지금껏 저는 내놓은 자식으로 살았는데, 그렇다고 아버지가 자식을 버리기야 하겠습니까? 제가 여기 나가기 전에 아버지한테 편지로 돈 좀 부쳐달라고 말씀드려서 외상값은 꼭 갚고 나가겠습니다. 그러니 가끔 배고플 때 짜장면이랑 튀김 같은 것 좀 외상으로 먹게 해주십시오. 부장님, 은혜는 잊지 않고 갚겠습니다."

"에이~ 이 사람아, 도둑놈 주제에 뭔 외상을 먹는다고 해."

"아니, 부장님. 도둑놈이라니요? 폭력이요 폭력. 그것도 단순 폭력이 아니고 조직폭력이란 말입니다. 제가 장호파 두목으로, 텔레비전 9시 전국 뉴스를 타고 들어온 놈입니다."

"하하하, 그래. 나이도 어린 사람이. 자네 용기와 배짱이 맘에 들어. 내 월급이라도 털어서 외상을 줄 테니 나가기 전에 꼭 갚아라."

"아이고, 부장님, 감사합니다."

이 삭막한 감옥 속에도 따뜻한 정을 가진 사람이 있구나, 생각하니 고마운 한편으로 거짓말한 것이 좀 마음에 걸리고 미안했지만, 여기는 사회도 아니고 감옥이니 먹고 살려면 어쩔 수 없는 일이라고 자위하며 넘겼다. 이제부터 이 장호파 두목의 징역이 슬슬 풀리기 시작하는구나, 생각하니 웃음도 나왔다. 하하하.

그날 저녁, 출역을 마치고 돌아와 보니 편지가 와 있었다. 발신인 김수진. 여기 들어오기 전에 만나온 여자친구로, 구로공단에 있는 럭키금성 전자회사 경리과에 근무했다. 환희다방 미스 박이 나를 무척 좋아하는 줄은 알고 있었지만, 이미 수진이를 사귀고 있어서 미스 박의 마음을 받아주지 못한 것이다. 나랑 수진이는 결혼을 약속하고 이미 깊은 사랑을 나눈 사이였다. 수진이는 내가 영등포구치소에 있을 때는 면회를 오더니 원주교도소로 이감 온 뒤로는 가끔 편지만 하고 면회는 오지 않았다. 오늘 편지에는 임신 사실을 알렸다. 우리 아기가 아빠를 닮아서 권투나 태권도 선수가 되려고 그러는지 발로 배를 뚝뚝 찬다면서, 아빠 출소하기 전에 잘 낳아서 잘 키우고 있겠노라고 했다.

아이고, 머리야. 땡전 한 푼 없고 방 한 칸 없는 백수건달도 아빠라고 임신을 하다니…. 눈앞이 캄캄하면서도 한편으로는 기뻤다. 내가 아빠가 되다니, 하하하.

징역살이는 늘 춥고 배고팠다. 공장 작업대에서 일하는 재소자들은 수제비를 먹는 날이면 먹다 조금 남은 수제비를 작업대 아래 철삿줄에 끼워두었다가 배고플 때 하나씩 빼먹곤 했다. 나처럼 작업에서 열외가 되어 이리저리 돌아다니며 일을 보는 이른바 왈왈이들은 재소자들의 음식을 약간씩 착취해서 좀 더 먹기 때문에 사정이 나았다.

공장뿐 아니라 감방 안 생활도 마찬가지다. 어쩌다 식빵이라도 들여오면, 배에 기름기가 없어 식빵에 버터를 듬뿍 발라 그 큰 식빵 한 줄을 옆구리에 차고 왔다 갔다 하면서 다 먹어치웠다. 그 식빵도 일주일에 한 번 먹기가 힘들었다. 나는 실질적인 감방장으로서 어떻게 하면 같은 방 사람들 배 안 곯게 할까 궁리했다.

그러다 문득 좋은 생각이 떠올랐다. 그래, 방에서 카드 노름을 시켜놓고 개평을 얻은 돈으로 취사장에서 누룽지로 바꿔먹으면 되겠구나. 하하하.

나는 뭐든 아이디어가 생각나면 즉시 실행에 옮겼다.

"혹시 우리 방에 그림 좀 그리는 사람 있어요?"

"뭐 하시게요? 제가 좀 그리는데요."

"아, 그래요? 잘됐네. 러닝셔츠나 팬티 포장지에 보면 두꺼운 종이가 있어요. 그걸 카드 크기로 잘라서 거기다가 일단 볼펜으로 카드 52장을 그려보세요. 내가 내일 공장에서 인주를 살짝 가지고 들어올 테니까 빨간색은 그걸로 칠합시다."

그렇게 카드 그림을 맡긴 나는 바둑알 제조 공장에 출역하는 사람한테는 바둑알을 좀 많이 구해오라고 부탁했다. 원래 교도소에는 별난 재주를 가진 사람이 다 있어서, 교도관이 일주일간만 검방, 즉 방 수색을 안 하면 헬리콥터도 만들어서 타고 탈옥할 수 있다는 농담이 있을 정도다.

나는 그렇게 카드와 칩으로 쓸 바둑알을 준비해놓고 카드 노름을 할 사람을 모으기 시작했다. 디데이는 돌아오는 토요일 오후. 그리고 다음 날인 일요일까지 노름판을 벌인다. 방범 치기, 즉 방을 바꾸는 방법으로 노름꾼들을 우리 방에 모으는데, 다른 방들에서 노름꾼들이 건너오면 우리 방의 사람을 그 수만큼 다른 방으로 보내서 불시의 인원 점검에 대비하는 것이다.

노름돈은 밍크 담요를 한 장씩 내게 맡기고 바둑알 칩으로 대신 가져간다. 우리 방에서 개평 얻는 사람을 두어 판이 끝날 때마다 딴 사람한테서 개평으로 바둑알을 한두 개씩 얻어서 모았다가 나중에 담요로 바꾼다.

그렇게 밍크 담요가 한 장씩 생길 때마다 취사장에서 누룽지 세 동이와 바꿔와서 배고픈 방 안 사람들을 배불리 먹였다. 이렇다 보니 나는 자연스럽게 감방장, 즉 봉사원으로 추대되었다. 방안에 나보다 더 나이도 많고 징역 경험도 많은 전과자가 많았지만, 내가 방 안 사람들한테 하는 것을 보고는 그들도 모두 나더러 봉사원을 하라고 했다.

실은 일전에 공장에서 안마사를 때리는 소지를 일격에 해치운 사건이 결정적으로 작용한 것일 수도 있었다. 감방장이 힘이 있고 강단이 있어야 방 안 사람들이 두루 편한 법이기 때문이다.

이렇게 교도소에서 나름 씩씩하게 생활하면서 어서 시간이 흘러 출소할 날이 오기를 손꼽아 기다렸다. 그런 가운데 교도소에 어떤 배경이 있는지는 몰라도 상상을 초월할 정도로 탈 교도소 생활을 즐기는 인물이 있다는 소문을 들었다. 그만큼 잘나간다는 얘기다. 호기심이 일어 알아보니 실제로 그런 사람이 있다. 원주 토박이 김경호라는 사람이다.

그는 우선 입성부터 달라서 옷은 늘 주름이 칼같이 서도록 다려 입고 다녔다. 그 구하기 어렵다는 담배도 예사로 피우는 것으로 봐서 범털도 보통 범털이 아닌 게 틀림없었다. 그 배경이 궁금해서 참을 수가 없었다. 물론 그가 어떤 사람인지도 궁금했다. 나는 궁금한 건 못 참는 성미라서 직접 찾아가 얘기를 해보자 작정했다.

김경호는 인쇄공장에서 소지 반장을 하고 있었다. 나는 운동시간에 인쇄공장으로 찾아가서 대뜸 김경호 형님 좀 뵙고 싶어 왔다고 말했다. 그는 요놈 봐라~ 맹랑하군, 하는 눈길로 나를 한참 쳐다보더니 창고로 따라오라고 했다.

"무슨 일로 날 보자 하는가?"

"제가 형님의 명성을 듣고 먼발치에서나마 바라보면서 항상 존경하는 마음을 가지고 있었습니다. 그래서 오늘 찾아뵙고 정식으로 인사드리러 왔습니다. 저는 안테나 공장에서 총반장님 아래 소지로 있는 장호라고 합니다. 아직 어린 나이지만, 가리봉동 장호파 두목으로 경찰에 찍히는 바람에 텔레비전 전국 뉴스까지 타고 잡혀 와서 징역을 살고 있습니다. 이 원주교도소에는 우리 영등포 친구들이 몇 명 있는데, 다들 야물고 제 밥들은 찾아먹고 있습니다. 제가 친구들에게도 말해서 함께 앞으로 형님으로 잘 모시겠습니다."

"그래."

경호 형은 담배를 꺼내 불을 붙이면서 자기가 먼저 절반 정도를 피우고, 내게 나머지를 권했다.

"자, 한 대 피워."

"형님, 저는 괜찮습니다. 마저 피우십시오."

"아우, 사양하지 말고 피우시게."

"네, 형님."

나는 담배를 받아들고 뒤돌아서서 한 모금 깊게 빨았다. 꿀맛이었다. 담배가 뭐라고 꿀맛이라니, 하겠지만 감옥에서 피우는 담배, 더구나 내가 동경하던 사람과 호형호제하게 된 순간에 피우는 담배 맛은 꿀맛에 비할 바가 아니었다. 나는 담배를 몇 모금 더 빨며 홍콩 가는 기분이라는 게 이런 거구나 싶었다. 그런데 그 순간 몸이 갑자기 흔들거리면서 아찔하니 현기증이 일었다. 몇 달 만에 담배를 피웠더니 실제로 홍콩 가고 만 것이다. 나는 고개를 흔들어 겨우 정신을 차렸다.

"형님, 담배 잘 피웠습니다. 시간 나는 대로 제 친구들과 함께 와서 다시 인사드리겠습니다."

"그러게. 장호 자네는 사나이 기백이 넘쳐 좋네. 반가웠네."

우리 재소자들은 오전에는 공장에서 일하고, 오후에는 운동장에서 순화 교육을 한 시간씩 의무적으로 받는다. 봉체조, 가마니에 모래 담아서 메고 뛰기, 앞으로 뻗쳐 뒤로 뻗쳐…. 말이 순화 교육이지 골병들게 하는 교육이다. 순화 교육을 받다가 몸을 다친 사람이 적잖고 가끔 죽는 사람까지 생긴다. 그나마 교도소 순화 교육은 삼청교육대 같은 군부대 순화 교육에 비하면 약과다. 군부대에서 순화 교육을 받고 나온 사람들 얘기 들어보니까 고생 차원이 아니라 지옥도 그런 지옥은 없을 거라고 했다.

나는 경호 형한테 친구들 깡다구, 산초, 인근이를 인사시키고 서로 형제처럼 의지하고 도우면서 징역을 살고 있었다. 깡다구는 강오근, 산초는 이필선의 별명이다. 인근이는 최인근이다.

사건이 터진 그 날도 여느 날과 다름없이 오전에는 공장에서 일하고 점심을 먹고 난 오후에는 순화 교육을 받으러 운동장으로 나갔다. 그런데 교육 중에 경호 형이 교관하고 다툼을 벌였다. 경호 형이 교관에게 순화 교육 강도가 너무 세다고 항의하자 교관은 잔소리 말고 시키는 대로 까라면 까라고 하면서 분위기가 험악해졌다. 급기야 두 사람 사이에 욕설과 폭력이 오고 갔다. 교관이 먼저 경호 형의 자존심을 사정없이 깔아뭉갰다.

"이 새끼가! 고향이 이 지역이고, 보안과에서 담배 사건 취조하다가 이빨이 깨져서 좀 봐주고 풀어먹였더니 눈깔에 뵈는 것이 없냐? 이 개새끼야."

교관은 욕설을 퍼부으면서 진압 방망이로 후려쳤다. 그러자 경호 형도 이에 질 새라 욕을 하면서 맨주먹으로 달려들었다.

"이야 씹새끼야! 네가 막애비면 다냐?"

막애비란 교도관을 부르는 은어다. 이 모습을 본 다른 교관이 저쪽에서 뛰어와 합세해서 경호 형에게 마구잡이로 매타작을 해대기 시작했다. 경호 형은 팔이고 등이고 다리고 방망이로 무차별 난타를 당하면서도 속수무책이었다. 나는 안타깝게 바라보며 잠시 망설이다가 이럴 때 모른 체하면 아우의 의리가 아니라고 생각했다. 나는 매타작 판으로 바람처럼 달려들면서 소리쳤다.

"야 이 개새끼들아. 사람 좀 그만 때려!"

순식간에 이단옆차기로 한 교관의 면상을 차서 쓰러지는 걸 밟아버렸다. 그렇게 2대2로 교관들과 싸우고 있는데 나의 친구들 깡다구, 산초, 인근이 셋이 벼락처럼 뛰쳐나와 합세했다. 그러자 저쪽에서 다른 교관들이 뛰어오고, 교도소에 비상이 걸려 경교대 30여 명이 몰려왔다.

우리는 곧 진압되어 밧줄에 묶인 채 보안과 지하실로 끌려갔다. 보안계장, 담당 교도관, 경교대원들 30여 명이 벽을 치고 둘러선 가운데 보안과장이 직접 취조에 나섰다.

"야, 이놈들. 도둑놈의 새끼들아. 사회에서 죄를 짓고 교도소에 왔으면 조용하니 시키는 일이나 잘하고 개과천선해서 사회에 복귀해야지, 여기가 어디라고 공권력에 도전하고 폭력을 행사해? 이놈들아, 너희는 군에서 순화 교육 중에 이런 일이 벌어졌으면 총살형이야, 총살형! 알았어? 이놈들아. 그리고 김경호 너, 이 앞에 담배 건으로 보안과에 끌려와 이빨이 부러진 사고로 좀 봐줬더니 사고를 쳐? 그만큼 교도관들이 봐주고 있으면 타 재소자에게 모범을 보이는 생활을 해야지. 지금 하는 행동이 뭐야? 일단은 모두 수정 채워서 독방에 처넣고, 내일 징벌위원회를 열어서 결과에 따라 조치하겠다. 너희는 이 사건을 외부에서 알면 공무집행 위반 및 폭력 행위 등 난동을 부린 죄명으로 추가 징역감이야. 알았어? 이놈들아!"

우리는 수갑을 차고 밧줄에 묶여 독방으로 수용되었다. 이튿날 징벌위원회 결과가 나왔다. 주범 김경호에게는 4주 독방 수감의 징벌을 내리고, 나와 친구들은 죄질이 극히 악질인 데다가 요주의 재소자로 판명되어 인근 군부대 이첩 순화 교육 4주의 징벌을 내린다고 통보했다. 주범인 김경호는 솜방망이 징벌에 그치고 종범인 우리에게 오히려 쇠방망이 징벌을 내리다니….

나는 여기서 또 기가 막혔다.

얼핏 짐작은 했지만, 나중에 자세히 듣고 보니 보안과 직원들이 담배 사건에 연루된 경호 형을 거칠게 다루다가 부주의로 이빨을 세 대나 부러뜨린 이후로는 행여 직원들이 다칠까 봐 경호 형의 눈치를 보게 된 것이다.

보안과와 경호 형은 출소 때까지 웬만한 편의는 다 봐주기로 묵언의 합의를 본 것이었다. 이번에 주범과 종범이 뒤집힌 징벌 결과도 그런 맥락에서 내려진 것이다. 만약 경호 형이 아우들은 종범인데 주범인 자기보다 더 무거운 징벌을 받게 되면 다들 이상하게 여기지 않겠느냐며 중간에서 좀 세게 우리를 변호했다면 우리도 경호 형처럼 징벌이 4주 독방 수감이나 그 이하에 그쳤을 것이다. 그러나 경호 형은 우리를 위해 아무것도 하지 않았다. 우리는 자기를 위해 몸을 던졌는데…. 나는 그런 사정도 모르고 경호 형을 과대평가하여 친구들까지 데려다 과잉 충성을 바친 것이다. 참, 사람 속은 알다가도 모를 일이다.

"나와! 이 새끼들아."

이튿날 새벽 여섯 시, 독방 문이 열리고 교도관이 와서 고함을 쳤다. 보안과 앞 운동장으로 나가니까 군부대 트럭 한 대가 서 있었다. 트럭 쪽으로 다가가자 군인 두 명이 내려서 곤봉으로 등판을 내리치면서 냅다 소리를 질렀다.

"야 이 새끼들아! 트럭 적재함에 올라타."

우리가 적재함에 올라타자 보안과 직원과 담당 군인이 우리의 신상명세서를 주고받더니 트럭이 출발했다. 오랜만에 차를 타고 나와 산과 들판을 바라보고 지나가는 사람들도 쳐다보면서 잠시 평안했지만, 목적지에 대한 불안감이 엄습했다. 순화 교육을 하는 군부대는 지옥이라는데…. 어떤 지옥이 기다리고 있을까?

트럭은 삼십 분쯤을 달려 원주 36사단 예하 부대 순화 교육장에 도착했다. 트럭이 멈추자 군인들이 적재함으로 올라와 곤봉으로 또 등판을 후려치면서 몰아댔다.

"내려, 이 새끼들아."

처음부터 구타로 시작해서 구타로 끝날 것 같은 느낌이 들었다. 우리를 의무과로 데려가서 간단하게 신체검사를 하고 지정된 막사에 배치했다. 그리고 계급장 없는 군복, 무명 팬티와 러닝, 훈련용 신발을 지급한 다음 순화 교육 교관이 교육 내용을 대강 전달했다.

다음날 오전 여섯 시, 기상나팔이 불었다. 우리는 곧바로 연병장에 다른 교육생들과 함께 집합하여 교관의 지시에 따라 교육을 시작했다. 먼저 피티체조로 20분쯤 몸을 푼 다음에 봉체조, 구보, 가마니 메고 뛰기 등 온갖 교육 메뉴로 아침부터 저녁까지 뺑뺑이를 돌렸다. 교도소의 순화 교육은 이에 비하면 정말 초등학교 수준이었다. 교육 중에 조금만 꿈틀거리나 뒤처지면 곧바로 혹독한 기합이 뒤따랐다. 눈이 무릎까지 쌓인 연병장에서 팬티 바람으로 아침 일찍 구보를 하거나 40kg짜리 가마니를 어깨에 메고 뛰어야 했다. 그러는 중에 대열에서 조금만 이탈하거나 낙오하면 온몸 여기저기를 곤봉으로 사정없이 내리쳤다. 그러는 중에 팔 하나쯤 부러지는 것은 일도 아니었다.

그렇게 열흘쯤 지나자 입에서 단내가 나고 온몸이 녹신녹신했다. 우리는 얼굴이라도 마주치면 서로 웃음밖에 안 나왔다. 햇볕에 익어서 껍데기가 다 벗겨진 얼굴은 서로가 못알아볼 정도로 엉망이었다. 교육이 끝나고 막사에 들어오면 우리는 웃으면서 서로 격려하며 이겨내자고 다짐했다.

"야~ 깡다구, 산초, 인근아. 이제 이십 일만 버티면 된다. 저 새끼들이 우리를 거꾸로 매달아도 국방부 시계는 돌아간다. 안 그러냐? 친구들아. 하하하. 우리는 그래도 3주만 지나면 교도소로 돌아가지만, 몇 달, 아니 일 년씩 굴러야 할 저 자식들은 불쌍해서 어떡하나? 야, 우리 친구들은 절대 낙오자 없이 무사히 교육 마치고 우리들의 고향 교도소로 돌아가자. 여기서 이런 개고생도 이겨내는데 앞으로 무슨 일인들 못 이겨내겠냐? 자~ 여기다 손을 포개봐. 하나, 둘, 셋 하면 파이팅이다. 자~ 하나, 둘, 셋!"

"파이팅!"

우리는 그렇게 서로를 격려하면서 겉으로는 웃었지만, 혼자 화장실에라도 가 있으면 절로 울음이 터져서 소리죽여 울었다. 과연 우리가 이 지옥에서 살아나 교도소로 무사히 복귀할 수 있을까? 겁에 질려서 악몽을 꾸다 소스라치는 밤이 계속되었다. 그래도 용케 세월은 갔다.

4주 교육을 마치고 다시 연병장에 집합했다. 그동안 없는 살이 더 빠져 몸이 홀쭉해지고 얼굴은 시커멓게 그을려 이빨만 하얗게 보였다. 단상에 선 교관의 말투가 처음 이곳에 왔을 때와는 백팔십도 달라졌다.

"자~ 여러분, 그동안 고생했어요. 오늘 교육을 끝으로 사회에 복귀하는 교육생도 있고, 교도소로 돌아가는 교육생도 있는데, 교도소로 돌아가는 교육생들은 여기서 교육을 4주 더 받겠습니까? 아니면 교도소로 돌아가서 징역 십 년을 더 살겠습니까?"

"차라리 십 년간 징역을 더 살겠습니다!"

우리는 즉각 이구동성으로 외쳤다. 그러자 교관들을 비롯하여 연병장에 있는 사람들 모두가 큰소리로 웃었다. 단상에 있는 교관이 웃음이 멈추기를 기다렸다가 하던 말을 마무리했다.

"우리가 4주 동안 교육한 것이 효과가 있었네요. 하하하. 아무튼, 사회에 복귀하는 교육생들이나 다시 교도소로 돌아가는 교육생들이나 여기서 교육받은 걸 평생 잊지 말고 개과천선하여 언제 어디서든 모범적인 국민의 한 사람으로 거듭나기를 바랍니다. 그동안 고생 많이 하셨습니다. 이상."

"짝짝짝…."

우레와 같은 박수가 쏟아졌다. 억눌러온 설움이 이제야 복받쳤는지 다들 흐느껴 울었다. 참, 징글징글한 4주였다.

교도소로 복귀한 우리의 몰골을 본 방 동료들과 공장 사람들은 놀라 자빠졌다. 그동안 얼마나 고생을 했으면 사람이 그 모양이 되었냐며 손을 붙들고 울먹이기까지 했다. 자기 밥을 한 숟가락 덜어 우리 식판에 얹어 주는 동료, 빵이나 건빵을 안 먹고 아꼈다가 갖다 주는 동료, 연고를 구해 바르라고 갖다 주는 동료…. 아무튼 그 살벌한 교도소에도 동료를 아끼는 마음과 의리는 살아 있었다.

이튿날, 점심시간 후에 교도소 운동장으로 순화 교육을 나갔다. 놀러 나가는 기분이었다. 지옥에서 살아온 우리에게 교도소 순화 교육이야 이제 애들 장난이었다. 다만, 아직 몸이 온전치 못해서 움직이는 것조차 힘겨웠지만. 우리랑 싸웠던 교관들도 우리 몰골을 보고는 어이가 없는지 껄껄거리며 웃었다.

"이 새끼들, 군 순화 교육 가서 좆뺑이들쳤구마. 얼굴이 해골이 되어서 돌아왔네. 하하하."

어디 한 군데 몸이 성한 데가 없는 우리 네 사람은 교육 중에 가마니를 메고 뛰다가 낙오하기도 했다. 그러면 교관이 다가와서 눈을 찡긋하면서 군홧발로 살짝 치는 시늉만 했다. 그러면 우리는 아이고~ 나 죽네! 하면서 옆으로 쓰러져 그 자리에 누워있다가 한 바퀴씩 까먹곤 했다. 교관들도 사람인지라 거의 환자인 우리를 그렇게 봐주었다.

혈기왕성한 나이인지라 그러면서 몸은 금세 회복되었다. 우리가 복귀할 즈음에 경호 형도 징벌이 해제되어 다시 인쇄공장으로 출역을 나갔다. 여전히 인쇄공장에서 작업반장을 하고 있던 경호 형은 찾아온 우리를 보더니 창고로 데려갔다.

"여~ 아우들, 반갑다. 고생들 많았지?"

"아닙니다, 형님."

"자, 담배 한 대씩 피워라."

"예, 형님. 감사합니다."

우리는 담배 한 개비로 반을 잘라 두 대로 말아서 둘씩 나눠 피웠다. 오랜만에 담배를 두어 모금 빨자 역시나 아찔한 어지럼증에 홍콩 가기 시작했다. 그렇게 경호 형과 해후하고 다시 공장으로 돌아왔다. 공장 일이 끝나고 방으로 돌아와 있는데, 우리 방에 이제 갓 소년티를 벗은 절도범이 한 명 들어왔다.

"야, 인마. 너 죄명이 뭐냐?"

"네, 절도입니다."

"그래, 뭘 훔쳤는데?"

"네, 약초를 훔쳐서 팔아먹다 걸렸습니다."

"그래, 징역은 얼마 받았어?"

"예, 10개월 받았습니다."

"짜장면은 묵어봤냐?"

"아니요. 짜장면이 맛있다는 말만 들었습니다."

"그래, 내가 가끔 짜장면도 사주고 할 테니까 이 방에 있는 날까지 내 따까리 좀 해라. 알았냐?"

"네! 봉사원님. 알겠습니다."

나는 첫 실형을 받고 사는 징역살이를 그런대로 잘 겪어내고 있었다. 어느덧 만기출소도 얼마 남지 않은 말년 재소자가 되어가는 가운데 유명인사가 되어 있었다. 천이백명쯤 되는 교도소

수용자 가운데 서열이 서른 번째쯤 되었으니, 교도소 내에서 내 존재를 확실하게 각인시킨 것이다.

그 무렵, 사회에서는 전두환이 체육관선거에서 12대 대통령으로 당선되어 3월 3일의 취임식을 앞두고 있었다. 신군부정권이 축제 분위기 조성을 위한 조치의 하나로 대통령 취임식을 기해 전국 교도소에서 대대적인 가석방을 실시할 것이라는 소문이 돌았다. 원주교도소에도 그 소문이 돌아 공장마다 술렁거렸다. 사실 나는 만기가 얼마 안 남았는지라 내심 가석방을 잔뜩 기대하게 되었다. 아마 지금쯤 태어나서 아빠를 기다릴 아이도 보고 싶고, 사랑하는 아이 엄마 수진이도 보고 싶었다.

사기당한 '가출옥'

　　드디어 대통령 취임식을 이틀 남긴 1981년 3월 1일, 담당 부장이 방마다 가석방 대상자 명단을 부르고 다녔다. 부장이 우리 방을 지나면서 "문장호! 출소 준비" 하고 내 이름을 불렀다.

　나는 이것이 꿈인지 생시인지 구분이 안 가 멍하니 서 있는데 방 동료들이 다가와 축하 세례를 퍼붓자 그제야 실감이 나서 눈물이 났다.

　"와우, 봉사원님. 축하합니다."

　"미안합니다. 여러분 두고 먼저 나가서요. 하여튼 다들 건강하시고 사회에서 꼭 다시 한번 만나기를 바랍니다. 나는 항상 구로구 가리봉동에 있을 겁니다. 거기 환희다방으로 오세요."

　그렇게 인사를 마친 나는 내 물건을 모두 방 동료들에게 나누어주고 문이 열리기를 기다렸다. 출소자가 있는 다른 방들은 다 문을 따는데 우리 방만 문만 따지 않아서 나는 큰소리로 따져 물었다.

　"아니, 부장님. 이 방에도 출소자가 있는데 왜 문을 안 따십니까?"

그러자 부장이 다가와 하는 말이 참으로 기가 막혔다.

"야, 너 같은 꼴통 조폭 새끼를 가출옥으로 내보내면 이 교도소에 있는 재소자들 다 내보내야 한다. 이 새끼야, 농담도 못 하냐?"

순간 나는 저 부장 새끼가 사람 새끼인가 싶었다. 농담할 게 따로 있지….

"아니, 그럼 내가 가출옥으로 나가는 게 아니란 말입니까?"

"그래, 이 자식아. 농담한 거다. 꼽냐?"

"뭐라고? 야, 부장 너 이 새끼. 그런 농담을 다 해? 지금 그 농담이라는 말이 농담이지요, 부장님?"

"아니야, 미안하다. 아까 장호 너 이름 부른 것이 농담이여. 하하."

"뭐? 이 새끼 너는 이제 내 손에 죽었어. 얼른 이 문 안 따냐?"

분을 못 이긴 나는 욕을 해대면서 방문을 발로 차고 주먹으로 쳐댔지만, 그 부장 놈은 피식 웃고는 돌아서 가버렸다. 참, 또 어처구니가 없었다. 그 부장 놈은 전에 순화 교육 중 벌어진 싸움에서 나한테 몇 대 쥐어 터진 교관이었다. 아니, 아무리 그렇더라도 잔인하게 이런 식으로 복수를 하다니…. 교도소에서 세상의 다른 모든 장난이나 농담은 용서되어도 출소에 관한 장난이나 농담은 해서는 안 되는 거 아닌가?

나는 화장실로 들어가 엉엉 울며, 언제라도 기회만 되면 저놈을 죽여버려야겠다고 생각하며 이를 악물었다. 그러고 있는데, 배식반장이 화장실 문을 열고 나를 위로했다.

"봉사원님, 진정하시고 담배나 한 대 피우십시오. 여기서 저 부장 새끼를 손보면 징역 추가 뜨니까, 출소해서 저 새끼 한번 잡읍시다."

"알았어요. 고맙소."

이튿날 아침, 나는 도저히 이대로는 넘어갈 수 없어서 보안과에 부장 면담 신청을 냈다. 그리고 몇 시간 후 관구실에서 부장과 단둘이 마주 앉았다.

"아니, 부장님. 다른 방법도 많은데 하필 그런 야비하고 잔인한 방법으로 복수를 하면 되겠습니까? 우리가 군부대에 순화 교육 갔다 와서 정중하게 사과도 드렸지 않습니까."

"그래, 미안하네. 자네가 미워서 무슨 복수를 한다고 그런 게 아니라, 그저 가볍게 놀려먹는다는 게 자네한테는 충격이 컸던 모양이네."

"부장님도 나를 겪어봐서 아시겠지만 내가 그렇게 속 좁은 놈은 아니잖아요. 여기 들어오기 전에 사귀던 여자친구가 제 아이를 가졌대요. 그전에는 편지라도 꼬박꼬박 보내더니 최근 몇 달 동안은 아무 소식이 없습니다. 그래서 요즘 잠도 못 자는 마당에 부장님이 그런 농담을 하니 제가 꼭지가 안 돌겠어요? 앞으로 있는 날까지 잘 좀 부탁합니다."

"아이고, 그래. 나는 그런 사정이 있는 줄도 모르고…. 정말 미안하네. 앞으로 애로사항이 있으면 나한테 살짝 얘기하시게. 내 힘껏 도움세."

"예, 감사합니다, 부장님."

우리는 활짝 웃으며 굳게 악수하면서 흔쾌하게 화해했다.

거짓말 그리고 합의금

어쨌든 나의 만기 출소일이 가까워지는 가운데 원주교도소에는 이런저런 변화가 생겼다. 꽤 이름난 조폭들이 다른 교도소에서 이감해 오기도 하고, 또 다른 교도소로 이감해 가기도 했다. 우리 안테나 공장은 인원이 늘어나 제2 공장이 하나 더 생겼다.

전라도 광주 통아파 두목 김제남이 이감을 와서 제2 안테나 공장 반장을 맡으면서 나는 그 밑의 소지로 배치됐다. 동대문사단 유지광 이후 제일 센 주먹이라는 호남파 두목 이용신도 왔다 갔다.

그 무렵, 우리 방에 광주 건달이 한 명 들어왔다. 그 친구는 자기보다 서너 살 아래인 내가 봉사원 하는 것이 영 못마땅한 눈치였다. 그런 데다가 무슨 정서 불안이 있는지 방 사람들과도 좀처럼 화합하지 못했다. 나라도 마음을 얻고 편하게 해주려고 말을 걸었다.

"형씨, 고향이 어디요?"

"광주랑께."

"아, 그래요. 반갑습니다. 나는 순천이요. 나보다 몇 살 위인 것 같은데, 예우해드릴 테니 방의 질서를 따라주시고 편하게 생활

하시오."

"야 이 어린놈의 새끼야. 니가 뭔디 시방 나한테 이래라저래라 하는 거여?"

"형씨, 말 좀 이쁘게 하시오. 내가 어려도 이 방 봉사원이요. 징역 좀 살아봤다는 사람이 정말 싸가지가 없구마."

"뭐여? 이 새끼가."

"뭐? 이 새끼라고? 봉사원한테? 이런 씨벌놈이 싸래기밥만 처묵고 살았나?"

나는 그 친구가 나한테 덤비려고 일어나는 걸 눈치채고 잽싸게 양말을 벗어 던졌다. 그렇지 않으면 미끄러운 마룻바닥이라 발을 쓸 수 없었다. 막 덤벼드는 걸 튀어가 발로 면상을 날려버렸다.

"아이고~ 내 이빨!"

놈은 얼굴을 감싸 쥐고 뒤로 나자빠지며 비명을 질렀다. 나는 쫓아가서 면상을 몇 번 더 밟아버렸다. 그러자 놈은 욕을 해대면서 죽기 살기로 꼬장을 부렸다. 나를 죽인다며 소리치고 달려드는 걸 턱주가리를 한 방 더 걷어차 버렸다.

"아이고~ 담당님, 내 이빨 나가부렀어라."

보다 못한 방 동료들이 나를 말렸다.

"봉사원님, 이제 그만하세요."

나는 분을 못 참고 씩씩거리며 놈에게 쏘아붙였다.

"야 이 새끼야, 깡패고 건달이면 똑바로 처신해. 이 반달도 아넌 양아치 새끼야."

그때 4동 담당이 문을 따고 들어와서 나를 제지하고, 면상이 피범벅이 된 놈을 데리고 밖으로 나갔다. 그 친구는 의무과로 가고, 나는 보안과로 갔다. 보안계장이 내 걱정부터 했다.

"야, 장호야. 고생 많이 하다 이제 만기출소도 얼마 안 남은 모범수였는데 큰일이다. 우리 보안과에서 합의를 주선해볼 테니까, 우선 합의를 봐라."

"네, 계장님. 감사합니다."

"직원 말로는 이빨 두 대가 부러졌는데 합의금 오십만 원하고 이빨만 끼워주면 문제 삼지 않겠다고 하니, 빨리 합의를 봐라."

"감사합니다, 계장님. 이 은혜 잊지 않겠습니다."

"감사는 나중에 하고, 우선 돈 만들어서 합의나 잘 봐라."

"네, 알겠습니다."

나는 보안과에서 나와 방으로 돌아오자마자 집에다 전보를 치고, 돈 좀 보내 달라고 어머니한테 편지도 써서 부쳤다. 방 동료들이 십시일반으로 돈을 걷어 이빨 값을 해준다고 나섰다. 나는 진심으로 감동해서 눈물이 다 났다.

집에서 돈 오십만 원이 오기를 기다리는데, 며칠 후 돈이 도착했다. 그런데 아무리 봐도 오십만 원이 아니고 오만 원이었다. 방 사람들한테 창피해서 말도 못 했다. 아버지가 중소기업 사장이라고 거짓말까지 하면서 사식 담당 홍 부장한테 외상으로 음식을 먹고 다니던 놈이 돈 오십만 원이 없어서 합의를 못 보다니. 나 자신이 한심했다. 나는 그 일로 인해 춘천지원에서 재판을 받아 징역 6개월을 보탰다. 하늘이 노랗고 땅이 꺼지고, 잠도 안 오고 미칠 것만 같았다. 내가 우울해하니까 방 안 분위기도 썰렁했다.

"봉사원님. 저희가 돈을 조금 더 만들어서 합의를 봤어야 했는데 미안합니다."

"아닙니다. 방 안 형편이 어려워 식빵도 제대로 못 먹는데 이 빨 값을 해주셔서 얼마나 미안하고 고마운데요."

어째 조용하다 싶더니 마침내 사식 담당 홍 부장이 나를 불러 닦달했다.

"야, 장호! 이 사기꾼 새끼야. 뭐, 아버지가 중소기업 사장? 그런데 돈 오십만 원이 없어서 합의를 못 보고 추가 징역을 뜬단 말이냐?"

"죄송합니다, 부장님. 아버지한테 편지가 제대로 전달이 안 됐나 봅니다."

"야 이 자식아. 그래도 나한테 거짓말할 거여? 외상값은 어떻게 할래? 이놈아."

"염려하지 마십시오. 이 장호가 사기꾼은 아니니까 하늘이 무너져도 꼭 갚겠습니다."

"말은 청산유수네, 이놈의 새끼. 하하하."

나는 그렇게 만기출소를 두 달여 남기고 6개월이 추가되어 8개월을 살아야 했다. 애초에 받은 형량 1년 6개월의 절반이 되고 만

것이다. 참 재수가 없으려니까 뒤로 넘어졌다가 코가 깨진 격이었다. 출소를 눈앞에 두고 하필 그런 놈이 우리 방으로 이감을 와서 이런 사달이 나다니…. 징역살이가 잘 풀리는가 싶다가도 결정적인 순간마다 어처구니없는 일이 벌어져 발목을 잡았다.

자칭 광주 건달은 그 일로 다른 교도소로 이감을 갔다. 나랑 같은 교도소에 놔두면 또 사고 날까 싶어서 그 친구를 이감 보낸 것이다. 어이, 엿 같네. 이것이 징역살이구나. 도망도 못 가….

나는 당분간 바깥세상을 잠시 잊고 이제부터 출소할 때까지 몸을 좀 낮추고 모범수로 살다가 나가야겠다는 생각으로 성실하게 교도소 생활에 임했다. 그러자 사식 담당 홍 부장도 기죽지 말라며 다시 외상도 주고 밀어주기 시작했다. 그렇게 시간이 흘러 어느덧 만기출소 날짜가 다가왔다.

방 안 사람들은 물론이고 공장 사람들도 잔치를 해주었다. 우리 제2 안테나 공장 반장인 제남이 형이 각 공장 반장들과 소지들을 불러서 공장에다 음식을 걸게 차려 출소 축하 잔치를 열어주었다. 담배도 한 대씩 피우고, 서로가 고생했다고 위로하는 가운데 총반장의 덕담이 있었다.

"우리 장호 아우처럼 첫 징역이면서 조직원도 없이 빽도 없이 저렇게 징역 잘 살고 나간 아우는 별로 없을 겁니다. 큰 박수로 우리 장호 아우의 출소를 축하해줍시다."

"감사합니다, 형님들 그리고 동료님들. 사회 나가면 꼭 서로 연락하고 살면 좋겠습니다. 다들 건강히 계시다가 나가시기 바랍니다. 감사합니다."

성대한 공장 잔치는 이렇게 화기애애하게 끝나고, 방 안에서는 식빵에다 버터를 발라 한 줄씩 나누며 고생 많았다고 서로 위로하는 조촐한 자리를 가졌다. 다들 봉사원인 나 때문에 배곯지도 않고 가끔 담배도 얻어 피우는 호사를 누렸다며 고마워했다.

"무슨 말씀을요? 여러분의 의리 때문에 추가 징역도 얼마 안 살고 그나마 어려움 속에서도 행복했습니다. 출소할 때까지 다들 건강하시고 출소하시면 오다가다 가리봉 환희다방에 꼭 한번 들러주십시오."

"네, 그렇게 하겠습니다."

이튿날, 방 동료들과 공장 사람들에게 작별인사를 하고 만기 방으로 들어갔다. 보통 만기 방에서 사흘쯤 머물다가 출소한다. 교도소에서는 재소자가 사회 복귀해서 무엇을 할 건지 여러 가지 차분하게 생각할 수 있도록 교도소와 사회의 완충지 개념으로 만기 방을 운영하는 것이다.

그러나 만기 방에 왔다고 반드시 출소한다고 장담할 수는 없다. 정말로 재수 옴 붙은 재소자가 가끔 나오기도 하는 것이다. 내야 할 벌금이 남아 있다든지, 추가로 누가 고소를 해서 다시 재판을 받고 추가 징역이 뜬다든지 하는 경우다.

만기 방에서 지내는 사흘 동안이 진짜 징역이다. 시간이 안 가도 너무 안 가니 징역도 그런 징역이 없다. 군대 제대 말년에 시간 안 가는 것은 저리 가라 할 정도일 것이다. 거울만 들여다보고, 앉았다 일어났다 좁은 방안을 왔다 갔다 수십 번을 반복하다가 억지 잠을 청하기도 한다. 그렇게 해서 사흘이 지나고, 드디어 출소하는 날 사식 담당 홍 부장이 일찌거니 만기 방으로 건너왔다.

"야, 장호. 오늘 분명히 너희 아버지 오실 거지?"

"예, 오실 겁니다."

"연락은 안 왔지? 오신다고."

"예, 원래 그런 분입니다."

아버지가 오셔야 외상값을 갚고 나갈 텐데, 돌아가신 아버지가 어떻게 오신답디여? 부장님. 나는 속으로 이렇게 뇌이며 미안한 마음에 다짐했다. 고마우신 우리 부장님, 외상값은 꼭 갚을게요. 이윽고 보안과장이 순시를 나왔다가 만기 방 앞에서 미적거리고 있는 우리를 보고 물었다.

"아니, 홍 부장. 이 친구는 내보낼 시간이 지났는데 왜 안 내보내고 있어?"

"아~ 예. 저 친구 아버지가 오신다고 해서요."

"아니, 저 친구가 소년수도 아니고. 시간이 지나서 재소자를 안 내보내면 우리가 다치는 것 몰라? 빨리 내보내요."

"네, 알겠습니다. 과장님."

홍 부장은 하는 수 없이 나를 보안과로 데려가 신상 카드 뽑고

용도과에서 작업 상여금과 2년 징역을 산 돈 이만 원을 받아주었다. 옷을 갈아입으려는데 살이 쪄서 바지가 들어가지 않고 웃옷도 맞지 않아서 궁여지책으로 예비군 군복을 구해 입고 교도소 호송 버스를 타고 원주역으로 갔다. 버스를 같이 타고 역까지 배웅 나온 홍 부장이 거듭 당부했다.

"장호야, 외상값 오십만 원 꼭 부탁한다."

"예, 부장님. 걱정하지 마시고 전화번호나 적어주십시오. 사나이 장호, 외상값은 안 주면 안 주었지 떼어먹지는 않습니다."

"뭐? 이놈아."

"하하하, 부장님. 농담입니다, 농담. 한 달 안에 꼭 보내겠습니다."

"그래, 잘 가라."

"예, 부장님. 건강하시고 그동안 정말 고마웠습니다."

그렇게 작별인사를 하고 원주역에서 청량리역으로 가는 기차표를 끊었다. 그리고 화장실에 가서 거울을 들여다보는데 어처구니가 없었다. 남들이 보면 이제 군 제대해서 예비군이 되어 고향으로 가는 줄 알겠다, 하하하.

수진이랑 친구들이 보내준 편지를 담은 종이가방을 손에 들고 청량리역에 내려 오랜만에 가락국수 한 그릇을 사 먹고는 영등포역으로 향했다. 이 년 징역살이 끝에 손에 쥔 돈 이만 원으로 식구들 만나면 소주 한잔해야지. 내 부푼 마음을 아는지 모르는지 기차는 잘도 달렸다.

청춘은 낙화처럼 날리고

어머니는 내 손을 놓아주고는 돌아서서 가는 나를 따라 동구 밖까지 나와서 손을 흔들었다. 그런 어머니를 보자니 눈물이 났다. 엄니, 아이고 울 엄니, 이 장호가 꼭 성공해서 효도할게요. 이런저런 상념에 잠겨 있는데, 고속버스가 어느새 서울을 행해 출발하고 있었다.

비껴가 버린 첫사랑

막상 영등포역에 도착하니 갈 데가 없었다. 어디로 먼저 가야지? 가리봉 환희다방을 먼저 가볼까? 아니면 대림동 친구들하고 방 얻어서 생활했던 데를 가볼까? 아니지, 사랑하는 수진이 집이 있는 신림동을 가봐야지. 그런데 수진이가 최근 한동안 소식이 없던 참이라 불안하기도 했다. 아이는 어떻게 됐을까? 나는 용기를 내서 버스를 타고 신림동 수진이네로 먼저 갔다. 벨을 누르자 수진이 어머니가 나온다.

"누구세요?"

"어머니, 저 장호입니다."

문이 열리고 나를 보자 반색을 한다.

"아이고, 이 사람아. 소식은 대충 들었네만, 어디 갔다가 이제 와?"

"네, 어머니. 죄송합니다. 수진이는 어디 갔습니까? 아이는요?"

"이리 앉아. 밥 차려줄게."

"아닙니다. 물이나 좀 주십시오."

나는 바짝 목이 탔다.

"응 그래. 그러니까 말이네, 뱃속 아이가 잘못되어서 병원에 갔다가 와서는 울고불고 멍하니 하늘만 보고 며칠 지내더니, 수진이가 집을 나가버렸네. 수진이 친구가 그러는데, 직장 그만두고 영등포에서 카페에 나간다던가? 술집에 나간다던가? 가끔 전화는 한 번씩 오고 집에도 안 들어온다네. 아이고~ 불쌍한 새끼들. 흑흑흑."

"어머니, 울지 마세요. 다 제가 잘못해서 그런 일이 벌어진 겁니다. 용서하십시오. 제가 한번 찾아보겠습니다. 그리고 수진이한테 전화 오면 가리봉 환희다방으로 연락 주라고 전해주십시오."

"그래, 자네는 어디로 갈 건가?"

"일단 시골에 가서 어머니 좀 안심시켜 드리고 다시 올라오겠습니다."

"그래, 우리 집 전화번호 적어 가게."

"네, 어머니."

"자네 자리 잡으면 꼭 연락하고…. 수진이 전화 오면 꼭 연락해줄게."

"네, 어머니. 건강하게 잘 지내고 계십시오."

"밥도 안 먹고 그냥 갈려고 하나?"

"네, 어머니. 밥은 조금 전에 먹고 왔습니다."

처량한 내 신세에 서러움이 복받친 나는 눈물이 왈칵 쏟아질 것 같아 수진이 집을 서둘러 나왔다.

아! 나의 사랑하는 수진아. 아가야. 흑흑흑. 밖으로 나오자마자 하염없이 눈물이 쏟아졌다. 뉘엿뉘엿 서산으로 해가 지고 있었다. 노을은 언제 봐도 아름답지만, 저리 서러울 줄은 이제 알았다. 버스를 타고 가리봉 환희다방으로 갔다. 가는 내내 버스 뒤창으로 쏟아져 들어온 붉은빛이 버스 안에 가득했다. 다방으로 들어가니 주인은 그대로인데 아가씨들은 다 바뀌어 있었다. 그래도 주인아주머니가 나를 알아보고 반갑게 맞아주었다.

"아이고, 이게 누구야? 장호 총각 아니여."

"네, 사모님. 잘 계셨어요? 장사는 좀 어때요?"

"장사야 예나 지금이나 똑같지."

"미스 박은 어디 갔습니까?"

"응, 지난해 이맘때 고향 원주로 내려갔어. 원주 중앙동에서 자기 언니랑 다방 한대."

"아, 그래요? 잘되었네요. 미스 박한테 신세 많이 졌는데 갚지도 못하고."

"그래, 미스 박이 장호 총각을 많이 좋아하는 눈치더라. 자네 사고 났을 때 미스 박이 나한테 가불해간 거 알아? 자네 합의금 주려고, 하하."

"아~ 예. 알고 있습니다. 돈 벌어서 갚아야지요. 우리 친구들하고 아우들은 안 옵니까?"

"응, 요즘 통 안 보여. 계엄령에다 불량배들 순화 교육 보낸다
고 군인들하고 경찰관들이 왔다 갔다 한 뒤로는 우리 다방에 안
오네, 아예. 장호도 고생 많았지? 그런데 고생한 사람이 무슨 살
이 그렇게 많이 쪘어?"

"교도소에서 많이 먹어서 얼굴하고 몸이 부었습니다."

"그랬구먼. 어디 아픈 데는 없고?"

"예, 멀쩡합니다."

"내가 차 한 잔 줄게, 마셔."

"네, 감사합니다."

김이 모락거리는 커피를 사이에 두고 주인아주머니는 내가 없
는 사이의 일들을 조근조근 들려주었다.

"야, 경식아. 어디냐?"

"아, 장호 형. 나 영등포요."

"영등포에서 뭐 해?"

"나 운동 때려치우고 디스코텍 영업부장 하고 있어요. 형은 언
제 나왔어요?"

"이틀 됐다."

"형, 우리 가게로 저녁때 놀러 오세요. 술 한잔하게요. 이쁜 여
자들 많이 옵니다."

"알았다. 시간 내서 들릴게. 몇 시에 출근하냐?"

"저녁 여섯 시요."

"오케이. 일곱 시쯤 갈게."

"알았어요, 형. 이따 봐요."

나는 영등포로 나가 복싱 후배인 경식이를 만나 저녁을 먹기로 했다.

"형, 고생 많았지요."

"고생은 뭔 고생? 징역이 다 그런 거지."

"아, 그런데 그 예비군복은 또 뭐요?"

"하하, 쪽팔려서 말을 못 하겠다."

"왜요?"

"들어갈 때 벗어놓은 사복을 살이 쪄서 못 입고, 교도소에서 이 예비군복을 얻어 입고 나왔다."

"하하, 그래요. 형, 내가 내일 옷 한 벌 사줄게. 갈아입으시오."

"어 이 사람아, 아우가 뭔 돈이 있다고? 오늘 이렇게 그동안 꿈에서나 보던 삼겹살 사준 것만 해도 고마운데."

"하하. 아니어요, 형. 운동할 때는 돈이 없었는데 디스코텍 영업부장 하면서는 월급도 받고 가끔 팁도 생겨서 괜찮아요."

"고맙지만, 마음만 받을란다."

"아이, 형은 이 아우 마음도 몰라주고 뭔 그런 고집을 부리고 그래요."

"그래. 고마워, 아우. 가게는 어디쯤 있어?"

"저쪽 먹자골목 입구에 있어요."

"그래, 가게 구경이나 가보세. 맥주나 한잔하게. 옛날 우리 친구가 맥주가 영어로 뭐냐고 물어서 내가 오비지 뭐여, 해서 많이 웃었는데."

"하하하, 그럽시다, 형."

그랑프리 디스코텍으로 들어가니 아직 초저녁이라 그런지 손님이 두세 테이블밖에 없었다. 나는 룸으로 들어가 아우랑 간단하게 맥주 한잔하고 홀로 나왔다. 화장실에 가려는데, 플로어에서 여자 둘이 춤을 추고 있는 모습이 눈에 띄었다.

오랜만에 보는 모습이라 화장실에 가다 말고 물끄러미 바라보고 있는데 그중 한 여자의 낯이 익었다. 그러면서 공연히 가슴이 콩닥거렸다. 혹시…? 플로어 가까이 다가가서 살펴보는데, 아니나 다를까 내 짐작이 맞아떨어졌다. 그리운 내 사랑 수진이다. 순간, 온몸에 힘이 풀린 나는 다리가 후들거렸다. 잠긴 목을 가까스로 틔워 수진일 불렀다.

"야~ 수진아!"

수진이는 자기를 부르는 소리에 고개를 돌리더니 나를 보고는 소스라치게 놀라 그 자리에 주저앉고 말았다. 나는 수진이 손을 잡아 일으키면서도 믿기질 않아 새삼스럽게 물었다.

"너 수진이 맞지?"

수진은 눈물을 글썽이면서 천천히 고개를 끄덕였다. 나는 수진이 손을 잡아끌고 룸으로 들어갔다.

"야, 수진아. 이게 어찌 된 일이냐? 아이는 어떻게 됐어?"

그러자 수진이는 두 손으로 얼굴을 가리고 서럽게 울기 시작했다.

"수진아, 진정하고 말 좀 해봐. 자, 한잔 마시고 진정해."

"저어, 장호 씨. 정말 미안해요. 아이가 중간에 잘못되었어요."

"뭐라고? 왜 그랬어?"

"흑흑흑, 내가 스트레스를 너무 많이 받아서 술을 많이 마셔서 그랬나 봐요."

"그런다고 애가 잘못돼? 말이 안 되잖아."

그때 문이 열리면서 남자 둘과 여자 하나가 들어왔다.

"어이~ 군바리, 술 취했나? 왜 남의 여자를 강제로 데리고 들어와? 이 새끼가 죽을라고 환장을 했나?"

"아, 예. 그게 아니고요. 이 여자분 친구를 내가 좀 아는데, 그 친구 좀 알아보려고 얘기 잠깐 하는 중이니 잠시만 시간을 주시면 안 되겠습니까?"

"야 이 군바리 새끼야. 니가 뭔데 우리보고 나가 있어라, 말아야? 이 건방진 새끼야."

"근데 내가 군바리가 아니고 사흘 전에 교도소에서 출소했는데 아직 사복 입을 시간이 없어 이 옷을 입고 있습니다. 이해 좀 해주십시오."

"뭐, 교도소? 야 이 새끼야, 누구는 왕년에 교도소 안 갔다 온 놈 있냐? 이 새끼가 뻔데기 앞에서 주름 잡고 있어. 야 이 새끼야, 너 일어나 봐."

나는 그 순간 아무것도 안 보였다. 맥주병을 양손에 들고 일어 나 두 놈의 대가리를 내려치고 깨진 맥주병으로 배때기를 쑤셔 버렸다. 그러자 둘 다 쓰러지는 가운데 여자랑 수진이는 도망가 고 룸 안이 난장판이 되어버렸다. 영업부장 경식이가 놀라서 뛰 어들어왔다.

"아니, 형. 이게 어찌 된 거요? 이 새끼들 영등포에서 생활하는 똘마니들인데 큰일나부렀소. 형, 빨리 짭새들 오기 전에 튀시오. 뒷일은 내가 알아서 할게요."

"알았다, 경식아. 미안하고 고맙다. 세상이 왜 이리 갈수록 힘 드냐?"

가게 밖으로 나온 나는 한길에 벌러덩 드러누워 버렸다. 모든 것이 귀찮고 세상을 포기하고 싶었다. 그렇게 누워있는데 행인 들이 보고는 혀를 찼다.

"저 미친 군바리 새끼 봐라. 초저녁부터 술에 취해 뻗어 있구 먼. 나라가 어찌 되려고 그러는지 원, 쯧쯧."

나는 술 취해 자빠진 군바리 하나 갖고 무슨 나라 걱정씩이나 하는지 가소로웠지만, 순간 그 소리에 정신이 번쩍 들었다. 여기서 잡히면 안 된다. 뛰어야지. 나는 비틀거리며 일어나 종이봉투를 챙겨 들고 뛰기 시작했다. 문래동을 지나 옛날에 하숙했던 도림동 고가도로를 넘었다. 그리고는 너무 숨이 차서 서서히 걸어가다 보니 구멍가게가 보였다. 나는 소주 한 병, 오징어 한 마리, 라이터랑 담배 한 갑을 사 들고 고가도로 밑으로 자리를 옮겼다. 자리를 잡고 앉아 종이봉투를 열어 교도소에 있을 때 받은 편지를 꺼내 불을 피웠다. 그 불에 오징어를 구워서 소주를 병째 들이마셨다.

찬 소주가 싸하니 내려가면서 답답한 숨길을 텄다. 그 숨길을 타고 새삼 설움이 복받쳤다. 이윽고 꺽꺽, 울음이 터졌다.

"수진아, 불쌍한 나의 아가야. 꺽! 꺽! 꺽!"

한참을 소리쳐 울다가 빈 소주병을 고가도로 벽에다가 힘껏 던져 깨버렸다. 다시 한참을 울다가 웃다가 미친놈처럼 소리를 질러댔다.

"하나님! 어디 말 좀 해보씨요. 내가 고작 이 나이에 뭔 죄를 그라고 크게 지었다고, 이라고 못 살게 하요? 어디 입이 있으면 말 좀 해보란 말이요!"

눈물 콧물 범벅이 되도록 쌓인 눈물을 펑펑 쏟아낸 나는 가까스로 정신을 가다듬고 비틀거리며 택시를 잡아탔다. 가리봉동 여인숙 앞에 내려 근처 가게에서 소주 한 병을 사 들고 여인숙 방을 하나 얻어 들어갔다. 너무 괴로워서 도저히 맨정신으로는 잠을 잘 수가 없을 것 같았다. 나는 깡소주를 병째로 비워버리고는 그대로 쓰러져 잠이 들었다.

이튿날, 일어나보니 해가 중천이었다. 속은 쓰리고 머리는 지 끈지끈 아픈 데다 온몸이 욱신거렸다. 어제의 일들이 꿈만 같다. 내 사랑 수진이가 아이를 안고 웃으면서 장호 씨, 하고 저 문으로 들어올 것만 같다.

나는 머리를 세차게 흔들고 일어나 찬물에 샤워하고 몸을 추슬 렀다. 가만 생각해 보니 수진이 탓할 일도 아니었다. 모든 게 그 렇게 버려두고 징역살이 간 내 잘못이었다. 내가 징역만 안 가고 수진이를 챙겼으면 아기가 잘못될 일도 없었다. 그래, 수진이 문 제는 다시 생각하기로 하고 우선 새 출발을 하자. 그러려면 자나 깨나 자식 걱정에 잠 못 이룰 고향 어머니 얼굴이라도 좀 보고 올 라오자.

나는 그 길로 영등포역으로 나가 순천행 열차에 몸을 실었다. 차창을 내다보는데, 어제 나한테 병으로 찔린 놈들이 걱정되었 다. 그 새끼들 설마 죽지는 않았겠지, 일부러 배를 찔렀으니까. 그 가게 영업부장 경식이 아우도 걱정되었다. 나중에 가까스로 경식 이와 연락이 닿아 물어봤더니 그때 상황을 상세히 들려주었다.

경찰이 들이닥치고 구급차가 다친 친구들을 병원으로 실어 갔 다. 좀 있으니 다친 친구들과 같은 패거리가 가게로 쳐들어와 경식이를 끌고 나가더니 발길질을 해대며 윽박질렀다.

"야 이 새끼야. 그 군바리 새끼가 너하고 어떤 사이야? 똑바로 말해!"

몇 대 얻어맞은 경식이는 처음 온 손님인데 모르는 사람이라고 잡아뗐지만, 패거리가 계속 깽판을 치자 경찰에 신변 보호를 요청했다. 그리하여 파출소로 가서 참고인 조사를 받고 나와 택시를 타고 일단 안양으로 몸을 피했다.

이후 상황은 경식이도 모른다고 했다.

언제 가도 푸근한 고향

동순천역에 내린 나는 시내버스를 타고 동네로 들어 갔다. 마을 입구를 지키고 있는 당산나무는 그대로 변함이 없는데, 2년여 만에 고향 동네에 들어서니 왠지 낯설고 멋쩍었다. 들머리 가게에 들러 어머니가 좋아하는 막걸리랑 사과를 좀 사 들고 집으로 들어서면서 어머니를 불렀다.

"엄니! 나 왔어요. 장호가 왔단 말이요."

그 소리에 안에서 문이 열리더니 어머니가 나왔다.

"누구요?"

"장호요, 엄니."

"아이고, 내 새끼가 왔구나! 아이고, 얼마나 고생했냐!"

"고생은 무슨 고생이요? 엄니가 못난 아들 때문에 고생했지요."

"어여 들어와. 밥 차려줄게."

"네, 엄니."

어머니와 모처럼 밥상을 마주한 나는 사발에다 막걸리를 한 잔 가득 따라 드렸다.

"엄니, 그동안 불효한 거 용서를 비는 마음으로 한잔 드리니 쭉 드십시오."

"그려. 이제 정신 좀 차리고 살아야지. 장호 니도 한잔해라."

"네, 엄니. 우리 건배합시다."

어머니와 나는 막걸릿잔을 들어 쨍~ 건배를 하고는 쭉 들이켰다.

"엄니, 진지도 많이 드세요."

"그래, 니도 많이 묵어라."

"네, 엄니."

식사를 얼추 마치자 어머니는 미뤄둔 얘기를 꺼냈다.

"장호야, 느그 엄니도 이제 살 날이 얼마 안 남았다. 니 중학교 다닐 때 시내에서 비단장사 집 딸, 정숙이 말이여. 통통하니 이쁘게 생긴 애하고 여기서 결혼하고 살면 안 되겠냐? 공장이라도 댕기면서. 그 처자가 아직도 명절 때면 꼭 나를 찾아와 니 안부를 묻고 가더라."

"아, 그래요. 살은 좀 빠졌던가요? 얼굴은 이쁜데 가시내가 살이 너무 쪘어요."

"야, 그래도 애는 잘 낳겠더라."

"하하하, 엄니도."

중학교 다닐 때 남학생 다섯, 여학생 다섯이 친구로 자주 어울려 다녔는데 나는 그중 한 여학생을 마음속으로 좋아했다. 그런데 무슨 운명의 장난인지 그 여학생은 다른 친구를 좋아해서 말도 못 붙이고 그저 바라만 보았다. 그렇게 다들 제각각 짝이 지어지고 마지막 남은 여학생이 바로 어머니가 말한 비단장사 집 딸 정숙이었다. 마음씨도 착하고 집도 부자인 정숙이는 내가 귀엽고 착하다고 나를 찍어서 내 짝꿍이 되었다. 그 애가 뚱뚱하다 보니까 붙어 다니면 남 보기에 좀 창피해서 내가 조금 떨어지기라도 하면 야! 같이 가, 하면서 뛰어와 팔짱을 끼거나 내 손을 꼭 잡곤 했다.

그렇게 세월이 흘러 청년이 된 내가 서울에서 점원으로 일하다가 명절 때 고향에 내려오면 정숙이는 꼭 우리 집에 와 있었다. 우리 어머니와 둘이 다정하게 이야기도 하면서 나물도 다듬어주고 명절 음식 준비하는 것도 거들곤 했다. 나는 그때마다 그 친구 이름도 안 부르고 퉁바리를 놓았다.

"야 이 가시내야. 느그 집 일이나 도울 것이지, 뭐 하러 남의 집에 와서 그러고 있냐?"

"응? 왔어? 근데 정숙이라는 이름 놔두고 가시내가 뭐냐? 너는 내가 안 보고 싶었냐?"

"뭘 보고 싶어?"

"그래. 우리 집은 딸이 셋이고, 언니 둘이 위에 있어서 언니들이 도와주고 나는 할 일이 없어서 혼자 있는 느그 엄니 좀 도와주러 왔다. 왜, 떫냐?"

"치이, 그러면 몰라도."

"야 이놈아. 야같이 착한 애가 어딨다냐? 서울 가서 엄한 데 눈 돌리지 말고 야랑 결혼해."

"아이 엄니도 참. 뭔 결혼은 벌써 결혼이다요?"

"니는 여자 볼 줄을 몰라서 그래, 이놈아. 야가 얼굴도 예쁘지 몸도 건강하지, 애도 쑥쑥 잘 낳게 안 생겼냐."

"하하, 엄니는 하여튼 못 말려. 자리 좀 잡거든 생각 좀 해볼 게요."

"야 이놈아. 누가 채가기 전에 얼른 결정해."

"네 엄니."

명절 때마다 정숙이를 두고 어머니와 나 사이에 오가는 대화 레퍼토리다. 때마다 명절은 새롭게 와도 우리 레퍼토리는 하나도 달라지지 않았다.

고향에서 어머니와 지내며 심신을 추스른 나는 한 열흘쯤 지나자 좀이 쑤셔 견딜 수가 없었다.

"엄니, 엔간히 쉬었으니 인자 서울 올라가 볼라요."

"뭐여? 이놈아. 엄니 말귀를 못 알아듣고 금세 또 서울 타령이여. 가서 뭘 해묵고 살라고?"

"서울 가서 장사나 하게 논이나 한 마지기 팔아주세요."

"야 이놈아. 날 죽이고 팔아서 올라가라. 이 못된 놈의 새끼야."

"죄송해요, 엄니. 나한테도 다 생각이 있고 꿈이 있어요."

"뭔 꿈? 이놈아. 꿈 깨."

"고향에서 겨우 야간 중학교 다니다 교복이 입고 싶어 기술 중학교로 전학을 가서 중학교도 제대로 못 나온 놈이 여기서 할 일이 뭐 있어요? 철공소 직공 아니면 노가다 말고."

"야 이놈아. 또 서울 가서 깡패 할라고? 그래서 테레비에 나온 것이 자랑이냐?"

"엄니, 나도 인자 서울 생활에 조금 적응했으니까 한 번만 더 믿어주세요."

"나는 못 믿어, 이놈아."

그러고도 고향 집에서 며칠 더 지내다 보니까 답답하기도 하고, 역마살이 도져 미칠 지경이었다. 동네 사람들이 쳐다보는 눈길도 곱지 않고, 어쩌다 시내라도 나가보면 선배들이 재미를 붙였는지 볼 때마다 놀려댔다.

"야, 아이스께끼 장사! 너 많이 컸더라. 뭐 테레비에 나오는데 니가 무슨 장호파 두목이라고? 너같이 대도 없고 순한 놈이? 하하하! 참새가 웃을 일이다."

"형님, 짭새들이 실적 좀 올릴라고 나 같은 놈 잡아다가 무슨 조직폭력배니 깡패니 한 거지요. 이번에는 올라가서 깡패 그만하고 노식이 형님처럼 영화배우나 한번 해볼랍니다."

"그래, 차라리 그것이 낫겠다. 장호야, 오랜만에 만났으니까 웃장터 가서 니나놋집 들어가 쏘콜이나 한잔하자."

"네, 그러시죠, 형님."

"그리고 말이야, 너 생활하려면 우리 중앙파에 호적을 묻어라. 서울 건달들이 너 순천 어디서 생활했어? 하고 물어보면 웃장파보다는 우리 중앙파가 더 안 낫것냐, 하하."

"예, 형님. 감사합니다."

나는 웃장터 니나놋집에 따라가서 추억의 향수 어린 쏘콜을 마시면서 젓가락으로 장단을 맞추며 아가씨들과 노래를 목 터지게 불러댔다.

"목이 메인 이별가를 불러야 쓰겄냐, 돌아서서 피눈물을 흘려야 쓰겄냐."

"브라보, 잘한다! 앵콜! 야, 장호. 한 자락 더 해라."

"형님, 더는 아는 게 없는디요."

그러자 옆에 앉은 아가씨가 간드러지게 노래를 이어받았다.

"메아리 눈물고개, 임이 넘던 이 고개여. 한 많은 메아리 고개."

"잘 한다, 앵콜!"

우리는 그렇게 쏘콜에 취해 몸을 가누지도 못하고 흐느적거리며 니나놋집을 나섰다.

"형님, 오지게 잘 먹었습니다. 친구야, 즐거웠다. 형님 언제 서울 오시면 시원하게 대접해 드리겠습니다. 내가 꽉 잡고 있는 가리봉동에 오시면 이쁜 아가씨들 많습니다."

"알았다 아우야. 너 자리 잡으면 이 성이 연락하고 꼭 한번 갈게."

"네, 형님. 알겠습니다."

나는 비틀거리면서 노래를 흥얼거리며 동네로 올라갔다. 어머니가 안 자고 나를 기다리고 있다가 원맨쇼를 하며 올라오는 내 등판을 치고는 퉁바리를 놨다.

"야 이놈아. 지금이 몇 신데 술도 잘 못 묵는 놈이 무슨 술을 이렇게 많이 처묵고 댕겨, 이놈아."

"엄니, 죄송하구만요. 얼른 주무세요."

"이놈아, 네가 니놈 때문에 제 명에 못 살겠다."

그렇게 며칠이 또 지났다. 어머니는 나를 조용히 부르시더니 노란 봉투 하나를 내밀었다.

"야, 장호야. 이리 와서 앉아봐라. 니놈 때문에 논 한 마지기를 아는 친척한테 싸게 팔았다. 이거 이백만 원이니까 야물게 챙겨라. 니 말대로 올라가서 이걸로 장사라도 해봐라. 여기 정숙이가 그렇게 싫으면 명절 때 혼자 오지 말고 참한 색시감이랑 같이 오거라."

"네, 엄니. 참말로 감사해요."

"잘 해 이놈아."

"네, 엄니."

"암만 봐도 비단장사 집 딸만 한 색시가 없더구먼. 참하고 성격 좋고."

"네, 엄니. 생각 좀 해볼게요."

나는 말만 생각해 본다고 했지, 정숙이랑 결혼하는 걸 한 번도 진지하게 생각해 본 적이 없었다. 정숙이가 아무리 나를 좋아했어도 마음 없는 사내를 무한정 기다릴 수만은 없는 노릇이라 결국 다른 남자 만나서 떠나고 우리 인연은 그것으로 끝이었다.

세월이 흘러 이십 년 만에 중년이 되어 초등학교 체육대회에 갔다가 정숙이를 만났다. 아니? 정숙이가 이토록 날씬하고 예뻤던가. 나는 놀란 나머지 그런 정숙이를 넋을 잃고 한참이나 쳐다보았다.

"장호야, 뭘 그리 뚫어지게 쳐다봐? 이쁜 여자, 처음 봐?"

"아니, 내가 아는 그 정숙이 맞나 싶어서…. 와~ 무슨 선녀 같아."

"아이고, 지랄한다. 언제는 뚱뚱해서 싫다더니…. 하여튼 장호야, 고맙다."

"뭐가?"

"장호 니가 나 딱지놓은 덕분에 더 좋은 사람 만나서 잘살고 있으니까, 호호."

나는 그런 정숙이를 보면서 기분이 묘했지만, 한편으로는 기분이 무척 좋았다. 그날 우리 오랜 친구들은 서로 안부를 묻고, 술도 한잔하고, 어울려 노래도 하면서 애틋한 우정을 남긴 채 내년을 기약하고 헤어졌다. 이후로 그 기약은 해마다 지켜지고 있다.

고향에서 보낸 마지막 밤이 가고 아침이 밝았다. 걸게 차린 아침을 먹은 나는 간밤에 챙겨놓은 가방을 메고 사립을 나섰다. 어머니는 부여잡은 내 손을 좀처럼 놓지 못했다. 또 그놈의 서울에 간다니 걱정부터 앞선 것이다.

"엄니, 인자는 진짜로 사고 안 치고 착실하게 살란께 걱정하지 말고 이만 들어가세요."

"장호야, 꼭 그래야 써."

어머니는 내 손을 놓아주고는 돌아서서 가는 나를 따라 동구 밖까지 나와서 손을 흔들었다. 그런 어머니를 보자니 눈물이 났다. 엄니, 아이고 울 엄니, 이 장호가 꼭 성공해서 효도할게요. 이런저런 상념에 잠겨 있는데, 고속버스가 어느새 서울을 행해 출발하고 있었다.

가리봉동 옷 장사 찍고
부산에서의 막노동

서울을 향해 달리는 버스에 앉아있자니 생각은 많은데 올라가면 당장 뭣부터 해야 할지 막막했다. 대전휴게소에 도착하여 화장실에서 볼일을 보고 나오니까, 내가 탔던 버스가 보이지 않았다.

놀란 나는 버스를 찾느라 이리 뛰고 저리 뛰다가 저쪽 끝 주유소 마당을 보니 버스 한 대가 비상등을 켜고 서 있었다. 땀을 뻘뻘 흘리며 가까이 가서 보니 우리 버스가 맞았다.

나는 버스에 오르면서 기사한테는 죄송하다고 고개를 숙였다. 그러나 내 자리로 와서는 옆자리 아저씨한테 대뜸 큰소리로 퉁바리를 놓았다.

"아저씨, 옆에 사람이 안 탔으면 버스를 출발시키면 안 되는 것 아닙니까?"

그러자 아저씨는 어이가 없다는 표정으로 쳐다보더니 냅다 소리를 질렀다.

"이봐, 젊은이. 지금 여기서나마 내가 젊은이 올 때까지 버스를 잡아놓은 거여. 고맙다는 말은 안 하고 어디서 큰 소리여? 큰 소리가."

순간, 나는 크게 실수했다는 걸 깨닫고 얼른 고개를 숙였다.

"아, 예. 죄송합니다. 저는 그것도 모르고…. 무례를 용서하십시오."

아저씨는 성격이 선선한지 사과를 듣자 더는 탓하지 않았다. 나는 그런 통에도 선반에 올려놓은 가방 속의 돈이 무사한지 걱정되었다. 다른 물건을 찾는 척하고 가방을 열어 확인했더니 다행히 돈은 그대로 있었다.

"휴~."

안도의 한숨을 내쉬고 자리에 앉아 지그시 눈을 감고 있자니, 이 돈이 우리 어머니 한숨이구나 싶었다. 서울에 도착해서는 먼저 가리봉 환희다방으로 갔다. 다들 반갑게 맞아주는 가운데 주인아주머니를 비롯하여 다방 종업원 모두에게 쌍화차를 한 잔씩 돌렸다.

"장호 총각, 고향에는 잘 갔다 왔는가?"

"네, 사모님."

"이제 무슨 일을 할 건가?"

"우선 뭐 손수레 장사라도 해봐야지요. 동대문 시장에서 옷이나 좀 떼다가 팔아볼랍니다."

"술집 지배인 일 해본다더니, 그건 접은 거여?"

"아직 어린 나이라며 누가 써줘야 말이지요. 하하하."

"그래. 장호 총각, 나도 응원할 테니 열심히 해 봐."

"네, 사모님. 감사합니다."

인사를 마치고 다방을 나온 나는 다리 건너 광명시로 가서 부동산에 들러 방을 알아봤다. 다행히 보증금 오십만 원에 월세 오만 원짜리로, 괜찮은 방이 하나 나와 있었다. 방을 계약하고 옛날 친구들과 아우들을 수배하기 시작했다.

맨 먼저 주정진을 만나게 되었다. 고향이 고흥으로, 주걸취라는 별명을 가진 친구였다. 인물은 영화배우 뺨치게 훤칠한데 술만 취하면 꼭 거지 같이 행동한대서 붙은 별명이었다.

"어이, 걸취. 잘살고 있었는가?"

"아이고, 이 사람아. 고생 많았지?"

"고생은 뭔 고생? 군대 갔다 왔다고 생각해야지. 자네는 요새 뭐 해?"

"쬐깐한 회사에 다니는데 적성이 안 맞네."

"그래, 그럼 회사 때려치우고 나하고 장사나 한번 해볼까?"

"뭔 장사?"

"옷 장사나 한번 해볼라고."

"그래, 그럼 나하고 같이 하세. 콧구멍만 한 회사에 종일 붙들려 살려니 도무지 좀이 쑤셔서…. 아우들은 연락들 하고 사는가?"

"응. 전두환이 대통령 취임식 끝나고 계엄령도 해제되고 해서 살벌했던 분위기가 좀 누그러지니까 한 놈 두 놈 다시 보이기 시작하대. 하여튼 아우들은 보고 싶지만, 우리가 장사 시작해서 기반이 잡히면 만나기로 하고, 열심히 한번 해보세. 나도 장사는 어릴 때 아이스께끼 장사 한번 해보고 이번이 처음이라 조금은 창피하기도 하고 좀 부담스럽지만, 얼굴에 철판 깔고 한번 해보드라고."

"하하. 그러세, 까짓것."

우리 두 사람은 그렇게 의기투합해서 동대문에서 옷을 떼어다 손수레에 싣고 다니면서 옷을 팔기 시작했다. 처음 한두 달 동안은 옷도 그럭저럭 팔려 장사가 잘되는 듯한 데다가 공단 아가씨들하고 농담도 하고 노는 맛도 있어서 장사하는 재미가 쏠쏠했다.

그 무렵은 '국풍 81'이라는 관제 행사가 한창이던 때라서 우리는 '국풍 81' 마크가 새겨진 옷이랑 마크가 없는 저렴한 옷을 떼어다 팔았다. 그런데 두세 달 지나서 무슨 영일레븐이나 플레이보이 같은 마크가 새겨진 옷들이 쏟아져 나오기 시작하니까 우리 옷은 판매가 뚝 떨어져 재고처리 하기에 바빴다.

"어이, 걸취. 이것이 뭔 날벼락이당가? 이대로 가다가는 손해만 더 봐불겠네. 원가에 다 팔아치워 불고 장사 때려치우세. 그러고 나는 부산이나 어디 내려가서 아파트 공사장 노가다나 좀 하고 와야 쓰겠네."

"그러게 말이시. 살면서 좋은 경험 했다고 생각하세. 그나저나 장호, 고향 논 팔아서 가져온 구렁이 알 같은 돈 아까워서 어떡하냐?"

"할 수 없지 뭐. 우리가 언제 장사를 해봤는가? 옷이든 뭐든 장사는 경험이 많아야 해묵지. 하하하."

손수레와 재고 옷을 처분하고 장사를 접은 우리는 남은 돈을 들고 그날 저녁에 룸살롱으로 가서 양주를 시켜 마시면서 노래도 부르고 춤도 추면서 실컷 놀았다. 그 놀자판 끝에 우리 둘 다 뜨거운 눈물을 주먹으로 훔치면서 서럽게 울었다.

다음날 정신을 차리고 일어나 걸취에게 어제 말한 부산 얘기를 진지하게 꺼냈다.

"어이, 걸취. 어제 말한 부산 가는 거 말인데…. 아우 한 명 같이 데리고 바람도 쐴 겸 내려갔다 오세. 우리 친구 형이 거기 아파트 공사 현장에 파이프 공사를 하청받았나 봐. 거기 가서 노가다 하면서 바닷바람도 좀 쐬고, 재수 좋으면 경상도 가시내도 사귀어보고…. 하여튼 머리 좀 식히고 올라오세."

"그러지 뭐, 친구. 노가다 그거 힘들지 않을까?"

"여기서 쪽팔리게 장사하는 것보다는 낫겠지."

"그래. 언제 내려가게?"

"복덕방에 얘기해놨으니까 방 빠지는 대로 내려가지 뭐."

"그래, 친구. 친구 따라 강남 간다고, 친구 만나서 별일을 다 해보네. 하하하."

며칠 지나 방이 빠졌다. 나는 환희다방에 들러 주인아주머니한테 잠깐 부산에 볼일 좀 보러 내려 갔다 온다고 인사하고, 원호 형한테도 따로 인사를 했다.

"형님, 저희 없는 동안에 동네 잘 지키십시오. 형님 만났댔자 맨날 술이나 사주지 용돈 한 푼 안 도와주니까 배고파서 일거리 찾아 저희는 부산 내려갑니다. 가서 바람 좀 쐬고 오겠습니다."

"야 장호야, 너하고 형준이만 갔다 오고, 걸취는 나랑 여기서 술이나 먹고 나와바리 지키는 게 좋지 않을까?"

"아이고, 우리 속없는 형님. 어떻게 깡패가 술만 먹고 산다요? 이런저런 경험 좀 하고 살다 보면 또 때가 오겠지요. 하여튼 형님, 갔다 올 동안 건강하게 잘 계십시오."

"응, 그래. 형이 삼겹살 살 테니 이따가 나가서 소주나 한잔 하자."

"예, 형님."

땅거미가 질 무렵 우리는 거리로 나왔다. 가리봉동에는 변변한 산도 강도 없다. 허허벌판에 세워진 공단 도시다. '가리봉동(加里峰洞)'은 주위의 작은 봉우리가 이어진 곳에 있는 마을이라 해서 붙여진 이름이란다. 이제 그런 작은 봉우리들조차 다 깎여나갔는지 흔적도 없다.

서서히 덮이는 어둠 위로 작은 불빛들이 꽃처럼 피어나고 서쪽 하늘이 벌겋게 달아오르더니 이내 캄캄해졌다. 우리는 근처 고깃집을 찾아 들어가 삼겹살에 소맥을 나눠마시며 또 아쉬운 작별을 준비했다. 하루빨리 만날 것을 기약했지만, 기약 없는 기다림이 또 언제 운명의 목을 죌지 알 수 없는 게 인생이었다.

"장호야, 걸춰야, 형준아. 전화 자주 하고 건강해라."

"예, 형님."

이튿날, 우리는 부산행 열차에 몸을 실었다. 부산은 말만 들었지 처음이었다. 부산역에 도착하여 연산동 가는 버스를 타고 친구 형이 자취하는 집 주소를 물어물어 찾아갔다.

"아이고, 형님. 오랜만입니다."

"그래, 장호 동생. 용케 잘 찾아왔구나."

"예. 형님. 여기는 친구 주걸춰라고 하고요, 그리고 여기는 광주 아우인데 형준이라고 합니다."

"그래, 둘 다 덩치들이 좋구마. 나는 용구라고 하네. 만나서 반갑네, 아우들."

"예, 형님. 저희도 반갑습니다."

"야, 장호야. 아파트 가스 배관공사가 일단 파이프 두 개씩을 양어깨에 메고 계단을 오르는 힘든 일인데, 할 수 있겠냐?"

"예, 형님. 죽기 아니면 까무러치기지요, 뭐."

대답은 호기롭게 했지만, 막상 다음날 아파트 현장으로 가서 양쪽 어깨에 파이프 하나씩 두 개를 메고 15층 계단을 오르는데, 장난이 아니었다. 무게에 짓눌려 다리가 다 후들거렸다. 그렇게 사흘째 되는 날, 나는 너무 힘들어 파이프를 13층에 내려두고 15층으로 올라와 시멘트 부대를 바닥에 깔고 시원한 바람을 맞으며 잠깐 누워서 쉰다는 게 그만 잠이 들고 말았다.

한참 만에 깨어 1층으로 내려가 현장 사무실로 들어가니 용구 형이 많이 찾아다닌 눈치다.

"야, 장호야. 안 보여서 걱정했잖아. 어디 있었냐?"

"죄송합니다, 형님. 너무 힘들고 더워서 15층에 올라가 그늘에서 좀 쉰다는 게 잠이 들었습니다."

"야, 인마. 너만 힘드냐? 걸춰랑 형준이는 힘들어도 묵묵하게 열심히 하는데, 너만 벌써 농땡이를 치고 그래. 너 혹시 밥은 할 줄 아냐?"

"예, 형님. 제가 밥 하나는 기똥차게 합니다."

"찌개도 끓일 줄 아냐?"

"그럼요, 형님. 맛있게 잘 끓입니다."

"그럼 너는 내일부터 현장 나오지 말고 안에서 밥이나 해라. 밑반찬은 시장에서 사고, 밥하고 찌개나 국만 끓여."

"알겠습니다, 형님."

옆에 있던 걸취가 고개를 설레설레 저었다.

"형님, 아무래도 장호 음식 솜씨를 못 믿겠는데요."

"아 이 친구야, 무슨 말씀을? 내일 일단 먹어보고 얘기하시게."

"하여튼 장호, 자네는 인자 살게 되어부렀네."

"그래, 친구 좋다는 게 뭔가. 좀 봐주시게."

"에이 이 사람아, 이렇게 나약한 모습이나 보여주려고 부산까지 노가다 하러 내려오자고 했는가? 형준이 아우 보기 창피하네."

"형준아, 미안하다."

"형님이 우리 오야봉이신디 좀 편하게 하셔야지요."

"그래, 형준아. 고맙다, 하하하."

다음날, 다들 일하러 나가고 혼자 남아 식사 준비를 하려니 막막했다. 덮어놓고 밥도 잘하고 찌개도 잘 끓인다고 거짓말을 해놨으니, 무슨 똥배짱인가 싶었다. 하여튼 밑반찬은 시장에서 사다 놓은 것이 있고, 밥은 대충 안치면 먹기야 하겠지만 찌개가 문제였다. 환희다방 주인아주머니나 순천 사촌 형수한테 전화로 물어볼까, 하는 생각까지 들었다. 머리를 감싸 쥐고 별의별 궁리를 다 하고 있는데, 근처 다방 전화번호가 적힌 스티커가 벽에 붙어 있는 게 눈에 띄었다.

'아하, 바로 그거야.'

나는 회심의 미소를 짓고는 그 번호로 일단 커피 두 잔을 시켰다. 금세 다방 아가씨가 배달을 왔다. 한 잔은 내가 마시고 한 잔은 아가씨한테 권하면서 슬쩍 물었다.

"아가씨, 실례지만 혹시 된장찌개 좀 끓일 줄 압니까?"

그러자 아가씨가 뜬금없다는 표정으로 쳐다보았다.

"와예?"

"밥상을 차려야 하는데 찌개를 끓일 줄 몰라서 부탁 좀 할라고요."

"그래예? 함 봅시다."

아가씨가 냄비에 물을 부어 된장을 풀더니 호박, 양파, 마늘을 썰어 넣어주었다.

"이따 끓이면서예, 간이 안 맞으면 된장만 쪼매 더 풀어 넣으시이소."

"아이고, 감사합니다. 내일 한 번 더 부탁드릴게요."

"다방 레지 삼 년에 참 희한한 총각을 다 보네예."

"하하, 감사합니다."

그렇게 해서 간신히 점심 준비를 마쳤다. 점심때가 되자 용구형, 걸취, 형준이가 밥을 먹으러 왔다.

"밥은 잘 했냐?"

"예, 형님."

내가 밥상을 차려 내놓자 용구 형이 찌개부터 한술 떠서 맛을 봤다.

"맛이 아주 괜찮네. 이걸 장호가 어떻게? 하여튼 맛있게 먹자."

"예, 형님. 감사합니다."

다들 속도 모르고 밥을 맛있게 먹으니까 기분은 좋았다.

"야, 장호야. 너는 노가다 체질이 아니니까 계속 밥이나 해라."

"예, 형님. 알았습니다. 아주 바쁠 때는 저도 현장에 나가보겠습니다."

"그래도 괜찮고."

그렇게 식사를 마친 세 사람이 현장으로 나가면 나는 설거지를 해놓고 평상에서 만화책을 보고 놀았다. 그럭저럭 한 달이 지났다. 저녁때 나는 걸취랑 형준이랑 셋이서 동네 가게 평상에서 맥주를 한잔하면서 상의를 했다. 형준이가 먼저 말을 꺼냈다.

"형님, 이제 한 달 됐으니까 간조해서 서울로 올라가시죠."

그러자 걸취가 동조하고 나섰다.

"지겹다. 부산하면 멋진 바다와 비키니 입은 예쁜 아가씨들을 상상하고 내려왔는데, 바다도 못 가보고 이쁜 아가씨도 못 보고, 자칭 깡패 새끼들이 노가다나 하고 있고…. 야, 장호야. 우리 나와바리로 올라가자."

"그래, 올라가자. 내가 용구 형한테 얘기할게."

"노가다 일당은 얼마나 되냐?"

"하루 삼만 원씩 계산해서 돈 백만 원씩은 될 거야. 하하."

"형준이 너는 그 돈으로 뭐 할래?"

"예, 형님. 우선 금반지를 하나 사서 낄랍니다."

"뭐? 금반지는 왜?"

"당구 칠 때 키 걸이가 멋있게 보입니다."

"하하, 그래라. 키 걸이 멋있어 보일라고 금반지 낀다는 놈은 형준이 니가 첨이다. 어이 걸춰, 우리는 체면도 있고 하니 양복이나 한 벌씩 사든지 맞추세."

"그러자고."

우리가 숙소로 들어가자 혼자 텔레비전을 보고 있던 용구 형이 가볍게 투덜댔다.

"야, 형도 좀 끼워주지 느그덜만 한잔하러 갔다 왔냐?"

"죄송합니다, 형님, 저희끼리 할 얘기가 좀 있어서 갔다 왔습니다."

"그래, 뭔 일 있냐?"

"예, 형님. 다름이 아니라 형님 일이 끝날 때까지 도와드리려고 했는데, 이 일을 처음 하다 보니까 너무 힘들고 해서 모레쯤 서울로 올라갈까 합니다. 괜찮으시면 내일 간조 좀 해주십시오."

"알았다, 장호야. 일꾼은 부산 친구들로 구해봐야겠다."

"예, 형님. 감사합니다."

다음날 우리 셋은 백만 원씩 받아서 백화점으로 갔다. 나랑 걸취는 양복 한 벌씩을 사서 입고, 형준이는 금반지를 하나 사서 끼고 백화점을 나섰다. 우리는 그길로 그토록 가보고 싶던 태종대를 구경하고 해운대 바닷가에 가서 실컷 놀다가 해가 뉘엿뉘엿해서야 숙소로 돌아왔다.

그날 저녁, 용구 형이랑 우리는 생선회에 소주를 한잔하면서 석별의 정을 나누었다.

이튿날 아침, 일찌거니 떠날 준비를 마친 우리는 일 나가는 용구 형한테 작별인사를 했다. 용구 형은 참 무던하고 아량이 넓었다. 한 달간 어설픈 아우들 데리고 일하면서 속상할 때도 있을 법한데 한 번도 그런 내색을 하지 않고 웬만하면 아우들 사정에 맞춰 이해하고 넘어갔다.

우리는 택시를 잡아타고 부산진역으로 나와 역전 상가에 들러 셔츠 두 장씩을 사서 가방에 넣고는 서울행 열차에 몸을 실었다. 기차는 한 달 전에 우리를 싣고 내려왔던 그 길을 거슬러 올라 전속력으로 달렸다.

우리는 홍익회 손수레를 멈춰 세워 맥주랑 삶은 달걀 그리고 오징어를 사서 한 잔씩 하면서 부산에서의 추억을 더듬어 얘기꽃을 피웠다. 기차는 어느덧 영등포역에 도착했다.

06

칼날 위로 걷는 세상

그런데 문제가 하나 생겼다. 영업 사장 가오 형이 언제부턴가 나를 괜히 미워하기 시작한 것이다. 알아보니, 전번에 회장한테 회칼 들고 대든 일로 회장 부인이 나한테 앙심을 품은 모양이었다. 회장 부인이 가오 형한테 포드 마크5 차를 한 대 뽑아주면서 나를 쫓아내라고 오더를 준 것 같았다. 그때부터 나를 대하는 가오 형의 태도가 백팔십도 달라진 것이다.

마침내 독자적인 기반을 잡다

"형님, 저는 화곡동에 이모 집에 들렀다가 며칠 후에 환희다방으로 나가겠습니다."

"그래라. 고생했다."

"예, 형님."

형준이를 보낸 나는 걸취랑 가리봉동으로 택시를 타고 들어가 서울 여인숙에 짐을 풀었다. 기껏 한 달인데 한 일 년쯤 떠났다가 돌아온 것처럼 동네가 서먹했다. 우리는 제과점에서 빵을 좀 사서 환희다방으로 갔다. 주인아주머니는 나라면 언제 가도 반갑게 맞아준다.

"장호 총각, 부산 가서 돈 많이 벌어왔는가?"

"한 달간 바람이나 쐬다 왔는데 돈을 얼마나 벌었겠어요? 빵값 좀 벌어왔지요."

"그래도 양복도 사 입고 신수가 훤해졌네."

"하하하, 감사합니다. 오다가 빵 좀 사 왔으니 사모님 드시고 아가씨들도 좀 주십시오."

"그래, 고마워. 오늘 커피는 내가 낼게."

"네, 감사합니다."

시간을 내서 낮에는 공장 지역을 돌아보고, 밤에는 유흥업소를 돌아보았다. 당시에는 수출이 날개 돋친 듯 잘 되어 우리 경제가 고속성장을 하던 때여서 소비도 활발하니 돈이 잘 돌았다. 자연히 공단들, 특히 구로공단 같은 수출공단들은 엄청난 활기를 띠었다. 그런 배후에는 유흥업소들이 번창하게 마련이었다.

나도 이제 뭔가 일을 해야 하는데, 다시 공장에 취직하고 싶지는 않았다. 내 체질에도 맞지 않거니와 노동 조건이나 환경이 거의 노동 착취 수준이었다. 공장에 다녀서는 희망이 없었다. 그래서 나는 월급을 많이 준다는 유흥업소 쪽에 취직자리를 알아보고 있었다.

며칠 후, 환희다방에 앉아 있는데 점잖아 보이는 중년 신사가 나를 찾아왔다.

"여기 혹시 장호 씨라고 있는가요?"

"아, 예. 제가 장호인데요. 무슨 일로 그러십니까?"

"아, 그래요? 반갑습니다. 저는 세무 공무원을 하다 그만두고 지금 세무사를 하고 있는 우길찬인데, 가리봉 오거리에 나이트클럽을 하나 낼까 하고 다니던 중입니다. 관리나 영업 쪽으로 좀 도와줄 분을 물색하려고 저 아래 잘 아는 부락 나이트 사장을 찾아갔더니 그분이 장호 씨를 한번 만나보라고 하길래 찾아왔습니다."

"아, 그래요? 반갑습니다."

"장호 씨가 저를 좀 도와줄 수 있겠습니까?"

"그럼요. 그렇지 않아도 지금 유흥업소 자리를 알아보는 중인데 잘 됐습니다."

"저희 쪽에서 경리를 맡고, 장호 씨 쪽에서 영업 전반을 맡아주시는 조건으로 이익금 배분은 7대3으로 하시지요."

"아이고, 감사합니다. 사장님께서 거금을 투자하셨을 텐데, 저희가 잘 운영해서 투자하신 보람이 있도록 해보겠습니다. 사장님, 생면부지의 저를 믿으시고 선뜻 맡겨주셔서 감사합니다."

"아, 아닙니다. 장호 씨가 몰라서 그런데, 이 지역에서는 장호 씨가 의리가 있다고 알려져 있습니다. 덕이 있어서 사람도 많이 따르고…."

"아, 그렇습니까? 저는 잘 모르겠습니다만 사장님 기대에 어긋나지 않도록 최선을 다하겠습니다."

"이제 한 식구인데, 우리 같이 식사나 하러 가시지요."

"아, 예. 여기는 제 친구 주정중인데 별명이 걸취입니다."

"반갑습니다. 인물이 영화배우 신성일 씨 닮았네요."

"아이고, 무슨 그런 과찬의 말씀을."

"가시지요, 맛있는 것 좀 드시게."

우 사장은 우리를 소갈비 집으로 데려갔다. 셋이서 술도 한잔 하면서 클럽 운영과 영업 전반에 관한 밑그림을 그렸다.

"지금 경기가 최고로 좋아서 공단지역에 문만 열었다 하면 무조건 대박입니다. 제가 아직 그쪽 영업 경험은 없지만, 나름대로 알아보고 생각해 놓은 바가 있습니다."

지금까지의 불운을 보상이라도 하듯 하늘이 천운을 내렸는지 귀인을 만나 이무기가 마침내 뜻을 얻게 되었다. 하릴없이 시간을 죽이던 백수건달이 바빠지게 생겼으니 돌연 살맛이 났다. 다음날 바로 가게 계약해서 내부 공사 들어가기로 합의하고 사장과 헤어져 숙소로 돌아왔다.

"어이, 걸취. 부산에서 마침 잘 올라왔네. 내가 나이트클럽 지배인 하면 자네는 내 밑에서 영업부장 해야 하는데, 어떤가?"

"하하하. 아무리 친구 사이라도 조직에서는 질서가 있는 법인데, 당연한 것 아닌가."

"하하하. 미안하고 고맙네, 친구. 그렇게 이해해주니 역시 자네는 진정한 친구네."

"무슨 소린가? 내가 고맙지. 장호 자네한테는 묘한 보스 기질이 있어. 나도 힘껏 도울 테니 조직을 잘 이끌어보소."

"하여튼 이제 남들 눈치 안 보고 우리 식구들 밥이라도 마음 편히 먹일 터전이 생긴 것 같네. 열심히 해서 돈도 벌고 성공하세."

"그러세. 하하하."

그렇게 모처럼 희망에 부푼 밤이 깊어갔다. 얼큰하니 기분 좋은 취기에 젖은 나는 오랜만에 단잠에 들었다.

이튿날부터 하루하루가 정신없이 바쁘게 돌아갔다. 나이트클럽 내부 공사는 순조롭게 잘 진행되었다. 나와 걸취는 종로 낙원상가에 나가서 밴드도 구하고 웨이터도 모집하고 종업원들 구하느라 바쁘게 움직였다. 그리고 식구들 가운데 적성을 고려하여 몇 명을 웨이터로 기용했다.

애초에 공장 같은 데 다니면서 착실하게 일할 생각이 아예 없으면서도 깡이 없어 깡패도 시킬 수 없는 그런 친구나 선후배들이었다. 다들 여자만 보면 환장을 하는 터라서 '웨이터 좀 할 수 있냐' 니까 두말하지 않고 좋다 했다.

내부 공사가 두 달 만에 마무리되고 운영에 필요한 인원도 다 구해 적재적소의 배치가 끝났다. 홍보 및 개업식 준비까지 빈틈없이 이루어진 가운데 드디어 우리 '로터리 나이트클럽' 개업식날이 밝았다.

가게 밖에는 수십 개의 축하 화환이 늘어섰다. 무대에서는 밴드와 조명 설치 등 개업 축하 공연을 위한 준비가 끝나고 리허설을 겸하여 이상이 없는지 종합 점검이 이뤄지고 있었다. 이윽고 오프닝 송으로 야생마의 〈벌써 나를 잊으셨나요〉가 흘러나왔다.

오프닝 송과 동시에 손님들을 맞아들였다.

"사랑은 이렇게도 내 마음을 아프게 만들 줄은 몰랐어요. ♬ 당신은 떠나도 여자이기에 잊을 수가 없어요. ♪…."

노래를 듣고 있자니 비껴가 버린 첫사랑 수진이가 생각났다. 사나이 가슴이 시큰했다. 또 한편으로는 어렸을 때 꿈꾸던 영화배우가 된 것처럼 뭉클하고 울컥했다. 오프닝 송이 끝나갈 즈음에 손님들이 밀어닥치면서 삼십 분 만에 가게 안이 발 디딜 틈이 없도록 손님들로 꽉 찼다. 그러자 우 사장도 흐뭇해하면서 내 손을 부여잡고 치사를 했다.

"장호 지배인, 개업 준비하느라 고생 많았어요. 이번에 일 처리하는 걸 보니까 내가 사람 하나는 잘 본 것 같아요. 큰 사고만 안 나게 착실히 운영하면은 잘되겠네요. 자, 이쪽으로 앉아서 우리도 맥주 한잔합시다."

"예, 사장님. 감사합니다. 저는 딱 한 잔만 하고 일어나겠습니다. 제가 자리를 비우는 사이에 무슨 사고라도 나면 안 되니까요. 술이야 이따 영업 끝나고 직원들하고 한잔하겠습니다."

"아, 그래그래. 역시 내가 사람을 잘 봤다니까, 하하하."

플로어는 신나는 음악에 맞춰 춤추는 사람들로 꽉 찼고, 무대의 밴드들도 신나게 연주하면서 열과 성을 다했다. 열기로 후끈 달아오른 가게 안은 미어터질 듯했다. 오픈은 성황리에 끝났다.

첫날 영업을 잘 마무리하고 가게에서 전체 종업원을 격려하는 회식 자리를 가졌다. 테이블에 둘러앉아 맥주 한 잔씩을 마시고 있는데, 손님으로 온 아가씨들 여남은 명이 가게를 안 나가고 있었다.

"웨이터장, 저기 아가씨들이 뭔 일로 안 나가고 저기 있는지 물어보고 와라."

"예, 지배인님. 다름이 아니라 밴드들 좀 보고 간다고 기다린답니다."

"아, 그래. 저 아가씨들한테는 밴드가 연예인이겠지. 서서 그러지 말고 테이블에 앉아서 기다리시라고 해. 맥주 여남은 병이랑 안주 맞춰서 서비스로 드리고."

"예, 지배인님."

나는 손님들에게 이처럼 어떤 경우에도 최선을 다해 친절을 베풀고 서비스 정신을 발휘해야 한다는 것을 손수 보여주었다. 그리고 한껏 고무되어 직원들을 격려했다.

"여러분, 오늘 오픈하느라 고생들 많았어요. 자, 다들 건배합시다. 앞으로 각자 위치에서 최선을 다해주시길 바라고, 우리 나이트클럽이 잘돼서 돈을 많이 벌면 여러분의 보너스도 넉넉히 챙겨드릴 테니까 다들 열심히 합시다. 자~ 우리 로터리 나이트클럽의 무궁한 발전을 위하여!"

"위하여!"

나이트클럽은 순풍을 탄 듯 순조로운 영업이 이어져 수입이 제법 짭짤했다. 그러나 호사다마라고 좋은 일에는 마가 끼는 법. 청춘남녀들이 몰려들어 술 먹고 춤추며 노는 자리에는 문제가 있게 마련이었다.

구로공단에는 여공들, 속칭 '공순이'들이 많다 보니까 공단 인근 도시의 양아치들 사이에 공단에 놀러 가서 맥주만 좀 사주면 공순이들을 꼬실 수 있다는 헛소문이 퍼져서 밤이면 양아치들이 몰려와 난장을 쳤다. 그놈들이 우리 가게에도 들어와 말썽을 일으키기 일쑤였다. 여자들이 싫다는데 강제로 테이블로 끌고 가는 것은 약과였다. 서로 다른 데서 온 양아치들끼리 시비하다 병을 깨 들고 싸우기도 했다.

우리 종업원들하고도 술값 때문에 싸우는 일은 흔했다. 그나마 누가 다치지만 않으면 가게 안에서 중재하여 해결할 수 있는데, 누가 다치기라도 하면 파출소에 불려가야지, 치료비 들고 병원에도 가봐야지…. 피곤하기도 하지만 깨지는 돈도 만만치 않았다. 이러다가는 내 성미에 아무래도 또 폭력에 연루되어 징역 갈 것만 같은 불안감을 안고 지내다 보니 하루하루가 칼날 위를 걷는 느낌이었다.

그러던 중, 우리 가게에 손님으로 자주 오는 청년을 친구로 사귀었다. 명문대를 나온 엘리트로, 무척 젊잖았다. 어느 날은 둘이 가게에서 맥주를 한잔하는데, 아버지 사업 얘기를 꺼냈다.

"장호 친구, 우리 아버지가 공단에서 회사를 운영하시는데 사업이 잘되나 봐. 요즘 음악다방이 뜨고 있다니까 음악다방을 하나 차리시려나 봐. 그러니 친구가 와서 좀 도와주라."

뭔가 변화가 필요했던 나로서는 귀가 번쩍 뜨이는 제안이었다.

"그러지 뭐. 이 나이트클럽은 돈은 버는데 매일 싸움 때문에 힘들어 죽겠네. 이 가게 영업권은 동네 건달이면서 경험 있는 친구나 형에게 맡기고, 영업부 애들은 운동 좀 하는 덩치 큰 놈들을 더 써야 할 것 같아. 나는 언제라도 여건이 되면 검정고시를 보아 방송대 같은 데 가서 공부도 좀 하고 싶었네. 그 음악다방 잘 되면 나는 거기서 조용히 일보면서 검정고시나 준비하면 좋겠네."

"하하하, 친구. 잘 생각했네. 그럼 그런 줄 알고 진행하네."

"그러게. 하하하."

그리하여 나는 또 경험해보지 못한 새로운 길을 가게 되었다. 음악다방 개업 계획이 구체적으로 확정된 후에야 나는 식구들에게 털어놓았다.

"걸취, 미안하이. 자네가 태희 형 모시고 잘 꾸려보시게. 내가 사장님한테 말씀드려서 아우들 두어 명 더 쓰도록 할 테니까. 내가 멀리 가는 것도 아니고 바로 근처에 있으니까 시간 나는 대로 도와줄게."

"알았네, 친구. 자네 뜻이 그렇다면 할 수 없지. 다방은 언제쯤

오픈하는가?"

"이제 막 내부 공사 시작했으니까 두어 달 걸리겠지."

나는 나이트클럽에 이어 스튜디오 음악다방 오픈하는 일을 성
공적으로 해냈다. 홀에는 메인 DJ가 있고, 객석에 있는 손님과
마이크로 노래 신청을 받는 DJ가 따로 있었다. 낮에도 손님이 꽤
있었지만, 오후 여섯 시부터 자정까지는 발 디딜 틈이 없을 정도
로 손님이 미어터졌다. 메인 DJ가 연예계 마당발이어서 우리 다
방에는 종종 놀라운 손님들이 다녀갔다. 미스코리아나 유명 배
우들도 오고, 당대의 내로라하는 가수들도 가끔 와서 노래를 불
러주고 갔다. 그래서인지 손님이 갈수록 늘어났다. 내 엘리트 친
구는 싱글벙글, 입이 귀에 걸렸다. 친구 덕분에 아버지한테 톡톡
히 인정받았다면서 고마워했다.

아름다운 그녀

　　물이 좋으면 미녀도 꼬이는 법. 눈부신 미모의 아가씨가 단골손님이 되었다. 그녀는 거의 매일 초저녁이면 와서 커피를 시켜놓고 음악감상을 하다 가곤 했다. 그녀의 눈길은 주로 DJ박스를 향했지만, 종종 나하고도 눈길이 마주쳤다. 그럴 때마다 살짝 눈웃음을 치는 것도 같았다. 나는 속으로 DJ 애인이나 되는 모양이구나, 여기며 가게에 오면 그저 반갑게 인사나 나눌 뿐이었다.

　　그런데도 그녀는 너무 아름다워서 눈을 뗄 수가 없었다. 나는 맨날 훔쳐보는 것도 예의가 아닌 것 같아서 밑져야 본전이다, 하고 하루는 단도직입적으로 물었다.

　　"혹시 우리 강 DJ 애인 되십니까?"

　　"아니에요. 그냥 시간이 좀 남고요. 음악과 이 가게 분위기가 좋아서 자주 오는 겁니다."

　　"아, 그러시군요. 같이 차 한잔 마셔도 될까요?"

　　"아, 네. 여기 지배인님이시죠?"

"예. 문장호라고 합니다."

"저는 미스 최라고 해요."

"실례지만 무슨 일을 하고 계시는지…?"

"아, 예. 강남에서 무역회사 다니고 있어요."

"그렇군요. 제가 무역이 뭔지는 잘 모르지만, 하여튼 반갑습니다. 오늘 커피는 제가 사지요."

"네. 잘 마실게요."

우리 음악다방은 시도 때도 없이 손님으로 미어터져 날마다 장날이었다. 로터리 나이트클럽에는 덩치 큰 아우 두 명을 데려다 세워놨더니 전보다 싸움도 줄어들고 장사도 잘되었다.

그런데 미스 최가 며칠째 다방에 나타나지 않았다. 그러자 나는 보고 싶기도 했지만, 궁금해지고 무슨 일이 있나 염려가 되었다. 어떻게 된 건지 좀 알아보려던 참에 미스 최가 며칠 만에 와서는 커피를 마시면서 나를 불렀다.

"장호 씨, 커피 한잔하세요."

"아, 예. 감사합니다. 요즘 며칠 안 오시더니 뭔 일 있었어요?"

"그게…, 이사할 일이 생겨서요. 집을 알아보느라…."

"아, 그러시군요."

"혹시 실례가 안 된다면, 장호 씨가 오셔서 이사할 때 좀 도와줄 수 있을까요?"

"아이고, 영광입니다. 당연히 도와드려야지요. 일 잘하는 아우들 두엇 데리고 가서 도와드릴게요. 이삿날이 언제입니까?"

"이번 주 토요일이에요. 고마워요, 장호 씨."

"이사는 어디로 가시는데요?"

"지금 시흥 살고 있는데, 독산동으로 가요. 바로 전날 또 연락 드릴게요."

"네, 그렇게 하세요."

토요일 아침, 일찌거니 아우 둘을 데리고 시흥으로 가서 이삿 짐 꾸리는 것부터 도와주었다. 이삿짐을 독산동 새로 얻은 집으로 다 옮겨서 짐 정리까지 해주고 나니 날이 저물었다. 미스 최가 고생 많았다며 성의껏 저녁상을 차려 내왔다. 반주로 곁들인 술이 아쉬워 저녁을 다 먹고는 아예 술상을 차려 본격적으로 마시기 시작했다. 일부러 만취한 나는 아우들에게 먼저 가라는 눈짓을 보냈다. 아우들이 가고, 나는 방에서 술을 더 마시다 뒤로 벌렁 누웠다.

"아니 장호 씨, 술이 너무 과했나 봐요."

내가 걱정스러웠는지 미스 최는 머리에 베개를 받쳐주었다. 무슨 수작을 부릴 정신도 없이 그대로 곯아 떨어졌는지 일어나 보니 미스 최 방이었다. 취한 척한다는 것이 진짜 취해버린 것이다. 구수한 냄새가 나서 돌아보니 부엌에서 미스 최가 아침을 준비하고 있었다.

"하하, 장호 씨. 잘 주무셨어요? 코를 어찌나 고는지, 옆에서 잠을 제대로 못 잤네요."

"아이고, 죄송합니다. 어제 술을 너무 많이 마셨나 봐요. 아우들은 어디 갔습니까?"

"어젯밤에 다 가고 장호 씨만 여기서 주무셨어요."

"아, 그랬군요."

"어서 세수하고 양치하세요. 제가 시원한 콩나물국 끓여 놨어요."

"예. 감사합니다."

얼마 만에 여자가 해준 밥을 먹어보는지 모르겠다. 아마 고향에서 올라오는 날 아침 어머니가 해준 밥 먹고는 처음이지 싶다.

"자~ 많이 드세요."

"저, 실례지만 미스 최는 사귀는 남자친구는 있는가요?"

"아직 없는데요. 장호 씨는 애인 있어요?"

"아, 예. 옛날에 있었는데 법무부 대학 가다 보니까 고무신 거꾸로 신어부렀네요."

"아니, 학교를 법무부 대학 나왔어요?"

"아, 그게 아니고요. 교도소를 은어로 법무부 대학이라고 합니다."

"하하하, 재미있으시네요. 그럼 우리 한번 사귀어볼까요?"

"그렇다면야 내가 영광이지요."

그렇게 눈이 맞은 우리 두 사람은 살림을 합쳤다. 나야 살림이

랄 것도 없으니 몸만 들어온 셈이었다. 고향 떠나온 이후 하숙 생활, 자취 생활, 여인숙 생활, 심지어는 감옥 생활까지 늘 고단한 생활이었다. 그런 생활을 청산하고 이제야 비로소 보금자리에 든 느낌이었다. 그것도 마음씨 곱고 눈부시게 아름다운 여자와 함께 깃든 보금자리였다. 애인이랑 같이 사니까 좋긴 좋았다. 빨래해주지, 밥 해주지, 사랑해주지. 그런데 문제가 하나 있었다. 내 사랑 미스 최가 무슨 무역회사에 다닌다면서 출근을 아침에 안 하고 오후 여섯 시쯤 저녁에 한다는 것이다.

"아니, 무슨 회사가 일을 낮에 안 하고 밤에 한당가? 하기야 여기 공단에는 일이 바쁘다 보면 야간에도 공장을 가동하고 아침에 퇴근하는 사람도 많기는 하드라. 회사에 얘기해서 주간 근무로 좀 바꿔 달라고 해봐."

"응, 알았어. 근데 자기야, 우리 회사가 무역회사라서 주로 외국을 상대하다 보니 시차 때문에 야간 팀도 바쁘게 움직여. 회사에 주간 근무로 옮겨달라고 얘기해볼게."

"그래, 우리 자기가 애국자다. 대한민국 경제 발전을 위하여 외국 상대하느라 야간에도 일하고 말이야. 하하하."

"호호호."

그렇게 재미있게 살면서 음악다방 일도 열심히 하고 있던 어느 날, 나를 떠났던 수진이가 찾아왔다. 그녀를 다시 보는 순간 만감이 교차했다. 떠날 땐 언제고 무슨 생각으로 다시 찾아왔는지 의아했다. 한편으론 밉기도 했지만, 애써 마음을 가라앉히고 차분하게 대했다.

"아니, 수진아. 내가 여기 있는 줄은 어떻게 알았어?"

"응, 옛날 직장 동료가 장호 씨를 여기서 봤다고 알려줘서…. 한번 보고 싶기도 했어요. 볼 낯이 없는 건 알지만, 용기를 내서 찾아온 거야."

"어, 그래. 차 마셨으면 포장마차로 가서 소주나 한잔하자. 자, 나가자."

나는 포장마차에 가서 소주를 시켜 수진이 한 잔 따라주고 나도 한 잔 따랐다.

"자, 한잔 마시자."

"응, 마셔요."

첫 잔을 마시고 나서 수진이 뜬금없는 말을 물었다.

"장호 씨, 나한테 무슨 할 말 없어요?"

"무슨 말? 다 내가 잘못해서 엎질러진 물인데. 내가 감옥만 안 갔더라도 그런 가슴 아픈 일도 없었을 텐데…. 미안하다, 수진아."

우리는 주거니 받거니 취하도록 마셨다.

"장호 씨, 정말 미안해요. 내가 생각이 짧았어요."

"아, 그 얘기 이제 그만하자. 가슴이 찢어질 것 같다. 엉엉엉."

"흑흑흑."

우리는 한참을 소리 내어 울었다. 보다 못한 포장마차 주인아주머니가 한마디 했다.

"어이, 이봐요들. 뭔 일인디 그라고 서럽게 펑펑 울고 그래? 인자 그만 울어. 지나가는 사람들이 포장마차에 초상난 줄 알겠다."

우리는 다시 아무 말 없이 잔을 기울였다. 소주를 다섯 병째 비우고 나서 내가 상황을 정리했다.

"야, 수진아. 그냥 오지 말지 맘 아프게 뭐 하러 다시 찾아왔어? 이제 얼굴 봤으니 가봐. 택시 잡아줄게. 아니면 여관방 잡아줄까?"

"아니, 괜찮아요. 장호 씨는 어떻게 살아요?"

"내 걱정은 하지 마."

"애인은 있어요?"

"응, 얼마 전에 만나서 지금 동거하고 있어. 그러니 내 걱정은 붙들어 매고 수진이나 잘 됐으면 좋겠다. 지난번처럼 그런 양아치 말고 좋은 남자 만나서 행복하게 살아. 내가 기도할게. 하하하."

"흑흑흑. 응, 그래요. 장호 씨도 행복해야 해. 나 정말 장호 씨 사랑했는데, 이게 뭐야? 나 택시 잡아 줘요, 갈게."

"알았어."

우리 두 사람은 비틀거리고 큰길로 나와 가로등 불빛에 서로 얼굴을 쳐다보니 둘이 다 얼마나 울었는지 눈이 퉁퉁 부었다. 우리는 마주 보고 미친 사람들처럼 하하하, 호호호, 깔깔대며 한바탕 웃었다. 울기만 해서 억울한 사람들처럼. 마침 택시가 와서 잡아주고 손을 흔들었다.

"잘 가, 수진아. 행복하게 살아야 해. 죽을 만큼 힘든 일이 생기면 이 오라버니한테 꼭 연락하고."

"응, 그래요. 장호 씨도 잘 살아."

나는 수진이를 그렇게 보내고 집으로 향하는 독산동 언덕길을 오르면서 오늘 내 행동이 잘된 건지 잘못된 건지 헤아리며, 새삼스레 인생이 무엇인가를 물었다. 수진아, 정말 미안하다. 널 붙잡고도 싶었는데 이미 늦은 걸 어떡하나. 내겐 새로운 사랑이 생겼는데…. 여기까지 생각하다가 갑자기 취기가 확 올라 의식이 꺼졌는지 집에 어떻게 왔는지도 몰랐다.

"아니, 장호 씨. 무슨 일 있었어요? 이렇게 술 취한 모습 처음 보네요."

"아, 미안. 너무 마음 아픈 일이 있어서 좀 많이 마셨네."

"아이고, 신발 벗고 빨리 이쪽으로 누워요. 장호 씨, 무슨 일인데 그래요?"

"우리 미스 최는 몰라도 됩니다. 남자도 말 못 할 가슴앓이를 할 때가 있답니다."

나는 술에 취해, 설움에 취해 옷도 안 벗고 그대로 곯아떨어졌다.

삼막사 단합대회

"야, 청호야."

"예, 형님."

"느그들 친구 용관이, 정일이, 정환이, 춘풍이랑 얘기해서 느그들 밑에 두 명씩 똘똘한 아우들 두고, 또 그 아우들이 밑에다 한두 명씩 데리고 있다 보면 우리 식구는 금방 백 명은 되니까 서울 어디다 내놔도 꿀리지 않는 조직이 된다. 그러니까 아우들을 빨리빨리 수배해라."

"네, 형님. 지금 우리 밑으로 열 명쯤 되고, 그 아래 아우들까지 하면 삼십 명쯤 되지 싶습니다."

"그래 알았다. 지금 근처 업소 사장들이 옛날 같지 않고 우리를 인정해주는 분위기다. 그러니 우리 다섯 아우 일자리 정도는 당장 마련할 수 있겠다. 일단 파노라마 디스코텍이랑 팽고팽고 사장하고는 얘기가 얼추 됐다. 우선 생각할 것이 있으니까 파노라마는 정일이가 들어가서 일을 보고, 팽고팽고는 정환이가 들어가서 일을 봐라."

"형님, 저는 어디로 갑니까?"

"청호 아우는 우선 공단에 얼음을 대고 있어라. 업소 생활 하고 싶으면 좋은 자리 하나 마련해줄게."

"예, 알겠습니다. 형님."

"다음 주쯤에 동생들 다 집합시켜라. 안양 삼막사 계곡 쪽으로 가서 단합대회 겸 우리 조직이 나아갈 길과 싸움하는 방법과 의리, 앞으로 우리가 살아나갈 길을 말해주겠다."

"예 형님. 잘 알겠습니다."

"그리고 청호 아우는 나랑 같이 운동도 했고 기질도 있으니까, 이 형의 오른팔 역할을 해라."

"예, 형님. 알겠습니다."

나는 그렇게 조직의 핵심 아우들 일자리를 주선하느라 백방으로 뛰었다. 근처 나이트클럽, 디스코텍, 스탠드바 지배인들을 찾아다니면서 최소한의 성의도 보이지 않으면 전쟁이라도 벌일 것처럼 엄포를 놓아 일자리를 받아냈다.

그러던 어느 날, 나는 초저녁에 부락 나이트클럽 지배인으로 있는 금철이 형을 만났다.

"형님, 인사드리러 왔습니다. 형님 고향이 전북이라고 들었습니다."

"응, 익산이네. 나도 아우 얘기는 많이 들어서 익히 알고 있네.

아우는 고향이 어딘가?"

"네, 형님. 저는 순천입니다."

"그래, 무슨 일로 나를 찾아왔는가?"

"예, 형님. 제가 앞으로 형님으로 모실까 하고 찾아왔습니다. 또 부탁드릴 것도 있고요."

"무슨 부탁?"

"형님 일 보시는 가게에 저희 아우 한 명 데리고 계시면 안 되겠습니까?"

"그 아우가 누구여?"

"예, 형님. 이춘풍이라고, 영산포 아우인데 인물도 형님처럼 훤하고 운동도 많이 해서 야무집니다."

"아, 그 아우⋯. 정식으로 인사는 안 텄지만, 호감이 가는 아우더라고. 그러지 뭐. 오늘 영업 끝나고 우리 사장님하고 상의해서 내일 연락할게."

"네, 형님. 감사합니다. 제가 친형님처럼 모시겠습니다."

"그래, 반갑네. 아우."

나는 금철이 형을 만나고 돌아와 청호를 불러 일렀다.

"청호야, 느그 친구들 내일 저녁에 전주콩나물국밥 옆에 있는 고깃집으로 다 모이라고 해라. 소주 한잔하게."

"예, 형님. 내일 뵙겠습니다."

•

다음 날 저녁, 청호와 친구들 여남은 명이 고깃집에 다 모였다. 비록 삼겹살에 소맥이지만 푸짐하게 시켜 먹도록 했다.

"다들 많이 먹고 틈나는 대로 운동들도 좀 해라. 우리 청호는 야간에 특별학급 다닌다고 운동도 못 하겠구나. 나도 학벌이 없어서 야간학교라도 다녀야 하는데, 시간이 없구나."

"네, 형님. 세계 챔피언 할 것도 아닌데 좀 쉬었다 하지요, 뭐."

"홍 두목은 뭐 운동 좀 하나?"

"합기도 안 했습니까, 형님."

"그래? 주먹은 좋은데 발차기는 더 연습해야겠더라. 정환이는?"

"저는 시골에서 태권도 하다가 지금은 킥복싱 하고 있습니다."

"춘풍이는?"

"저는 군대서 태권도 초단 따고 요즘은 실습으로 싸가지없는 새끼들 좀 패고 있습니다."

"하여튼 다들 열심히 하자. 이제 오거리 근처 다섯 개 업소를 관리하게 되었다. 차차 업소를 더 확대해 나갈 테니까 항상 긴장의 끈을 놓지 말고 잘 하자. 춘풍아, 니는 부락 나이트클럽에 자리 하나 날 거다. 거기 지배인으로 계시는 금철이 형님이랑 얘기는 다 되었으니, 연락 오는 대로 거기 가서 일해라. 금철이 형님은 익산이 고향인데 인물도 좋고 개인기도 상당한 데다가 우리한테 호의적이니 우리가 앞으로 잘 모시자."

"예, 형님. 알겠습니다."

"자, 건배하자. 우리 공단지역의 발전과 우리 식구들의 건강과 무한한 발전을 위하여!"

"위하여!"

우리가 이렇게 관리 업소를 늘려감에 따라 식구들도 자연히 불어났다.

며칠 후, 나는 새로운 아우들과 정식으로 인사도 틀 겸 식구들을 모두 불러 안양 삼막사 계곡에서 단합대회를 열었다. 말이 거창해서 단합대회지, 실은 오랜만에 산바람이나 좀 쐬면서 놀자는 야유회다.

"반갑다, 아우들아. 나는 1980년에 조직폭력 두목으로 구로공단 지역에서 최초로 전국 뉴스를 타고 징역 갔다 온 장호라고 한다. 여기 모인 아우들 가운데는 고향에서 농사짓기 싫어서 올라온 아우도 있을 테지만, 가난에서 벗어나기 위해 돈 벌려고 올라온 아우가 대부분일 것이다. 그렇다면 처음 먹은 그 마음을 끝까지 잊지 마라. 여기 이제 막 들어온 신입 아우들은 먼저 와서 자리 잡고 생활해온 선배들을 형님으로 잘 모시고 생활하기 바란다. 비록 우리가 생활하는 곳이 공단지역이지만, 다른 지역 식구들이 우리를 우습게 못 보도록 먼저 몸과 마음을 잘 단련하기 바란다. 그리고 박노식 형님이 영화에서 연기한 건달처럼 뽀대 있는 건달, 그 옛날 종로통의 전설 김두한 형님처럼 약자를 보호하고 불의를 보면 과감하게 몸을 던지는 협객이 되길 바란다. 우리는 앞으로 한 달에 한 번씩 극기훈련과 더불어 전투력을 연마하는 시간을 가질 것이다.

나는 우리의 관리 영역을 가까운 독산동을 시작으로 시흥, 구로동, 개봉동, 신림동, 광명에 이르기까지 점점 더 넓혀 우리 식구들이 어디 가서 아쉬운 소리 안 하고 살도록 할 것을 약속한다. 아우들은 앞으로 어떤 자리를 받아 일을 나가든 내 일이라 생각하고 최선을 다해야 한다. 그 업소에 절대 피해를 주거나 손해를 끼쳐서는 안 된다. 아니, 더 열심히 해서 그 업소에 이익이 더 많이 나도록 해줘야 한다. 그래야 우리가 인정을 받고 우리의 영역을 더 넓혀갈 수 있다. 주먹, 즉 폭력만으로는 한계가 있을뿐더러 폭력은 폭력으로 망하게 되어 있다. 능력을 인정받는 것만이 우리가 사는 길이다. 명심해라. 우리는 해당 업소를 보호하는 일뿐만 아니라 그 업소의 주류와 안주 납품, 연예인 공급과 같은 유통 사업도 겸할 것이다. 그리고 종종 노사 분쟁 해결 같은 일도 하게 될 것이다. 다들 알아들었냐?"

"예, 형님. 잘 알겠습니다."

"오늘은 이쯤하고, 맛있게 먹고 즐겁게 보내기 바란다. 자, 끝으로 자기 앞에 있는 잔에 술을 따라라. 건배하겠다. 내가 '우리는!' 하고 선창하면, 아우들은 '하나!' 하면 된다."

"예, 형님."

"자, 우리는!"

"하나!"

우리는 건배와 함께 우렁찬 박수로 뜨겁게 단합의 의지를 표출했다.

"청호야, 춘풍아, 정환아, 홍 두목, 용관아, 고생했다. 이번에는 아우들이 눈빛이 다들 살아있고 야무지게 보인다."

"예, 형님. 우리가 신경 좀 썼습니다."

"잘했다. 자, 한 잔씩 하자."

"네, 형님도 한잔하십시오."

"요새 나이트클럽은 좀 어떠냐? 일은 할 만하고?"

"예, 형님. 요즘도 공순이들 꼬시러 양아치 새끼들이 자주 오긴 하지만 덩치들이 째려보고 있으니까 함부로 설치진 못합니다."

"싸움이 나면 서로가 빨리빨리 연락해서 같이 해결해라. 그리고 업소에서는 절대 사람 패지 말고 일단 밖으로 끌어내서 밑에 아우들 시켜서 패되 표 안 나게 패라. 아우들은 업소 간부니까 절대 폭력 같은 것으로 얼굴이 팔려선 안 된다. 치료비도 치료비지만, 까딱했다간 감방 가기 쉽다."

"명심하겠습니다, 형님."

"그래도 우리 음악다방은 술을 안 파니까 싸움도 안 나고, 분위기가 좋으니까 있을 만하다. 하하, 내가 로터리 나이트클럽에 있을 때는 덩치가 작다 보니까 싸움을 말리려고 해도 우습게 보고 말을 안 듣는 거야. 그러기는 새로 너는 뭐야 이 새끼야, 하면서 주먹이나 날리고. 지금이야 덩치 크고 야무진 아우들 덕분에 로터리 나이트클럽이 완전히 자리가 잡혀서 싸움이 잘 안 나는 거야. 다행이지. 다른 아우들 업소도 빨리 자리가 잡혀야 할 텐데."

"곧 잡히겠지요, 뭐."

"그래야지."

더 높은 곳, 더러운 정치

공단 오거리를 중심으로 영역을 넓혀간 우리 장호파는 식구도 오십여 명으로 늘어나면서 명실상부한 조직으로 자리 잡아가고 있는데, 시장통에 '대부'라는 가게가 생겼다. 업주와 종업원들 모두가 종로에서 들어온 외지인이라는데, 서울에서 이름난 DJ가 와서 그런지 장사도 제법 잘되었다. 그래서 나도 나름대로 그쪽 사람들 정보를 알아보고 있는데, 그쪽 간부 중 두세 명은 우리 순천과 가까운 보성 출신이라고 했다. 아우들이 그 가게를 갔다 와서 느낀 바를 전했다.

"형님, 종로에서 들어온 건달들이 영업부에 있는데, 시설도 잘돼 있고 장사도 잘되던데요."

"알고 있다. 조만간 내가 그쪽 사장님을 만나서 우리 아우 한 명 써주도록 할 테니까 기다려봐라."

"예, 형님. 알겠습니다."

"그리고 우리 다방 옆에 오작교라고 막걸리 클럽 지배인이 내 영등포 친구 아우인데, 영업부장은 우리 식구를 쓰기로 했으니까 한 식구같이 생각하고 뭔 일 있으면 좀 도와줘라."

"예, 형님. 알겠습니다."

내가 종로에서 왔다는 대부 식구들에 관해 알아보고 있는 가운데 우리 동네 선배들이 그 가게 놀러 갔다가 그쪽 식구들하고 싸움이 붙었다. 나는 여느 때처럼 우리 다방에서 음악을 들으며 커피를 마시고 있는데, 동네 선배들이 머리가 깨져서 피를 흘리며 우리 다방으로 들이닥쳤다.

"아니 형님들, 뭔 일이다요? 머리팍이 깨져불고 난리가 났네요. 다방 손님들 놀라니까 얼른 저기 주차장으로 가시지요. 금철이 형님, 어떻게 된 일입니까?"

"그 개새끼들이 우리보고 가리봉 양아치 새끼들이라며 죽도록 패고 퐷돌로 대갈통을 깨분다."

"뭐요? 아니, 이 공단에 양아치들 공돌이들 돈 뜯어 처먹겠다고 들어온 새끼들은 뭔 새끼들이다요? 이 새끼들이 보자 보자 하니까…. 야, 홍 두목."

"예, 형님."

"여기 주차장으로 아우들 다 집합시켜라. 연장들 차고 오라고 해. 야, 채영아."

"예, 형님."

"니는 소주 한 상자랑 맥주 한 짝 사다 놔라."

"예, 형님. 알겠습니다."

아우들이 연락을 받고 삼십 분 만에 주차장으로 다 모였다.

"자, 사랑하는 아우들아. 지금 우리는 우리 식구들을 무시하는 시장통의 대부 식구들과 전쟁을 하러 간다. 거기 있는 술을 한 잔씩 하고, 나의 명령에 따라라. 알겠냐?"

"예, 형님."

"형님들은 얼른 병원에 가보시오. 내가 어떡하든 무릎을 꺾어 놓겠습니다."

"아니다. 우리도 같이 가야지."

나는 아우들을 데리고 대부 디스코텍 앞으로 갔다. 그쪽도 건달들이라 우리가 쳐들어올 걸 미리 알고 인원도 보충해놓고 경찰들도 배치해놨다. 가게 앞에는 여남은 명이 지키고 섰는데, 한가운데 있던 체격도 좋고 잘생긴 사람이 큰 소리로 말했다.

"내가 여기 회장이다. 너희가 다들 칼을 차고 온 줄 알고 있는데, 누가 용기 있으면 나의 이 손가락을 하나 잘라 봐라!"

나는 그 순간 대장답게 아우들 앞에서 기백을 보여줘야겠다는 각오로 가슴에 찬 회칼을 뽑아 들고 뛰어나갔다.

"야 이 개새끼들아. 느그들 종로파가 그렇게 다부지고 야무냐? 나가 잘라줄게."

그러자 회장 옆에 서 있던 놈이 야구방망이를 뒤에 숨기고 있다가 튀어나와 내 허리를 휘감았다.

"뭐야? 이 개새끼야!"

나는 야구방망이에 맞고 앞으로 고꾸라졌다. 아우들이 뛰어와서 나를 부축했다. 나는 아우들에게 소리쳤다.

"야! 뭐하냐?, 다들 붙어!"

이에 아우들이 칼을 뽑아 들고 뛰어나오는 순간 경찰들이 공포탄을 탕탕 쏘면서 앞을 막았다.

그러면서 모두 해산하지 않으면 모조리 잡아들여 구속하겠다고 경고했다.

"형님, 어떻게 할까요?"

"청호야, 일단 아우들을 뒤로 빼라. 다시 기회를 보자."

"예, 형님. 알겠습니다. 야, 다들 빠져라."

"야, 다들 빠지라신다. 뒤로 빠져."

소나기는 피하고 봐야 했다. 경찰하고 붙어서 좋을 일은 하나도 없었다. 나는 아우들의 부축을 받고 병원으로 가서 엑스레이를 찍어보았다. 다행히 갈비뼈는 무사했다.

"형님, 괜찮습니까?"

"그래. 의사 양반이 괜찮다고 하지 않냐. 쌈박질하다 보면 이길 때도 있고 질 때도 있으니까 일단 좋은 경험 했다고 생각하자. 그리고 사나흘 있다가 내 옆구리 멍이라도 좀 가시면 그때 다시 끝장을 보자."

"예, 형님. 그때는 저희가 앞장서겠습니다."

"하하하. 괜찮네, 아우. 다음에는 좀 비겁하더라도 여남은 명쯤 특공대를 꾸려서 기습을 해보자고. 다음 주 수요일에 청호하고 철이가 아우들 좀 데려와라. 거사 시각은 손님이 별로 없는 초저녁으로 하자."

"예, 형님. 알겠습니다."

나는 수요일을 기다리며 야구방망이로 얻어맞은 몸을 추스르고 매일 스트레칭을 하면서 몸 상태를 점검했다. 드디어 수요일, 힘깨나 쓰고 날랜 아우들 여남은 명을 데리고 가다가 대부 입구에서 얄궂게도 고향 형님과 친구를 만났다.

"아니? 형님, 어? 친구. 여기까지 어쩐 일인가? 영화 자네는 종로 있다면서 여기 대부 디스코텍 때문에 왔는가?"

"그래. 반갑다, 친구야. 장호 자네는 원래 이 생활 안 하고 서울 올라가서 복싱 한다고 했잖는가?"

"그래, 친구야. 운동하다 다쳐서 수술했더니 땀만 흘리고 힘들어서 그만 포기했네."

"그런가. 나도 여기 와서 장호 자네 얘기 들었네. 친구가 이 동네 대장이라고?"

"대장은 무슨 대장? 하하하. 하여튼 반갑네. 형님하고 친구는 잠깐만 자리 좀 비켜주소. 우리가 이기든지 깨지든지 속전속결로 삼십 분 안에 끝내불라네."

"다 좋은데 장호야, 사무실에 종로경찰서 형사과장하고 직원들이 와 있다. 그리고 대부 오 회장님은 우리가 모시는 대단한 거

물 형님이시네. 그리고 형수님이 대그룹 회장님 친여동생이고. 여기는 돈도 배경도 전국구야. 이런 가게 하나쯤은 새 발의 피라네. 우리가 큰형님을 지켜야 하는데 싸움으로 해결할 것이 아니라, 차라리 형님하고 나하고 큰형님한테 자네를 데려가 인사시키는 것이 어떤가?"

"그래, 그 방법이 좋은 것 같네. 싸움을 안 하고 해결하는 것이 장땡이지."

"그럼 여기서 잠깐 기다리시게. 내가 큰형님 뵙고 나올게."

"알았네."

"형님, 저 두 사람 누굽니까?"

"응, 좀 이따가 청호랑 철이 너 인사시킬게. 한 사람은 순천 건달 재관이 형이고, 또 한 사람은 내 초등학교 동창인데 영화라고 머리도 좋지만, 운동도 많이 하고 야무진 친구다."

"네, 형님. 근데 잘생겼네요."

우리끼리 얘기를 나누고 있는데 영화가 나와서 말을 전했다.

"어이 장호, 큰형님이 자네 데려오라 하시네."

"청호랑 철이 너는 아우들 데리고 여기 대기하고 있어라. 내가 들어가서 어떻게든지 마무리하고 나올게."

"예, 알겠습니다, 형님."

사무실로 들어서자 어디 손가락 한번 잘라보라고 하던 대부 회장과 처음 보는 사람들 서너 명이 둘러앉아 있었다.

"영화야, 칼 들고 나한테 달려들던 야가 네 고향 친구라고?"

"예, 큰형님."

"영화 너는 덩치도 크고 운동도 많이 했지만, 야는 얼굴도 이쁘장하고 전혀 깡패 냄새가 나지 않는구면. 하하하. 나는 보성 사람 오정환이다."

"예, 친구한테 말씀 많이 들었습니다."

그때 그 옆에 형사과장인가 싶은 사람이 인사를 건네왔다.

"어이~ 순천 아우, 반갑네. 나는 오 회장 친구 이정복이네. 지금 종로경찰서 형사과장으로 있지."

"아, 예. 큰형님들, 뵙게 돼서 영광입니다."

"오 회장, 이 아우 영 똘똘하네. 종로 아우들 한두 명 빼고, 이 아우랑 한 명 더 해서 두 명을 이 가게에 쓰면 어떻겠는가?"

"이 과장, 자네 말도 일리가 있네. 그렇다면 미룰 거 뭐 있는가? 말 나온 김에 마무리하지 뭐. 영화야, 손 사장 올라오라고 해라."

"예, 큰형님."

이윽고 손 사장이라는 사람이 들어왔는데, 지난번에 나를 야구방망이로 후린 사람이었다.

"큰형님. 부르셨습니까?"

"어, 그래. 이 아우 봤지?"

"예 큰형님. 이 싸가지없는 놈의 새끼, 다리몽댕이를 부러트려야 하는데. 야 이 새끼야, 여기가 어디라고 들어와? 야, 재관아!

이 새끼 끌어내. 손 좀 보게."

"큰형님을 몰라뵈어서 죄송합니다."

"동국이 형님, 장호는 제 고향 친구입니다. 형님이 용서하십시오."

"고향이 순천이면 종로로 나올 것이지, 뭐 한다고 공단에서 엎어져 있다냐?"

"이 친구가 영등포로 운동하러 다니다 보니까 이쪽 공단으로 들어왔나 봅니다. 우리가 장사해보니까 알지만, 공단에도 먹을 만한 게 많이 있답니다."

"큰형님, 이 놈의 새끼 어떻게 할까요?"

"손 사장 밑에 데리고 있어라."

"아니 큰형님. 이 싸가지없는 새끼를요?"

"그래, 아무 소리 말고 지배인 시켜. 밑에 아우 하나 더 영업부장으로 쓰고. 조만간 강남에 가게를 하나 더 내야 하니까 여기 있는 종로 아우들 둘을 강남으로 데려가게."

"예, 큰형님. 알겠습니다. 어이, 자네 이름이 뭐여?"

"예, 형님. 문장호라고 합니다."

"나는 손동국이네. 앞으로 잘해보세."

"예, 형님. 감사합니다. 열심히 하겠습니다."

나는 그렇게 마무리를 하고 밖으로 나왔다.

"친구야, 형님 모시고 소주라도 한잔하자."

"여러 가지로 고맙다, 친구야."

"그래, 간단하게 한잔하세. 청호랑 철이, 이리 와봐라. 형님하고 우리 친구한테 인사드려라."

"예, 형님. 반갑습니다. 김청호입니다."

"저는 이철입니다."

"그래, 반갑다 아우들아. 나는 순천 재관이다."

"나는 영화라고 한다. 우리 장호 친구, 너희가 잘 모셔라."

"예, 잘 알겠습니다."

"청호야."

"예, 형님."

"아우들은 각자 위치로 돌아가서 식사하라 이르고, 너희 둘만 가자."

"어디로 모실까요?"

"서울다방 옆에 삼겹살집으로 가지 뭐."

"예, 알겠습니다. 자, 형님. 가시지요."

"친구, 삼겹살 괜찮은가?"

"암, 괜찮고말고."

우리가 삼겹살집 안으로 들어서자 주인아주머니가 반갑게 맞아주었다.

"어서 와, 장호 총각. 잘 지내지?"

"그럼요. 삼겹살하고 소맥 좀 주세요. 재관이 형님, 우리 청호는 순천, 철이는 영광이 고향입니다."

"장호 느그 웃장터냐? 하하하."

"그게 아니고 형님, 순천에서 여수 쪽으로 조금 떨어진 곳입니다."

"아, 그래. 그러면 대대 쪽이거나 별량이구마."

"여기서 같이 운동하다가 만났는데, 의리도 있고 기질도 있고 싸움도 잘합니다. 그래서 지금 나의 오른팔 역할을 하고 있습니다."

"그래, 얼른 봐도 야물게 생겼구마."

"한잔 드십시오, 형님. 친구, 한잔하시게."

"그래, 자네도 한잔하시게."

"우리 순천 선후배들은 전부 종로 쪽에 올라와 있다. 이번에 일부가 이태원 쪽으로 가고, 큰형님이 가게를 강남 쪽에 또 내신다니까 조만간 강남으로 진출해야지."

"예, 형님 말씀 들었습니다. 앞으로 자주 연락드리고, 어려운 일 있으면 찾아뵙고 상의 드리겠습니다, 형님."

"그래라, 아우야. 영화랑 자주 연락하고. 느그 친구 주화도 올라와 있으니까 가끔 시간 내서 종로로 놀러 나오고 해라. 우리 식구들도 종로 쪽에 가게 세 개, 무교동에 다섯 개, 이태원에 두 개 해서 여남은 개쯤 잡고 있다. 큰형님들 계신 호텔, 나이트까지 하면 열서너 개쯤 된다."

"예, 형님. 알겠습니다."

"그럼 영화랑 나는 큰형님 기다리시니까 그만 가볼란다. 천천히 먹고 가라."

"예, 형님. 친구야, 오늘 정말 고맙다."

"그래, 자주 연락하세."

"아우들아, 형님들한테 인사드려라."

"예, 형님. 오늘 형님들 뵙게 되어 반가웠습니다."

"그려. 나도 아우들 만나서 반갑고 즐거웠네. 잘 있어. 또 보자고."

"예, 형님들. 올라가십시오."

이렇게 재관이 형이랑 영호를 먼저 보낸 나는 아우들과 뒷일을 의논했다.

"청호야, 대부는 우선 내가 철이랑 가서 일하다가 기반 좀 잡아놓고 내 자리를 청호 니한테 물려줄 테니까 그리 알아라."

"알겠습니다, 형님."

"얼음은 좀 어떠냐?"

"아직은 힘들지만, 열심히 하고 있어야지요. 다방은 어떻게 하실 겁니까?"

"다방은 완전히 자리가 잡혔으니까, 월급은 양심상 지금의 반으로 깎으라고 해서 우리 청호 줘야겠다."

"감사합니다, 형님."

"나가 적은 돈에 욕심을 부릴라는 것이 아니라, 거기 운섭이 친구는 나밖에 몰라서 다른 아우는 못 넣어주는 거야."

"잘 알고 있습니다. 두 분 관계를, 형님."

"오늘 일은 형님들한테는 내가 알릴 테니까, 다른 아우들한테는 우리가 잘 타협을 봐서 대부에 입성했다고 느그가 알려라. 그리고 대부 큰형님이 형님들 다친 것 치료비를 준다는데, 그 돈 받으면 진짜 양아치 될 것 같아서 놔두시라고 하긴 했는데, 그런 사실은 형님들한테 알리긴 해야겠다."

"알겠습니다, 형님. 그래도 큰 쌈 안 나고 고향 사람들이라 잘 돼서 좋습니다."

"그러게 말이다."

며칠 후, 음악다방 운섭이 친구한테 사정을 말하고 내 역할을 청호한테 넘긴 나는 철이를 데리고 대부로 넘어갔다. 우리가 대부로 들어가자 조직 개편이 이루어졌다. 손정국 사장이랑 지배인이 다시 종로로 나간 대신 회장 친구인 건상이 형이 총사장으로 왔다. 그 밑에 가오 형이 영업 사장, 내가 지배인으로 앉았다. 그 밑으로는 건배라는 친구가 관리부장, 철이가 영업부장 직책을 가지고 가게를 운영하게 되었다. 가게는 매일 손님으로 미어터질 만큼 장사가 잘되었다. 그런데 문제가 하나 생겼다. 영업 사장 가오 형이 언제부턴가 나를 괜히 미워하기 시작한 것이다. 알아보니, 전번에 회장한테 회칼 들고 대든 일로 회장 부인이 나한테 앙심을 품은 모양이었다. 회장 부인이 가오 형한테 포드 마크 5차를 한 대 뽑아주면서 나를 쫓아내라고 오더를 준 것 같았다. 그때부터 나를 대하는 가오 형의 태도가 백팔십도 달라진 것이다. 영업부장인 철이한테는 용돈을 일주일에 오십만 원씩이나 주면서 나한테는 한 푼도 안 주는가 하면 출근이 조금만 늦어도 욕을 해대면서 몰아세웠다.

"야, 지배인. 너 그만두고 싶어? 네가 뭔데 출근 시간도 안 지켜, 인마? 간댕이가 부은 거야?"

"아니, 형님. 나한테 무슨 감정 있어요? 밑에 애들한테는 아무 말 안 하면서, 내가 명색이 지배인인데 출근 좀 늦었다고 욕을 하고 쪽을 주는 거요? 내가 덩치가 작다고 만만하게 보이요?"

"뭐? 이 새끼가 어디서 말대꾸야. 이 자식아."

가오 형은 급기야는 내 뺨을 후려쳤다.

"아이고, 이 양반이. 보자 보자 하니까 이제는 뺨을 치고 그래. 당신 좀 나와봐."

"뭐? 이 자식아. 지금 나보고 당신이라 했어?"

"그랬다, 왜? 떫냐?"

먼저 밖으로 나간 나는 옆의 통닭집에서 식칼을 챙겨 나와 뒤허리춤에 찼다. 가오 형은 자기가 유도도 좀 하고 덩치도 엄청 커서 그런지 나를 우습게 보고는 단번에 들어 던져버릴 기세였다.

"야 이 새끼야, 나왔다. 나하고 한번 붙자고?"

"그래 이 새끼야. 이 물떡대 같은 새끼. 니가 덩치 믿고 까불었지?"

내가 칼을 빼서 들이대니까, 덩치만 컸지 겁이 많은 가오 형은 체면이고 뭐고 없었다.

"어 이 새끼 봐라. 어디서 칼을 들이대고 지랄이야?"

이 말과 함께 뒤돌아서더니 냅다 도망쳤다. 그 큰 덩치가 얼마나 빠른지, 보고도 믿기지 않았다. 나는 도망가는 가오 형을 끝까지 쫓아가서 칼을 돌려 잡고 점프를 해서 등판에다 칼을 꽂았다. 그 큰 덩치가 앞으로 쿵, 하고 고꾸라졌다. 등판에 꽂힌 칼 손잡이가 바르르 떨었다. 극도로 흥분한 내가 그 칼 손잡이를 발로 밟아 더 깊게 꽂으려고 발을 든 순간, 내 뒤를 쫓아온 관리부장 건배가 나를 확 밀쳤다.

"야 이 사람아, 이것이 뭔 짓거리여?"

"야 이 친구야. 맨날 죄 없는 나만 괴롭히니까 열 받아서 그런 거 아니여."

"그래, 내가 병원에 모시고 갈라니까 장호 자네는 얼른 이 자리를 떠. 잡히면 뼈도 못 추릴 거여."

"알았어. 부탁하네, 친구."

나는 담배에 불을 붙여 깊게 빨면서 신음하는 가오 형을 한번 쳐다보고는 천천히 자리를 떴다.

불지 그 동생 그 친구

이 하는 이가 씨 가 너

로 에리그 나기 웃 은

샘 그 함에서 는 깜 푸

네 이 그 러게 오 여

지 벼더 은 로 밝 은 것

두 게 하고 얻고 잠시

앉 았너 동생 그 가

리 북도 신 벼넘 이 너

슬픔과 기쁨은 한집에 산다

삼우제를 마치고 동네 어르신들, 친인척들을 일일이 찾아다니며 고맙다는 인사를 드렸다. 이튿날 나는 다시 서울행 열차에 몸을 실었다. 차창에 어른거리며 손을 흔드는 어머니를 바라보며 다짐했다. 엄니 죄송해요, 꼭 성공해서 이쁜 각시랑 손주 손 잡고 와서 엄니 꼭 찾아뵐게요. 엄니 묏등에 풀도 뽑아드리고 좋아하는 막걸리도 한 병 부어드릴게요. 그러니 엄니도 이 불효자 한번 봐주시오.

불효자는 웁니다

　　내가 잠적한 사이에 사촌 형수가 나를 찾으려고 백방
으로 수소문하다가 어찌어찌 번호를 알아 전에 죽치던 환희다방
으로 전화를 했다. 그래서 스튜디오 음악다방 운섭이랑 연락이
닿아 급한 소식을 전한 것이다. 급보를 받은 운섭이 친구가 아우
들을 통해 수소문해서 내가 숨어 있는 숙소로 찾아왔다.

　"아니, 바쁘신 친구가 여기는 어찌 알고 온 거야?"

　"장호야, 큰일 났다."

　"뭐? 뭔 사고 난 거여?"

　"그게 아니고, 너희 어머니가 어제 돌아가셨다. 사촌 형수님이
전화하셨더라. 얼른 내려가 봐라."

　순간, 나는 앞이 캄캄했다. 도저히 믿기지 않았다.

　"뭐? 우리 엄니가 돌아가셨다고? 운섭이 자네 지금 날 놀릴라
고 농담하는 거제? 아니여, 아닐 거여…. 아이고, 불쌍한 우리 엄
니…. 내가 꼭 성공해서 이쁜 며느리랑 떡두꺼비 같은 손자 데리
고 내려가서 효도한다고 손가락 걸고 약속했는데…. 그럴 리가

없을 텐디…."

"장호야, 정신 차리고 어서 내려가 봐. 여기 돈 좀 챙겨왔으니 우선 필요한 데 쓰고. 얼른 인마."

"알았네, 친구. 고맙고. 갔다 와서 보자."

"그래, 장호. 나도 같이 내려가야 하는데 학교하고 다방 때문에…."

"응, 알았어."

나는 허둥지둥 택시를 타고 영등포역으로 가서 여수행 급행열차를 타고 순천으로 내려갔다. 차창으로 울고 있는 어머니 모습이 아른거렸다. 엄니, 우리 엄니, 멀쩡하던 엄니가 갑자기 왜 돌아가셨소. 아직 돌아가실 나이도 아닌데 어디가 갑자기 아프셨나. 엄니, 어쩐다고 이 넓은 세상에 나를 고아로 맹글어 놓고 벌써 가셔부렀소. 아이고, 엄니.

나는 생모의 얼굴도 모른다. 나를 낳자마자 어머니에게 안겨주고는 어디론가 떠난 뒤로는 아무도 소식을 모른다. 어머니는 그런 나를 친자식으로 키웠다. 매로 키우고 사랑으로 품었다. 어렸을 때는 그런 어머니가 할머니처럼 늙었다고 싫어했지만, 철들면서는 그런 어머니가 혹 아프거나 돌아가실 봐 가슴 졸였다.

순천역에서 내려 곧바로 택시를 타고 집으로 올라갔더니, 상여는 벌써 나가고 집에는 사촌 형이 혹여 늦게라도 내가 올까 싶어 혼자 남아 나를 기다리고 있었다.

"형님!"

"장호야. 너 연락처를 몰라서 다들 기다리다가 좀 전에 서면 공동묘지로 갔다. 이 택시 도로 타고 얼른 가자."

"예, 형님."

"기사 아저씨, 싸게 서면 공동묘지로 갑시다. 요금은 따블로 드릴게요."

"아, 예. 그렇게 하지요."

우리가 장지에 도착했을 때는 이미 하관이 진행되고 있는 가운데 교회 사람들이 와서 찬송가를 부르고 있었다.

"요단강 건너서 만나리, 만나리…."

나는 눈물도 말라서 더 나오지 않았다. 하관을 마치고 인부들이 삽으로 흙을 덮는 모습을 우두커니 내려다보고 있었다.

"엄니, 이 불효자식은 어떻게 해요. 임종도 못 보고 입관도 못 보고…. 이렇게 차디찬 땅속으로 들어가는 하관만 지켜보고 있다니요. 엄니, 엄니. 우리 불쌍한 엄니, 흐흐흑."

그제야 통곡이 터져 나왔다. 무릎을 꿇고 어머니 무덤의 봉분이 동그랗게 쌓이는 모습을 쳐다보면서 한없이 울었다. 내려오는 열차 차장에 대고 하도 울어서 다 말라버린 줄 알았던 눈물이 어디에 고여있다 솟는지 그칠 줄을 몰랐다.

해가 어둑해질 때쯤 나는 사촌 형과 친척 몇 분하고 집으로 돌아왔다. 집으로 올라와 함께 반주를 곁들여 밥을 먹으면서 앞으로 처리할 일에 관해 이런저런 얘기를 나누었다.

"장호야, 인자 어떻게 할래. 여기서 살 거냐? 아니면 다시 서울로 올라갈 거냐?"

"형님, 여기서 답답해서 어떻게 산답니까? 엄니 삼우제 모시고 다시 올라가야지요. 형님이 이 집하고 땅 조금 남은 것 팔아서 형님도 좀 쓰시고, 나머지는 나한테 보내주십시오."

"장호야, 집 뒤에 있는 이백 평 땅은 나한테 팔면 안 되겠냐?"

"그러세요. 형님이랑 형수님이 저 대신 우리 엄니 모시다시피 하셨는데…. 쪼그만 주고 이전해가십시오."

"고맙다, 장호야."

"별말씀을요."

"우리는 여기서 자정까지 있다가 집에 가서 자고, 내일모레 삼우제 때 올게."

"예, 형님. 감사합니다. 피곤하실 텐데 얼른 내려가서 주무세요."

"알았다, 장호야. 너도 눈 좀 붙여라."

자정이 되자 집에 있던 분들이 각자 집으로 돌아갔다. 혼자 남은 술을 홀짝홀짝 마시다가 갑자기 서러움이 북받쳐 집 안에 있는 전등불을 다 켜놓고 집 앞에 있는 동네 당산나무 밑에 가서 큰 소리로 울었다. 엄니, 엄니, 아이고 울 엄니, 꺼이꺼이…. 그러자 가까이 사는 동네 아줌마들이 난데없는 울음소리에 잠이 깨서 나와 나무랐다.

"야 이놈 장호야! 그렇게 살아계실 때 엄마를 잘 모셔야지? 서울에다 무슨 꿀단지를 발라놨다고 까딱하면 서울로 끼대올라가고 하더니 처량하게 당산나무에서 처울기는 왜 처울어 이놈아. 그만 처울고 집에 들어가서 자빠져 자, 이놈아."

"아이고 아줌니, 우리 엄니가 이렇게 빨리 돌아가실 줄 나가 알았단가요? 빨리 돈도 벌고 이쁜 각시 얻어서 내려올라고 했지요. 흑흑흑."

"아이고, 불쌍한 놈. 그만 울고 집에 들어가서 자라니까."

"예, 아줌니. 펑펑 울고 나니까 가슴이 좀 뚫리네요."

나는 다시 집으로 들어가 술을 쓰러질 때까지 마시고 곯아떨어졌다. 다음날 눈을 뜨니까 해가 중천이다. 거울을 보니 얼굴이 뚱뚱 붓고 엉망이다. 아직 술이 덜 깼는지 정신이 하나도 없었다. 부엌에서 달그락 소리가 나서 문을 열어 보니, 사촌 형수가 와서 해장국을 끓이면서 삼촌이 하도 정신없이 자길래 안 깨웠다고 했다. 형수가 차려주는 밥상을 받아 해장국을 몇 숟갈 떠먹고는 다시 코를 골고 자기 시작했다. 그렇게 비몽사몽 간에 하루를 보냈다.

다음날, 삼우제에 친척들이랑 평소 어머니랑 가까이 지내던 분들이 모여들었다. 어머니 무덤에 가서 교회분들은 기도하고 찬송가를 불렀다. 다른 분들이랑 친척분들은 절을 하며 명복을 빌었다.

삼우제는 장사를 지낸 뒤 망자의 혼백을 편하게 하고자 지내는 제사다. 장사 당일에 지내는 제사를 초우, 다음날 지내는 제사를 재우, 사흘째에 지내는 제사를 삼우라고 한다. 세 번의 제사를 통틀어 삼우라고 하기도 한다. 요즘에는 주로 장사 사흘째 지내는 제사를 뜻하는데, 실제로도 재우는 생략하고 사흘째 되는 날 삼우만 지내고 있다.

"엄니, 정말 죄송합니다. 이 불효막심한 놈을 용서하여 주십시오. 흑흑흑, 엄니~ 엄니."

그렇게 삼우제를 마치고 동네 어르신들, 친인척들을 일일이 찾아다니며 고맙다는 인사를 드렸다. 이튿날 나는 다시 서울행 열차에 몸을 실었다. 차창에 어른거리며 손을 흔드는 어머니를 바라보며 다짐했다. 엄니 죄송해요, 꼭 성공해서 이쁜 각시랑 손주 손 잡고 와서 엄니 꼭 찾아뵐게요. 엄니 묏등에 풀도 뽑아드리고 좋아하는 막걸리도 한 병 부어드릴게요. 그러니 엄니도 이 불효자 한번 봐주시오.

고육지책, 징역 갈 건수를 만들다

막상 영등포역에 내리니 마땅히 갈 데도 없고 막막했다. 어디로 갈까? 구로공단으로 가면 가오 형한테 칼침 놓은 것 때문에 잡히면 또 징역 살 건데…. 미스 최가 있는 독산동 집은 벌써 알아내서 감시하고 있을 것이고, 미스 최도 24시간 미행을 당하고 있을 터였다. 아무리 궁리해도 달리 갈 데가 없어서 일단 그쪽으로 가서 은밀히 아우들도 만나보고 동태를 살펴 어떻게 돌아가는지 상황을 파악하기로 했다. 그래서 나는 공단으로 바로 안 들어가고 인근 광명시로 넘어가서 청호하고 춘풍이한테 삐삐를 쳤다. 다행히 연락이 금방 닿아서 두 아우가 철산동 다방으로 왔다.

"형님, 어떻게 그럴 수가 있습니까? 아우들한테 알리지도 않고…. 어머님께서 돌아가셨다면서요. 왜 우리한테 연락도 없이 내려가신 겁니까?"

"미안하다. 아우들도 알다시피 가오 형 담가불고 도망 다니다 보니까 연락을 늦게 받아 허둥지둥 내려가는 통에 누구한테도 연락할 경황이 없었다. 미안하다."

"어머님 장례는 잘 치렀습니까?"

"그래. 교회분들하고 친척들이 먼저 와서 모시고 있더라."

"아, 예. 하여튼 고생하셨습니다."

"청호야, 얼음하고 안주는 많이 나가냐?"

"예, 형님. 그런대로 잘 되고 있습니다."

"춘풍이 가게는?"

"평일에는 그런대로 유지하고, 주말에는 미어터집니다."

"그래, 고생들 한다."

"형님은 앞으로 어떻게 하실 작정입니까?"

"며칠 주위 분위기를 살펴보고 결정해야지. 계속 도망 다닐 수도 없고…. 이제 지친다."

"형님, 오늘은 구로동 쪽 저희 숙소에서 쉬십시오. 청호 친구는 형님 오른팔이라고 소문이 나서 가끔 형사들이 들여다보는 모양입니다."

"고맙다. 그렇게 하자. 청호야, 식사는 다음에 만나서 하게 먼저 들어가라. 나는 춘풍이랑 구로동 쪽으로 올라갈게."

"예, 형님. 몸조심하시고 무슨 일 있으면 바로 연락 주십시오."

"응, 그래. 춘풍아, 택시 잡아라. 올라가자."

"예, 형님."

그렇게 춘풍이 자취방에서 며칠을 틀어박혀 지냈다. 방 하나에 부엌 딸린 좁은 집에서 김치도 없이 주구장창 라면만 끓여 먹고 있자니 답답했다. 이대로 튀어 나가 자수를 하고 콩밥을 먹을까, 아니면 다시 옛날로 돌아가서 철강상회 점원이나 공돌이를 할까. 아니지, 그동안 고생해서 닦아놓은 기반이 있는데. 에라, 이 판사판이다. 사고 한 번 더 치고 장호파 두목답게 멋지게 징역 한 번 더 살고 나오는 거야.

"야, 춘풍아."

"예, 형님."

"니는 아직 전과가 없지? 형이랑 사고치고 징역 한번 갔다 올래?"

"예? 형님. 저도 폭력으로 벌금 전과 있는데요."

"하하, 그래. 그럼 다른 동생 데리고 갔다 올까?"

"아닙니다, 형님. 제가 가겠습니다."

"고맙다. 저녁 되기 전에 연장 두 자루 준비해놔라. 어차피 대부 디스코텍 때문에 일어난 사고, 오늘 저녁에 그 새끼들 다 종로로 쫓아내불란다."

"예, 형님. 그렇게 하시죠."

만반의 준비를 마친 우리 둘은 그날 저녁 일곱 시쯤 대부 근처 호프집에 들어가 500cc 생맥주 두 잔과 소주 한 병을 시켰다. 1차 건배로 생맥주잔을 반쯤 비우고, 거기에다 소주를 반씩 부어 2차 건배로 벌컥벌컥, 한 번에 싹 비웠다. 소맥이 식도를 타고 내려가자 온몸이 짜르르했다.

"자, 출발하자."

"예, 형님."

대부 입구에는 초저녁인데도 입장하려는 손님들로 장사진을 쳤다. 나는 먼저 지하로 들어가면서 계산대 입구에 있는 건상이 형을 향해 칼을 빼 들었다. 그러자 형은 반사적으로 계산대 밑으로 쑥 들어갔다. 평소에 우리에게 호의적인 건상이 형은 내가 존경하는 형이었다. 죄송했지만, 나는 칼등으로 계산대를 치면서 경고했다.

"형님, 죄송합니다. 거기 가만히 계십시오. 일어서면 가오 형짝 납니다."

그러면서 내가 가게 안으로 들어가자 새로 왔는지 처음 보는 지배인, 영업부장, 관리부장 세 놈이 달려들었다.

"야, 춘풍아. 저 새끼들 보내불자."

"예, 형님."

춘풍이랑 내가 칼을 뽑아 쑤셔대자 탁자로 막으면서 자기들도 주방에서 연장을 들고 나왔다.

"야 이 새끼들아. 이리 가까이 와. 맞짱 뜨게."

우리는 죽기 살기로 칼을 휘두르고 쑤셔대기 시작했다. 그러자 겁을 먹은 놈들이 뒷문으로 도망쳤다. 나는 테이블을 거꾸로 잡고 나무판을 발로 차서 알루미늄 받침대를 손에 들고 DJ 박스 쪽으로 가서 음악 끄라고 소리치면서 DJ 박스를 내리쳐 깨부숴버렸다. 그러자 음악이 꺼지고 홀 안에 있던 손님들이 밖으로 피하느라 아수라장이 되었다. 춘풍이한테 신호를 보내 우리도 밖으로 나와 튀기 시작했다. 돌고 돌아 구로동 자취방으로 와서 칼을 보니 피가 묻어 있긴 했지만, 부엌칼이라 벽에 부딪혔는지 칼끝이 휘어져 있었다.

"형님. 그 새끼들, 칼끝이 휘어져서 별로 다치진 않았겠는디요."

"그러게 말이다. 고생했다. 그쪽에 아직 얼굴이 안 팔린 아우한테 삐삐쳐서 그쪽 상황이 어떤지 파악해서 오늘하고 내일까지 알려달라고 해라."

"예, 형님. 알겠습니다."

"라면 좀 끓여서 소주나 한잔하고 오늘은 피곤하니까 일찍 자자."

"예, 형님. 어제 김치 좀 시장에서 사다 놨습니다."

"하하, 잘했다. 역시 라면은 김치에다 먹어야 해. 아이고, 김치 없는 라면, 생각만 해도 신물이 난다. 안 그냐?"

"예, 형님. 맞습니다."

"자, 한잔하자."

"형님 먼저 받으십시오."

"그래. 나는 글라스에다 따라라. 크게 한잔하고 잘란다."

"예, 형님."

"자, 건배하자. 우리의 전투를 위하여! 하하하."

그렇게 잠이 들었는데 꿈속에서 보고 싶은 어머니가 나타나 나를 보고 웃으면서 걱정하지 말라더니 멀어져 간다.

"장호야, 걱정하지 마라. 모든 일이 잘될 거다. 널 두고 못난 어미가 먼저 가서 미안하다, 장호야. 잘 살아라."

"엄니, 엄니. 가지 마요. 나랑 같이 여기서 살아요. 엄니!"

소릴를 지르다가 깨어 보니 온몸에 땀이 흥건했다. 해는 이미 중천이었다.

"형님, 잘 주무셨어요?"

"그래, 춘풍아. 별일 없었냐?"

"예, 형님."

"내가 엄니 꿈을 꾸었다. 아무 걱정하지 말라고 하시더라."

"형님. 막둥이하고 아까 통화했는데, 어저께 우리 대부에서 나오고 난리가 났답니다. 경찰 일개 소대가 뜨고 사이렌을 울리면서 구급차가 와서 가게 앞에 서 있고, 사람들이 웅성웅성하고…. 또 장호파 애들이 와서 칼로 사람을 찌르고 가게를 다 때려 부수고 했다면서 사람들이 수군대더랍니다."

"잘됐다, 아우야. 이제 이 형이 징역 갈 구실을 만들었다."

"형님, 그게 무슨 말씀입니까?"

"우리 식구들이 공단지역에서 먹고 살려면 뭔가 사람들에게 보여주고 깊은 인상을 남겨야 해. 아우랑 내가 둘이 좀 희생하더라도 나머지 우리 식구들이 먹고사는 걸 넘어 경기 좋을 때 다들 돈도 좀 벌어서 시골에 소라도 사라고 내려보내 주고 영화배우처럼 멋있게 살았으면 좋겠다. 우리 춘풍이 아우는 인물이 너무 아까워. 영화배우 뺨치는 인물로 충무로로 진출해야 하는데, 어쩌다가 이 변두리 공단으로 들어와서 이 고생이냐?"

"아이고 형님, 뭔 그런 말씀을? 전라도 광주에 있는 고등학교 댕기다가 쌈박질로 잘리고 안양공고로 전학 왔는데, 어머니가 이쪽에 계셔서 요리 와분 거 아닙니까. 광주에 계속 있었으면 국제피제이파나 서방파 행동대장을 했을 건디요."

"하하하, 나는 학교를 한 번도 졸업을 제대로 해본 적이 없다. 초등학교 때는 아이스께끼 장사하다가 졸업식에 못 가서 선생님이 집으로 졸업장을 갖다 주시더라. 중학교는 재건 중학교 삼 학년 때까지 에이비시까지만 배우고 졸업장을 못 탔다. 여기 와서 회사나 댕기면서 야간학교 특별학급 고등학교 들어갔다가, 또 깡패 한다고 공부도 못 하고 퇴학당해부렀다. 하하하. 이번 일이 잘못되면 이 형이 총대 메고 법무부 대학 한 번 더 갔다 올 테니까, 아우는 여기 남아 식구들 데리고 우리 구역 잘 지켜라."

"아닙니다, 형님. 이번에는 제가 총대 메고 갔다 오겠습니다."

"춘풍이 니 뜻은 고맙다. 하여튼 좀 더 두고 보자."

다음날, 나는 골방에 갇혀 있기도 답답하고 해서 오랜만에 고향 친구 도식이랑 훈이가 일하는 도림동 대장간에 들렀다.

"고생들 한다."

"아니, 장호야. 어쩐 일이냐? 이 시간에 여기까지 오고."

"응, 오랜만에 자네하고 훈이 보고 싶어서 들렀지. 열심히들 하는구나."

"할 수 없지. 열심히 해야 월급 타지."

"그래, 잘한다. 이따 일 마치고 신도림 다방으로 와라. 오랜만에 저녁이나 같이 먹게."

"어, 알았네. 끝나는 대로 바로 다방으로 갈게. 장호 성, 먼저 가 있소."

"그래. 이따 보자."

나는 몇 년 만에 신도림 다방으로 들어갔다. 여전했다. 다방 안에는 동네 건달들이 레지 아가씨들과 커피를 마시면서 대낮부터 농담 따먹기를 하는지 시시덕거리고 있었다.

"이게 누구야, 자네 장호 아니여?"

"그래. 오랜만이네, 친구들. 잘들 살고 계시는가?"

"응, 우리야 뭐 특별히 하는 일 없이 낮에는 다방에서 죽치다가 저녁때는 영등포 나가 한잔하고 들어오지. 하하하. 장호 자네는 공단지역에서 오야붕으로 완전히 자리를 잡았다면서?"

"오야붕은 뭔 오야붕? 아우들 몇 데리고 업소에서 겨우 밥묵고 살지. 오늘은 시간이 나서 고향 친구들 좀 보러 왔다네. 내가 살 랑께 쌍화차 한 잔씩들 하시게."

"그래, 고맙네. 김 양아, 여기 쌍화차 한 잔씩 가져와라."

"네, 오빠."

그렇게 이런저런 세상 돌아가는 얘기를 나누며 시간을 보내고 있는데, 도식이랑 훈이 생각보다 일찍 다방으로 들어섰다.

"어이~ 장호, 오래 기다렸지?"

"아니네. 이 동네 친구들도 오랜만에 만나서 옛날얘기하고 차 한잔하다 보니까 시간이 금세 지나가네. 근데 퇴근 시간도 안 된 거 같은데 왜 이리 일찍 왔어?"

"자네 오래 기다릴 줄 알고 오늘 일은 일찍 마쳤네."

"천천히 오지, 나야 뭘 바쁜 일 있다고. 차 한잔하고 나가서 소 주 한잔하세."

"그러세."

"자, 삼겹살집으로 가자고. 자네들 먼지 마시고 일하니까 오늘 내가 목구멍에 때 좀 벗겨줄게. 하하하."

"아니네, 친구가 오랜만에 왔으니까 우리가 대접해야. 우리 고향 북정리 촌놈들 두 명이 가까운 데 있는데 부를게."

"그러소. 나도 그 친구들 서울 올라와 있다는 얘기 들어서 그 러잖아도 한번 보고 싶던 참이네."

"갸들이 초등학교는 우리보다 일 년 후배인디, 워낙 가까운 사이라 친구로 지내네."

"그래, 잘했네. 야, 훈아. 니는 요즘도 디스코텍에 춤추러 자주 다니냐?"

"가끔 가지, 성. 왜?"

"그래. 이 성이 이번에 사고 좀 수습해놓고 연락하면 공단 쪽으로 좀 놀러 나와라. 그런대로 이쁜 아가씨들이 많이 놀러 온다."

"워매, 좋은 거. 알았네, 성."

"야, 니는 이제 서울말 좀 써라. 형이라고 해, 인마. 성이 뭐여?"

"알았네, 성."

"또 성이래, 하하하."

우리가 근처 삼겹살집에 먼저 자리를 잡고 앉아 한잔하고 있는데, 동네 친구인 정환이랑 문식이가 들어오며 반가운 인사를 했다.

"아이고, 오랜만이네. 자네 장호 아니여?"

"그래. 자네들도 오랜만이네. 문식이는 그나마 기술이 있으니까 공장일 해도 되지만, 정환이 자네는 학교 다닐 때부터 기질이 있고 시내 생활도 좀 했는데 뜬금없이 뭔 공돌이여?"

"여기 잠깐 있다가 적성에 맞는 일 찾아봐야지. 장호 자네한테 가면 깡패 하다가 빵 갈까 싶어서 못 갔네. 하하하."

"이 친구야, 남자가 생활하다 보면 이 험한 서울 생활에 사람도 치고, 맞기도 하고, 빵에도 가고 하는 거지 뭐. 그러다 보면 영화배우처럼 멋도 살리고, 언젠가는 성공도 하고 그러는 거지. 나도 서울 올라올 때 항상 하는 얘기지만 복싱 세계 챔피언 하거나 영화배우 하러 올라왔지, 선배 밑에서 똥이나 푸고 석탄재 날리는 공장에 일하러 올라온 것이 아니네. 나는 벌써 어린 나이에 비록 공단지역이지마는 나이트클럽 지배인도 했고, 음악다방 지배인, 디스코텍 지배인 하다가 지금은 사고가 나서 도망 다니고 있네. 그리고 다른 사업으로는 업소를 상대하여 안주 장사, 공단을 상대해서 얼음 장사를 지금도 아우들 시켜서 하고 있고, 조만간 업소에 연예인 출연시키는 프로덕션을 운영할 작정이라네. 여기서 지금 기술을 가지고 있는 친구나 아우들은 어쩔 수 없지만, 정환이 자네는 다른 쪽으로 방향을 한 번 잡아보시게."

"알았네, 친구. 서울에 연고가 없다 보니까 여기서 공장에 다니고 있지만, 조만간 적성에 맞는 직장을 찾아보겠네."

"그래, 잘 생각했네. 자, 한 잔씩 하자고. 우리의 성공을 위하여!"

"위하여!"

"그런데 장호 자네는 오늘 가게 안 나가는가?"

"얼마 전에 사고치고 그만둔 가게를 아우 한 명 데리고 가서 사고를 한 번 더 쳐부렀네. 지금 경찰이 날 잡으려고 난리다네. 오늘은 여기서 한잔하고, 훈이 하숙집에 가서 하룻밤 찡게 잘라네. 훈이 동생 하숙집은 옛날에 나가 하숙하던 집인데, 아줌마가 날 보면 깜짝 놀랄 거야. 하하하."

"알았네, 성. 그렇게 하소."

오랜만에 고향 친구들 만나 한잔 술에 회포를 풀고 헤어졌다. 전에 살던 하숙집 가는 일은 아직 눈 감고도 갈 수 있을 만큼 훤했다. 도식이랑 훈이를 뒤에 달고 내가 앞장서서 걸었다. 추억이 서린 곳이라 그리웠는지 발걸음보다 마음이 앞섰다.

"아이고, 이게 누구다냐? 장호 총각 아니여!"

"예, 아주머니. 건강히 잘 계셨지요? 하나도 안 변하고 그대로시네요."

"그래, 장호 총각은 잘 지냈어?"

"예, 아주머니."

"요새 공장 안 다니고 술집 문지기 한다면서?"

"하하, 아주머니. 문지기가 아니고 지배인입니다."

"그럼 지배인은 뭐 하는 사람인데?"

"아, 예. 종업원들 관리하고 영업을 전반적으로 책임지고 운영하는 겁니다."

"그럼 공장 생활보다 월급 많이 받겠네."

"예, 아주머니."

"우리 장호 총각, 출세해부렀구마."

"하하, 그 정도는 아닙니다. 아주머니."

"하여튼 반가워."

"예, 감사합니다. 저도 겁나게 반갑습니다."

세월은 빨라서 모든 걸 흘러가게 했다. 스물 남짓한 하숙생 중에 내가 아는 얼굴은 이제 다섯 명밖에 남지 않았다. 그래도 그나마 남아서 나를 반겼다.

"어이 장호, 자네 공단 근처에서 나이트클럽 지배인으로 잘 나간다면서?"

"잘 나가긴 뭘 잘 나가? 그냥 일하고 월급 타서 먹고 사는 거지. 훈아, 이 돈 가지고 가서 이것저것 술이랑 안주 좀 넉넉하게 사와라. 오랜만에 옛 동료들하고 한잔하게."

"알았네, 성."

오랜만에 만난 우리는 지난 추억 얘기, 지금 일하고 있는 직업 얘기, 눈물 없이는 들을 수 없는 연애 얘기를 나누느라 밤 깊어가는 줄 몰랐다. 그래도 다들 내일 아침 일찍 일을 나가야 해서 하나씩 연기 새나가듯 자기들 방으로 새나갔다. 나도 언제 잠들었는지 모르게 곤하게 잠들었다. 그 옛날 성윤이 형의 발 냄새가 없어서 평화로운 잠이었다.

푹 자고 일어나 보니 해는 중천이고 다들 출근했는지 방에는 덩그러니 나 혼자다. 마당으로 나오자 하숙집 아주머니가 나를 보더니 밥 먹으라고 부른다.

"장호 총각, 잘 잤어? 어제저녁에 술 많이 마시드만. 내가 그럴 줄 알고 콩나물국 끓여놨으니 밥 말아 먹고 속 좀 풀어."

"예, 감사합니다."

나는 고양이 세수만 좀 하고 아주머니가 차려준 밥상을 받아서는 콩나물국에 밥을 말아 맛나게 한 그릇을 뚝딱 해치웠다. 밥을 이렇게 맛나게 먹기는 오랜만이었다.

오후 느지막이 구로동 자취방으로 돌아왔더니 춘풍이가 걱정스럽게 기다린 눈치다.

"아니 형님, 어디 갔다 오셨어요?"

"응, 고향 친구하고 동생이 일하는 도림동에 들러서 술 한잔하고, 옛날 하숙하던 집에 들러 옛 추억을 생각하면서 하룻밤 자고 왔다."

"저는 또 연락이 없어서 걱정했습니다."

"동네는 별일 없다더냐?"

"요 며칠은 조용하답니다."

하늘이 내린 동아줄, 건상이 형님

　　그렇게 며칠 답답하게 숨어서 지내는데, 그 새에 대부 나이트클럽 사장님이 된 건상이 형한테서 삐삐가 왔다. 삐삐를 받고 공중전화로 전화를 걸었더니, 뜻밖에도 좀 보자고 한다.

　"장호야. 지금 나 좀 만나자."

　"예? 형님, 무슨 일 있습니까?"

　"그래, 너한테 좋은 일이다."

　"저야 형님을 믿지만, 혹시 형사들 데리고 오시는 건 아니지요?"

　"야, 이놈아. 형이 그런 사람이냐?"

　"아닙니다, 형님. 죄송합니다. 약속 장소를 말씀해주시면 나가겠습니다."

　"그래, 동네로 오지 말고 광명 사거리 커피숍으로 나와라."

　"알겠습니다, 형님."

　나는 광명사거리 커피숍으로 혼자 나가 건상이 형을 만났다.

　"형님, 죄송합니다. 죽을죄를 지었습니다."

"그래, 이해한다. 험한 데서 살다 보면 그럴 수도 있지. 그런데 처음에 가오 담근 일은 이해한다 해도, 그다음에 형이 가게에 있는 줄 알면서도 와서 깽판 친 것은 무척 섭섭하더라."

"죄송합니다, 형님. 너무 답답하고 불안해서 이판사판으로 못난 행동을 한 것 같습니다."

"춘풍이는 잘 있냐?"

"예, 형님. 저랑 같이 있습니다."

"오 회장이 이 동네에다 가게를 하나 더 내려고 하는데, 이번에 춘풍이가 일하던 영타운을 인수해서 너희한테 맡길 테니까 반성하는 의미에서 영업 잘하고, 앞으로 이 형한테 충성해라."

"아이고~ 감사합니다, 형님. 그런데 형님, 가오 형하고 합의도 안 됐는데 괜찮겠습니까?"

"너희가 가오 찾아가서 진심으로 사과해라. 가오 일은 오 회장하고 내가 경찰서에 말을 놔서 너희랑 합의 봤다 하고 마무리할 테니까, 그리 알고 있어라."

"예, 형님. 이 은혜 절대 잊지 않겠습니다."

"자. 가서 밥이나 먹자."

"예, 형님."

나는 뜻하지 않은 행운을 만나 십 년 묵은 체증이 내려간 듯 가슴을 쓸어내렸다. 건상이 형과 나는 육개장으로 식사를 하면서 앞으로의 일에 관해 많은 얘기를 나누고 헤어졌다.

"형님, 조심히 들어가십시오. 연락 기다리고 있겠습니다."

"가게 계약해놓고 연락하마."

"예, 형님."

내가 연락을 받고 급하게 나가는 걸 보고 무슨 일인가 싶어 애타게 기다리던 춘풍이 나를 보자마자 숨 돌릴 새도 없이 물었다.

"형님, 건상이 형님 만났습니까?"

"춘풍아, 춘풍아, 나의 사랑하는 아우 춘풍아…."

"아니, 형님. 왜 그래요? 무슨 일 났어요?"

"춘풍아, 우리는 인자 살게 되어부렀다. 우리 엄니가 꿈에 나타나서 장호야 걱정하지 마라, 모든 일이 잘될 것이라고 하시더니 아무래도 음덕을 베푸셨는갑다. 춘풍아! 건상이 형님이 우리를 용서하는 것은 물론이고, 경찰서에 걸려 있는 가오 형 사건도 무마해 주신단다. 그리고 니가 일했던 영타운을 인수하여 우리한테 영업을 맡기신단다."

"아니 형님, 뭔 일이 그런 일이 있다요?"

"그러게, 나도 지금 꿈인지 생시인지 잘 모르겠다. 하하하. 다음 연락 올 때까지 조금만 참고 기다려보자. 건상이 형님은 처음부터 우리를 직계 아우로 생각했던 분이다."

"그러게 말입니다, 형님."

"앞으로 우리가 최선을 다해서 잘 모시자."

"예, 알겠습니다, 형님."

며칠 후, 건상이 형이 연락을 해왔다. 영타운을 계약해서 가게를 수리할 거니까 중간에 나와서 보라고 했다. 그리고 경찰서 일도 마무리 지었다고 하고, 그 가게 지배인으로 있던 금철이 형은 그대로 쓰기로 했다고 알려주었다.

"형님, 감사합니다. 충심을 다해 열심히 하겠습니다."

나는 통화를 마치고 들어와 이 반가운 소식을 춘풍이한테 알렸다.

"춘풍아, 건상이 형님하고 통화했는데, 가게하고 경찰서 문제 다 해결했다고 하시드라."

"아이고, 형님. 이제 우리는 드디어 자유의 몸이 됐네요."

"그러게 말이다. 춘풍아, 이제 잡아갈 사람도 없으니 이 형은 독산동 미스 최, 느그 형수한테로 다시 들어갈란다. 서울 올라온 지가 언젠디 그동안 피해 댕기느라 전화만 몇 통 하고 말아서 미안해 죽겠다."

"예, 형님. 그러셔야지요. 지금 들어가시면 신혼 기분이겠습니다. 하하하."

다음날 오전, 나는 점심때가 다 되어 옷가지 몇 개뿐이나마 짐 가방을 챙겨 들고 독산동으로 갔다. 동네 정육점에서 고기 몇 근 끊고 청과상에서 과일 몇 봉지 사서 미스 최와 살던 집으로 들어섰다. 미리 연락을 받아 내가 올 줄 알고 있던 미스 최는 점심상까지 봐놓고 나를 기다리고 있었다. 나를 보더니 반가운지 눈물까지 글썽였다. 나도 반가운 나머지 얼싸안고 키스를 하다가 그만 가슴이 뜨거워져서 점심이고 뭐고 그녀를 그대로 안아 눕혔다. 한바탕 격렬한 폭풍이 휩쓸고 지나가고서야 평온을 되찾은 우리는 밥상을 두고 마주 앉았다.

낮잠을 한숨 자고 모처럼 마음 편하게 외출하여 우리 구역을 한 바퀴 순시한 다음, 가게 내부 공사 하는 데도 들러서 구경하다가 금철이 형이랑 삼겹살집으로 아우들을 불러 모았다. 오랜만에 식구들끼리 소주 한잔하면서 그동안 숨어다니느라 답답하게 보낸 일을 털어놓았다. 아우들도 나 없는 사이에 일어난 일을 하나씩 얘기했다. 앞으로 우리가 서로 간에 의리로 똘똘 뭉쳐 동네를 넘어 구로구 전체로 영역을 넓혀 우리 식구들이 잘 먹고 잘살자고 건배로 다짐하고 술자리를 파했다.다음날, 청호를 불러 각자 역할을 정해주고 조직의 앞날을 의논했다.

"청호야."

"예, 형님."

"그동안 니가 얼음 장사 하느라 고생했으니까 이제 대부 나이트클럽 지배인으로 가라. 그리고 민석이가 고향에서 막 올라왔으니까 한 일 년 고생시키게 얼음 장사를 넘겨줘라."

"알겠습니다, 형님."

"영타운은 춘풍이랑 내가 금철이 형님 모시고 같이 영업할란
다. 니랑 같이 일할 건배 선배도 우리 고향이라고 보면 되니까 서
로 마음이 맞을 거야. 그리고 건상이 형님이 대부하고 영타운 두
군데 다 사장을 하기로 오 회장님하고 얘기가 끝났다드라. 일부
대부 식구들은 다시 종로 우미관으로 가거나 서울테크를 인수해
서 회장님 모시고 나가나 보드라. 열심히 한번 잘 해보자."

"예, 형님."

며칠 후, 영타운 디스코텍이 문을 열었다. 손님들이 기다렸다
는 듯이 몰려와 가게가 매일 미어터질 지경이었다. 우리는 영업
이 끝나면 돈을 정부미 자루로 거의 한 포대씩 메고 가서 밤새 돈
을 세기에 바빴다.

호사다마 넘어 번창하는 사업

호사다마라고, 뭐가 잘되면 꼭 무슨 사고가 터진다. 그러던 어느 날, 아직 초저녁인데 여수 출신 원술이 형이 우리 가게에 와서 술을 마시다 나를 찾았다.

"야, 장호야."

"예, 형님."

"너는 순천이고 나는 여수가 고향인데, 왜 너는 금철이만 챙기냐? 나를 아래로 보는 거냐?"

"그런 건 아닙니다. 형님도 업소 생활 하시고 나름대로 앞가림 하시니까 저도 같은 식구로 생각하고 있습니다. 형님 가게에 뭔일 생기면 연락 주십시오. 제가 아우들 데리고 즉시 달려가겠습니다. 금철이 형님은 전북이라도 우리가 모시고 같은 가게에서 일하고 있잖습니까."

"야 이 새끼가 그래도 금철이를 두둔하네."

"형님하고 금철이 형님하고는 두 분이 친구잖습니까."

"그런데 어쩐다고? 이 새끼야, 금철이는 나한테 안 돼."

그러더니 원술이 형은 맥주병으로 다짜고짜 내 머리빡을 내리쳤다.

"형님, 아우가 일하는 가게에 와서 이게 무슨 경우입니까?"

"뭐? 이 새끼야!"

다시 맥주병으로 내 머리를 내리쳤다.

"형님, 이 아우가 그렇게 미우면 계속 치십시오."

"그래, 밉다! 이 새끼야."

다시 맥주병으로 내 머리를 세 병째 내리쳤다.

"형님, 정말 다 했어요?"

"뭐라고? 이 새끼야!"

이제는 자기 머리에 대고 맥주병을 퍽, 깨더니 내 가슴으로 쑥 들이댔다. 나는 본능적으로 팔로 막으면서 선배에 대한 예우를 버렸다.

"이 양반이? 고향 형이라고 대우해줬더니 완전 또라이구마."

그러면서 나도 맥주병 두 개를 깨서 곧 쑤실 기세로 들이댔다.

"이 새끼 보소. 여기서 기다려라."

놈은 그러면서 뛰어나가더니 내가 따라 나가자 저 멀리 뛰어서 도망갔다. 춘풍이는 시골에서 손님이 와서 늦는다 하길래 용관이를 연락해 불렀다.

"용관아, 춘풍이 자취방에 가면 사탕수수 치는 정글 칼이 있다. 그 칼 가지고 우리 가게로 빨리 와라. 오늘 너도 잘 아는 또라이 새끼 하나 있는데 곧 가게로 올 것이다. 이 새끼 오기만 하면 그 칼로 모가지를 날려부러야겠다."

"예, 형님. 알겠습니다."

용관이가 금방 칼을 찾아서 회끼리 포대에 칼을 말아 가게로 가지고 왔다.

"용관이 니는 가게 입구에서 칼을 옆구리에 차고 있다가 원술이 새끼 오면 나한테 연락해라. 바로 들이대불라니까."

"예, 형님."

기다리던 원술이 새끼는 영업이 끝나도록 오지를 않았다. 나는 머리 터진 곳에 된장을 바르고, 팔 찢어진 곳에는 헝겊으로 싸매고 밤새도록 술을 마시다가 아침에 병원으로 가서 머리를 열 바늘, 팔뚝은 삼십 바늘 정도 꿰맸다. 치료를 마치고 독산동으로 안 가고 춘풍이 자취방으로 와서 잠을 청했다.

다음날, 잠에서 깨자 청호랑 용관이 아우가 와 있었다.

"형님, 어제 원술이 그 새끼 잡아서 작업하려고 동네를 다 뒤져봤는데 어디로 멀리 토낀 것 같습니다."

"인자 냅둬라, 그 무식이 형. 아무것도 아닌 것 가지고 그리 못나게 군다. 아마 금철이 형님하고 자기하고 비교하다가 우리가 금철이 형님을 더 따르니까 질투한 것 같다. 하하. 금철이 형님보다 자기가 더 야물다고 그렇게 행동해놓고 뒷감당이 안 될 것 같으니까 어디로 토낀 것 같다. 그 형 옆에 의형제라고 자랑하는 친구 둘하고 밑에 똘마니 두엇밖에 더 있냐? 나는 그 무식한 형을 용서하고 싶다. 일부러 찾지 말고 나타날 때까지 기다려보자. 그때 봐서 처리해도 늦지 않다."

"그래도 형님, 그 새끼를 가만 놔두면 안 됩니다. 다른 놈들도 우리 형님을 만만하게 볼 수도 있고."

"그래, 알았으니 일부러 찾지는 마. 나타나면 내 선에서 처리할 테니."

"아이고, 열 받아 죽겠네. 춘풍아, 니는 형님 옆에 안 있고 어디 갔다 왔냐?"

"미안하다, 친구야. 시골에서 형님하고 형수님이 올라오셔서 저녁 대접하고 왔는데, 그 또라이가 초저녁부터 와서 그럴 줄 누가 알았냐? 걸리면 내가 내질러불게."

"알았다, 친구야. 그래도 형님, 그 또라이 성격에 연장을 안 차고 온 것이 다행입니다."

"칼을 뺐으면 내가 그냥 맞고 있었겠냐? 내가 먼저 쑤셔부렸겠지. 그 또라이 형이 겁은 많드라. 설령 야물다고 한들 내가 마주 보고 칼 맞을 사람이냐?. 병으로 머리통 세 대 맞아준 것은 마지막으로 형 대접해준 것이다. 이제부터는 아무리 친했던 사람이라도 일부러 맞지는 않을 것이다."

"예, 형님. 그렇게 하십시오."

"걱정들 해줘서 고맙다."

"아이고, 형님. 당연하지요. 형님이 저희 대장이신데."

"춘풍이가 오늘 고생해라. 나는 오늘 하루 쉬고 내일부터 가게에 나가야겠다."

"형님, 건상이 형님이 열 받아서 그 또라이 구속시켜 분다고 난리입니다."

"형님한테 별일 아니니까 이번에는 참으시라고 말씀드려라. 크게 보면 원술이 형도 우리 식구 아니냐."

"예, 알겠습니다."

다음 날 저녁, 가게로 나간 나는 초저녁부터 와서 몸을 흔들어대는 청춘들을 바라보면서 한마디 했다.

"야, 쟤네들은 뭔 체력이 저렇게 좋다냐? 낮에 공장에서 일하고 밤에 저렇게 있는 힘을 다해 흔들어대는 걸 보면 신기하다, 신기해."

"형님, 얼마나 스트레스 받으면 저러겠어요."

"하긴 그래. 나도 한때 공돌이 생활 좀 해봤지만, 일은 고되고 월급은 쥐꼬리만큼 받지, 일하다 보면 시간도 안 가고 지루하지. 그때는 나도 스트레스를 샌드백에다 날렸지. 이해가 간다, 가. 그런데 가게가 매일 미어터지니까 입장료를 좀 낮추고 두 시간씩 끊어서 영업해야겠다. 1부는 여섯 시부터 여덟 시, 2부는 여덟 시부터 열 시까지, 이런 식으로 말이야. 이렇게 안 하면 도저히 손님을 다 받을 수가 없어."

"예, 형님. 좋은 생각 같습니다."

"오늘 영업 끝나고 웨이터들하고 DJ들 다 집합시켜라. 전체 있는 데서 알아듣게 말해야 차질이 없을 것 아니냐? 금철이 형님한테는 내가 따로 말씀드릴란다. 그리고 건상이 형님한테도 말씀드려서 대부에서도 우리 아이디어를 쓰도록 해야겠다."

"알겠습니다, 형님."

영업은 주로 평일에는 새벽 두 시까지 하고, 주말에는 새벽 네 시까지 했다. 영업이 끝나고 전 직원이 모였다.

"직원 여러분, 고생들이 많으십니다. 다름이 아니라, 영업 방식을 좀 바꿀 필요가 있어서 모이시라고 했습니다. 너무나 한꺼번에 밀려드는 손님들을 우리 가게에서 다 받지를 못해서 다음 주부터 영업을 두 시간 단위로 끊어서 하려고 합니다. DJ들은 이번 주까지 한 시간마다 안내 방송으로 홍보해주시고, 웨이터들도 처음에는 좀 마찰이 생기겠지만 조금 지나면 손님들도 이해하고 영업이 안정될 것이니 새로운 방침이 정착되도록 힘써 주시기 바랍니다. 그리고 조금 늦게 들어온 손님들께는 손에다 도장을 찍어줘서 다음 시간에 다시 입장할 수 있게끔 할 생각입니다. 그렇게들 아시고 내일부터 홍보해주시기 바랍니다. 아, 그리고 영업이 한 타임 끝나는 시간에 십 분쯤 플로어 청소시간을 두어 손님들이 청결한 환경에서 즐길 수 있도록 하겠으니 참고해 주십시오. 알겠지요?"

"예, 잘 알겠습니다."

"이상으로 오늘 회의를 마칩니다."

(2권에서 계속)

양심이 잠든 순간들 1

초판 1쇄 인쇄 2023년 02월 15일
2쇄 발행 2023년 02월 20일

지은이 문장수
발행인 이용길
발행처 모아북스
           MOABOOKS

총괄 정윤상
디자인 이룸
관리 양성인
홍보 김선아

출판등록번호 제 10-1857호
등록일자 1999. 11. 15
등록된 곳 경기도 고양시 일산동구 호수로(백석동)358-25 동문타워 2차 519호
대표 전화 0505-627-9784
팩스 031-902-5236
홈페이지 www.moabooks.com
이메일 moabooks@hanmail.net
ISBN 979-11-5849-204-5   03810

삶을 업그레이드 하는 더 나은 책

모자씌우기 1
오동선 지음
452쪽 | 13,000원

모자씌우기 2
오동선 지음
431쪽 | 13,000원

동맹의 그늘
오동선 지음 | 544쪽 | 15,000원

누구나 쉽게 작가가 될 수 있다
신성권 지음 | 284쪽 | 15,000원

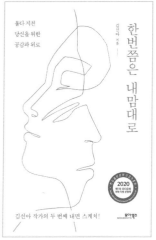

한번쯤은 내맘대로
(2020 오디오북 제작 지원 선정작)
김선아 지음 | 160쪽 | 13,000원

따져봅시다
김선아 지음 | 224쪽 | 12,000원

내 글도 책이 될까요?
(2021 우수출판콘텐츠 선정작)
이해사 지음 | 320쪽 | 15,000원

걷다 느끼다 쓰다
이해사 지음 | 364쪽 | 15,000원

감사, 감사의 습관이
기적을 만든다
정상교 지음 | 246쪽 | 13,000원

스피치의 재발견 벗겨봐
김병석 지음 | 256쪽 | 16,000원

독한 시간
최보기 지음 | 248쪽 | 13,800원

공부유감
이창순 지음 | 252쪽 | 14,000원

성장을 주도하는 10가지 리더십

안희만 지음 | 272쪽 | 15,000원

직장 생활이 달라졌어요

정정우 지음 | 256쪽 | 15,000원

행복한 노후 매뉴얼

(2022 세종도서 교양부문 선정작)
정재완 지음 | 500쪽 | 30,000원

바이러스 대처 매뉴얼(양장)

(2021 텍스트형 전자책 제작지원
선정작) 최용선 · 지영환 지음
416쪽 | 55,000원

퓨리톤
김광호 지음 | 224쪽 | 22,000원

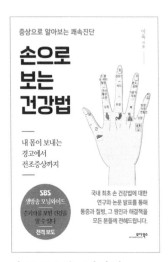

손으로 보는 건강법
이욱 지음 | 216쪽 | 17,000원

DNA 헬스케어 4.0
김희태 · 허성민 지음 | 260쪽 | 17,000원

포기하지 않아서 기적을 만나다!
홍진기 지음 | 144쪽 | 10,000원

몸에 좋다는 영양제
송봉준 지음 | 320쪽 | 20,000원

향기를 마신다
김용식 지음 | 144쪽 | 10,000원

효소는 살을 빼고 질병을 치유한다
신현재 지음 | 120쪽 | 10,000원

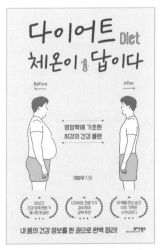

다이어트 체온이 답이다
이창우 지음 | 136쪽 | 13,000원

당신이 생각한 마음까지도 담아 내겠습니다!!

책은 특별한 사람만이 쓰고 만들어 내는 것이 아닙니다.
원하는 책은 기획에서 원고 작성, 편집은 물론,
표지 디자인까지 전문가의 손길을 거쳐
완벽하게 만들어 드립니다.
마음 가득 책 한 권 만드는 일이 꿈이었다면
그 꿈에 과감히 도전하십시오!

업무에 필요한 성공적인 비즈니스뿐만 아니라 성공적인 사업을 하기 위한
자기계발, 동기부여, 자서전적인 책까지도 함께 기획하여 만들어 드립니다.
함께 길을 만들어 성공적인 삶을 한 걸음 앞당기십시오!

도서출판 모아북스에서는 책 만드는 일에 대한 고민을 해결해 드립니다!

모아북스에서 책을 만들면 아주 좋은 점이란?

1. 전국 서점과 인터넷 서점을 동시에 직거래하기 때문에 책이 출간되자마자 온라인, 오프라인 상에 책이 동시에 배포되며 수십 년 노하우를 지닌 전문적인 영업마케팅 담당자에 의해 판매부수가 늘고 책이 판매되는 만큼의 저자에게 인세를 지급해 드립니다.

2. 책을 만드는 전문 출판사로 한 권의 책을 만들어도 부끄럽지 않게 최선을 다하며 전국 서점에 베스트셀러, 스테디셀러로 꾸준히 자리하는 책이 많은 출판사로 널리 알려져 있으며, 분야별 전문적인 시스템을 갖추고 있기 때문에 원하는 시간에 원하는 책을 한 치의 오차 없이 만들어 드립니다.

기업홍보용 도서, 개인회고록, 자서전, 정치에세이, 경제 · 경영 · 인문 · 건강도서

모아북스
MOABOOKS **문의 0505-627-9784**